모르는 여인들

신경숙 소설

모르는 여인들

문학동네

차
례

세상 끝의 신발

신발 이야기를 해야겠다.

발 크기가 똑같은 두 소년이 있었다. 나이는 열다섯과 열여섯이었다. 남쪽이 전쟁에 지고 있을 때 둘은 어깨에 총을 짊어진 소년병으로 북쪽 군대 편에 있었다. 진군한 북쪽 군인들이 마을에서 이 둘을 강제 차출해갔다. 북으로 퇴각하기 전날 밤, 그들은 마을이 내려다보이는 산에 모여 있었다. 총을 든 북쪽 군인이 중대장이 찾는다며 두 소년병을 앞세우고 큰 바위 뒤로 갔다. 중대장이 두 소년병을 물끄러미 바라보았다. 중대장은 열여섯 소년병의 조부인 한의사 밑에서 약초 심부름을 하던 이였다. 전쟁이 터지자 그는 중대장이 되어 마을에 나타났다. 두 소년을 산으로 끌고 온 이도 그였다. 중대장은 동이 트기 전에 우리는 북으로 이동한다, 고 말했다. 두 소년병은 한때 함께 소몰이를 나가기도 했던 중대장의 얼굴을 주시했다. 너희들은 여기 남고 싶으면 남고 떠나고 싶으면 떠난다. 누가 먼저랄 것도 없이 두 소년병은 동시에 여기에 남겠다고 대답했다. 여기서 태어났고 여기서 성장했으며 이곳에 집이 있었다. 북쪽엔 아무런 연고가 없었다. 자신들이 어쩌다가 북쪽 편의 소년병이 되어 있는지조차 알 수 없는 일이었다. 총을 내려놓아라. 두 소년병은 총을 내려놓았다. 가려면 지금 마을로 내려가라. 둘은 서로를 응시한 채 우두커니 서 있었다. 돌아서서 가! 다시 중대장의 목소리가 귓전을 울렸다. 두 소년병은 마을 쪽을 향해 돌아섰다. 내려가라—한 발짝 내딛는 순간, 뒤에서 철커덕, 총의 노리쇠를 당기는 소리가 들렸다. 우리를 뒤에서 쏘려는 것이었어. 그 자리에 얼어붙는 듯했다. 열다섯 소년병이 허리를 굽히더니 신발을 벗었다. 군화도 없이 소년병이 된 그들이었다. 신발 바꿔 신어. 열다섯 소년병이 말했다. 이걸 신고 달려— 열다섯 소년병은 부상으로 오른 허벅지에 깊은 상처를 입고 있어 달릴 수가 없었다. 열다섯 소년병은 어둠 속에 엎드려 열여섯 소년병의 신발을 벗겨 바꿔 신었다. 온전한 신발이었다. 살아남아— 열여섯 소년병은 신고 있던 신발의 뒤축이 닳아 발에 겨우 걸치고 있는 중이었다. 산에서 지낼 때 뒤축 없는 신을 찍찍 끌고 다니다가 골짜기에 처박히기 일쑤였다. 골짜기를 맨발로 달리다간 발바닥이 베이고 찔려 곧 쓰러질 것이었다. 너는? 열여섯 소년병의 말에 열다섯 소년병은, 잔말 말고 달려— 단호히 응수했다. 등 뒤에서 철커덕 소리가 다시 한번 들렸다. 열여섯 소년병은 열다섯 소년병의 신발을 신고 공포에 질려 어둠 속의 골짜기를 뛰기 시작했다. 골짜기를 달려내려와 열여섯 소년병은 뒤돌아보았다. 멀리 뒤에 열다섯 소년병이 그의 신발을 찍찍 끌며 절룩이며 걸어오고 있었다. 중대장은 총을 겨누기만 했을 뿐 쏘지 않았다. 그들이 신발을 바꿔 신는 것을, 열여섯 소년병은 뛰어가고 열다섯 소년병은 절룩이며 골짜기를 빠져나가는 것을 어둠 속에서 지켜보기만 했다.

열여섯 소년병이었던 아버지에게 신발을 바꿔 신긴 열다섯 소년병이 낙천이 아저씨였다.

낙천이 아저씨가 돌아가셨다는 소식을 수화기 저편의 아버지에게서 듣는 순간, 내 입에선 아! 짤막한 탄식이 새어나왔다. 아침부터 희끄무레하던 하늘에서 막 눈이 쏟아지는 참이었다. 수화기를 든 채로 잠시 눈발을 주시했다. 지난가을 시골집에 들렀을 때, 다른 때와는 달리 아버지가 작은아버지 한번 보고 갈 테냐? 고 물었던 일이 떠올랐다. 아버지는 늘 그를 작은아버지라 지칭했지만 우리들은 그를 낙천이 아저씨라고 불렀다. 뒤늦게 깨닫게 되는 일들. 그때 그랬으면 좋았을 텐데 싶은 일들. 역에 나가면서 들러볼게요, 해놓고 그냥 돌아왔다. 낙천이 아저씨 집이 멀리 떨어져 있는 것도 아니고, 자동차가 세워져 있는 곳에서 이삼 분만 걸어가면 되는 일인데도, 그쪽을 한번 돌아봤을 뿐이다. 작은아버지 한번 보고 갈 테냐?

고 했던 아버지의 말은 낙천이 아저씨가 곧 세상을 떠날 것 같으니 일부러는 못 찾아봐도 내려온 김에 보고 가라는 말이기도 했는데 그 말을 알아듣지 못한 꼴이었다.

—올 테냐?

수화기 저편의 아버지가 내 대답을 기다렸다. 귀는 수화기에 대고 있고 시선은 점점 굵어지는 창밖의 눈발을 응시하고 있지만 머릿속은 오늘 일정들을 체크해보느라 분주하게 움직였다. 지금 열한 시. K와 점심. 한시 부서회의. 세시에 전체회의. 네시에 설치미술가의 기자간담회에 참석한 뒤 여섯시에는 인터뷰 약속이 잡혀 있었다. 낙천이 아저씨가 아니라 그가 진짜로 작은아버지였어도? 낙천이 아저씨가 늘 타고 다니던 짐자전거나 허름한 점퍼와 골 진 주름들이 쓰윽 스쳐 지나가 잠시 마음이 흐려지려는 것을 나는 다잡았다. 여섯시에 인터뷰하기로 한 이는 강철나비로 불리는 프리마돈나였다. 인터뷰가 아니라도 개인적으로 그녀의 발과 그녀가 신는 토슈즈를 한번은 꼭 보고 싶었다. 국내에 잠시 들어온 그녀와 약속 잡기는 얼마나 어려웠는지. 매니저이기도 한 그녀의 남편과 그녀를 인터뷰할 수 있는 시간을 잡아보려고 통화가 될 때까지 셀 수 없이 걸었던 전화. 겨우 연결이 되었으나 몇 번이나 무산되었던 약속들. 겨우, 오늘 공연이 있는 경기도의 아트센터로 찾아가 국제무용제 갈라 공연이 시작되기 전에 사진을 찍고 얘기를 나누기로 되어 있었다. 꼭 인터뷰를 해야 기사를 쓰나? 이미 알려질 만큼은 알려졌잖아. 최근 사진만 우리 카메라로 찍을 수 있으면 되는 거 아냐! 데스크의 '왜 그래? 아마추어같이!' 하던 표정이 스치기도 했다. 공연이 끝난 후뿐만 아니라 바로 앞두고 있는 사람에게 말을 붙이는 것도 쉬운 일은 아니다. 그러니까……라는 생각이 그 틈으로 파고들었던 것 같다. 그러니까 한번 해보자. 그 긴장된 시간에 무슨 생각을 하는지. 몇 시간의 취재로도 알아낼 수 없는 생생한 말들을 들을 수 있을지도 모르겠다는 생각. 나는 창밖의 눈발에서 시선을 거두고 수첩에 끼워져 있는 공연 티켓을 확인했다. 혹, 인터뷰를 못 하게 돼도, 사진기자가 짬이 나지 않으면 혼자라도 공연은 볼 생각이었다. 그러고 나면 아홉시. 돌아와서 바로 기사를 쓸 요량이기도 했다.

— 눈이 많이 오네요, 아버지.

수화기 저편의 아버지 목소리에서 힘이 빠졌다.

— 못 오겠냐아?

이번에는 내 몸에서 힘이 빠졌다. 당신과 뜻이 달라 실망을 할 때면 상대를 탓하거나 의견을 다시 주장하는 게 아니라 힘이 빠진 목소리로 그러냐며 곧 수납 태세로 들어가는 아버지에게 무력해진 지 오래되었다는 생각. 아버지가 이렇게 직접 내게 전화해오는 일도 드물었다. 전화를 거는 것은 항상 내 쪽이었다. 아버지가 생각하기에 나는 결혼도 시간이 없어 못 하는 바쁜 사람이었다. 오래 얼굴을 보지 못하고 지내도 그러려니 하는 분이기도 했다. 그런 아버지가 다른 사람을 통해서도 아니고 직접 내게 전화를 걸어 낙천이 아저씨 소식을 알리는 것은 꼭 내려왔으면 한다는 뜻이라는 것도 알고 있었다. 내일이면 갈 수 있을지도 모르지, 머리는 그리 생각하면서도 입으로는,

— 이따가 밤에 가보도록 할게요.

라고 대답하고 있었다.

눈 때문에 자동차를 운전할 염을 못 내고 밤기차를 탔을 때도 눈은 계속 퍼부었다. 폭설 중의 폭설이었다. 자리를 잡고 앉아 기차 좌석에 붙어 있는 접이용 탁자를 잡아당겨 펼친 뒤에 그 위에 자판을 두드릴 수 있도록 노트북을 올려놓았다. 기차 안에서 기사를 써두자는 생각으로 특실표를 끊었으나 노트북은 펼쳐만 놓았을 뿐 기사는 한 줄도 씌어지지 않았다. 무대 위에서의 카리스마는 어디서 나오는 걸까. 대기실에서 잠깐 본 그녀는 카리스마보다는 화려하게 치장을 했음에도 불구하고 화장을 전혀 안 한 듯이 느껴지는 고요한 매력을 지니고 있었다. 아무 동작도 하고 있지 않아서인지도 모른다. 내가 그녀의 발을 바라보자 그녀는, 다른 사람들과 다를 바가 없군요, 싶은 미소를 지어 보였다. 그녀의 발은 토슈즈에 아름답고 단정하게 감싸여 있었다. 저 슈즈 안에 그 뭉개진 발톱들과 아픔과 슬픔과 종내는 앞으로 나아가고 싶은 전진을 느끼게 하던 그 발이 들어 있을 거라 생각하니 가슴이 뻐근해지는 느낌이었다. 발을 보여달라고 할 수 있는 장소도 아니었지만 그녀가 자신의 맨발을 쉽게 보여줄 것 같지도 않았다. 예상했던 대로, 언제 당신의 발을 보여줄 수 있겠느냐는 내 질문에, 지금까지 토슈즈를 벗은 자신의 맨발 사진을 찍은 이는 남편뿐이라고 대답했다. 특별한 이유가 있느냐는 질문에 항상 사랑을 느끼니까요, 라고 말했다. 공연을 시작하기 전 그녀는 토슈즈를 신은 발로 닫힌 세계를 노크하듯이 무대를 세 번 쿵쿵쿵, 두드렸다.

아무 문장도 쓰이지 않은 노트북 모니터에 눈 그림자가 어룽지는 걸 보다가 객실로 들어오기 전에 챙겨온 신문을 펼쳐봤다. 동계올림픽에서 금메달을 따가지고 돌아온 스케이트 선수의 사진이 커다랗게 실려 있었다. 스케이트 선수의 작은아버지가 선수의 어깨를 뒤에서 감싸안고 웃고 있었다. 동메달만 획득해도 대단한 수확이라고 예상했던 선수가 금메달을 따게 되자, 온 뉴스가 그 선수에 집중하고 있었다. 그를 뒷바라지한 사람은 그의 친부나 친모가 아니라 작은아버지였다. 이제 열아홉 살인 그 선수는 어렸을 때 온 가족이 자동차를 타고 야유회를 갔다가 사고가 나서 혼자 살아남았다. 그 이후로 그는 작은아버지 손에 성장했다. 선수의 작은아버지는 갑자기 고아가 된 어린 조카의 공황을 잊게 해주려고 동네 스케이트장에 데리고 가 스케이트를 타보게 했는데, 선수는 그뒤로 스케이트 타는 일에 몰입했다고 했다.

나는 눈을 둥그렇게 떴다.

─새벽 네시에 일어나 스케이트를 타고, 학교에 갔다가 다시 방과 후에 스케이트를 타고, 저녁을 먹고 또 스케이트를 탔어요.

프리마돈나도 비슷한 말을 했었다.

─나는 중학교 삼학년 때부터 새벽 네시에 일어나 발레 연습을 하고, 학교에 다녀와 다시 발레를 하고, 저녁을 먹고 발레 예습과 복습을 또 하고 자곤 했어요.

비슷한 대답은 그 아래에 또 있었다. 힘이 들면 어떻게 극복하느냐는 질문에 스케이트 선수는, 항상 힘이 들기 때문에 힘들지 않은 때가 언제인지를 잘 모르겠어요, 라고 답하고 있었다. 프리마돈나도 발레를 하는 일은 통증과 함께 사는 일이기도 해서 통증 때문에 아픈 것이 내겐 매일매일의 일상입니다, 라고 했었다. 어느 날 새벽에 신문을 보다가 그녀의 남편이 찍었다는 그녀의 발을 보는 순간, 아득해졌던 내게도 그 통증이 느껴져왔다. 아름다운 발레리나의 발은 내리누르고 있는 바위틈으로 비어져나온 나무뿌리처럼 울퉁불퉁했다. 뼈가 비틀리고 마디가 옹이지고 발가락들이 어디론가 튀어나갈 듯 솟아올라 있었다. 그 발을 덮고 있던 굳은살. 춤을 추기 이전의 그녀의 발의 형태는 찾아볼 길 없었다. 춤을 출 때마다 동반되는 통증들이 발을 그리 변형시켰을 것이다. 발이 심하게 까였을 땐 생고기를 자기 살처럼 붙이고 슈즈를 신었다는 그녀의 시간들을 그 발은 고스란히 품고 있었다.

프리마돈나의 발을 본 순간, 언젠가 취재차 아마존 강에 가서 인근의 바나나 숲을 걷게 되었을 때 보았던 그곳 소년의 발이 오버랩되었다. 햇볕이 쨍쨍한 날인데도 빛이 새어들어올 틈이 없을 정도로 바나나 잎사귀가 무성한 길을 걷다가, 나는 일행의 안내인이기도 했던 소년의 발을 무심히 쳐다보게 되었다. 소년은 맨발이었다. 태어날 때부터 그때까지 신발이라곤 한 번도 신어본 적이 없는 발. 소년의 발가락들이 움직이며 땅에 닿을 때마다 내가 움찔움찔거렸다. 갈라지고 뜯기고 찢기고 베인 자리에 내려앉은 굳은살의 더께. 그 더께조차 다시 찢기고 갈라지고 있었다. 상처 위에 상처가 생기고 아물고 또 상처가 돋고 아무는 동안에도 계속 상처가 생기고 있는 소년의 발은 발이 아니라 그대로 신발처럼 보이기도 했다. 소년은 그 발로 바나나 숲속을 휘저으며 일행을 안내했다. 바라보는 것만으로도 움찔움찔 고통이 느껴지는데 정작 소년의 얼굴은 해맑았다. 나는 말이 통하지 않는 줄 빤히 알면서 왜 신발을 신지 않아? 라고 물었다. 지금 생각하면 신발을 신어본 적이 없는 소년에게 그리 무지한 질문이 어디 있을까 싶은데도 그때의 나는 소년의 발을 가리키며 여러 번 외치듯이 물었다. 아프지 않아? 아프지 않아? 처음엔 무슨 말인가 생각하는 것 같던 소년은 내 말을 알아들었는지 고개를 내저었다. 싱그러운 미소를 짓더니 오히려 그 발을 쿵쾅쿵 쾅 내디디며 앞질러 달렸다. 신발 같은 건 필요 없다는 뜻이고 아프지 않다는 뜻이기도 했을 것이다. 그렇게 되기까지 그 발은 얼마나 많이 찔리고 터지고 굳어야 했을까. 신발이 따로 없던 때에도 사람들은 뜨거운 모래로부터 발을 보호하기 위해 판자를 붙여 딛거나 추위를 막기 위해 발에 나무껍질이라도 두르고 했을 텐데, 소년에겐 그런 건 아무런 소용이 없는 일 같았다.

역은 완전히 눈에 덮여 있었다.

노트북을 다시 가방에 넣고 역사를 빠져나왔을 때 택시와 택시기사 들이 눈무덤과 눈사람처럼 서 있었다. 택시를 타고 낙천이 아저씨가 안치되어 있다는 장례식장 이름을 대니 택시기사가 툴툴거렸다. 기왕 이런 눈길이니 돈을 많이 받는 장거리를 기대했던 모양이었다. 치우지 못한 눈들이 도로를 꽉 메우고 있었다. 겨우 난 자동차 길에도 눈이 계속 쌓이는 중이었다. 택시가 속력을 내기란 불가능했다. 택시가 눈길을 기어가고 있다고 생각하는 게 맞았다. 택시 안에서 나는 흰 눈에 뒤덮인 거리를 내다보았다. 봄이면 물가에 보라색 붓꽃이 솟아오르던 개천가도 흰 눈으로 뒤덮여 있었다. 쌓인 눈 밑으로 개울물도 꽝꽝 얼어 있겠지. 전국에 내린 폭설주의보가 아니라도 이 고장은 본래 눈이 많이 내리는 곳이었다. 한번 눈이 내리기 시작하면 사나흘씩 장설이 퍼부어서 산 너머 있던 학교를 가지 못한 날이 숱했다.

— 털신에 새끼줄을 감아주곤 했었는데……

폭설을 보며 나도 모르게 혼자 웅얼거렸다. 택시기사가 내가 뭘 묻는 줄 알고, 뭐라셨어요? 되물어왔다.

— 아녜요, 옛날 생각이 나서……

학기중에 이렇게 눈이 많이 내리면 늘 학교 가는 게 문제였다. 귀마개를 하고 모자를 쓰고 장갑을 끼고 가방 대신 책보에 책을 싸서 허리에 묶고, 눈길을 뚫고 학교에 걸어가던 날들이 있었다. 신작로로 나가려면 낙천이 아저씨 집 앞을 지나가야 했다. 어느 겨울에 그리 중무장을 하고 눈 속을 걸어가고 있는데 낙천이 아저씨가 야야! 불러세웠다. 눈 쌓인 마당에서 낙천이 아저씨가 한 손에 새끼줄을 들고 다른 손으로는 안으로 들어오라고 손짓을 했다.

— 이리 허술히 하고 댕기면 눈길에 자빠진다!

낙천이 아저씨는 내리는 눈을 맞으며 엎드린 채로 내 오른발을 들게 하고 털신에 새끼줄을 감아주었다.

— 인자 디뎌봐라아.

바닥에 발을 디디니 새끼줄이 감긴 발 가운데가 붕 떠서 걷기가 더 불편했다.

— 첨엔 그런다. 그래도 그 새끼줄 덕에 쭉 미끄러지는 일은 없을 팅게 인자 어여 가봐라!

내가 새끼줄이 감기지 않은 왼발을 쳐다보고 있으니 낙천이 아저씬 한쪽만 감으면 된다, 두 쪽 다 감으면 중심을 못 잡고 넘어져야! 했다. 아무래도 불편해서 내가 눈길에 발을 디뎠다 뗐다 하고 있으니 낙천이 아저씬 내 등을 떠밀었다.

─어여 가라! 늦겄다!

그 발로 신작로에 나서니 학교 가는 아이들이 일제히 내 발을 내려다보았다. 균형이 맞지 않으니 절룩이는 사람처럼 눈길을 디뎌야 했다. 차창 바깥을 내다보다가 나도 모르게 씨익, 웃었다. 나는 그렇게 눈길을 걸어 앞으로 갔지만 다른 아이들은 눈길에 쭉쭉 미끄러지곤 했었지. 뭐 재미난 생각이 났나비요? 혼자 웃는 나를 룸미러로 보던 택시기사가 시무룩하게 말했다. 속력을 내지 못하니 나를 주시하는 모양이었다.

─체인 감았어요?

─감았지라요!

─옛날에 내 발에 체인 감아주던 분이 생각나서요!

무슨 소린지 못 알아들었는지 택시기사가 뭐랬소이? 되물었다. 나는 대답 없이 차창 밖을 내다보았다. 그렇게 새끼줄에 의지해 학교 쪽을 향해 한 발짝 한 발짝 걸어가다보면 나보다 앞서 학교에 갔던 순옥 언니가 당고개를 뒤로하고 집 쪽으로 돌아오며 소리쳤다. 학교 오지 말래! 그냥 돌아가래! 당고개에 이르면 학교에서 틀어주는 확성기 소리가 들리곤 했다. 거기 맨 먼저 이르는 이가 그 소리를 듣고 돌아오며 눈이 너무 많이 내려 휴교를 하니 학교에 오지 말라는 말을 전해주는 게 눈 내리는 아침 풍경이곤 했다. 당고개에 맨 먼저 도착하는 이는 대개가 순옥 언니였다.

―돌아가자!

순옥 언니가 어느덧 학교 쪽을 향해 가고 있는 내 곁으로 다가와 나를 돌려세우기도 했다. 그럴 땐 순옥 언니의 오른발에도 새끼줄이 감겨 있곤 했다. 그것도 낙천이 아저씨가 감아준 것일 터였다. 오른발에 새끼줄을 동여맨 채 순옥 언니와 눈길을 걸어 다시 집을 향해 걸어오곤 했던 기억. 다 왔소오. 순옥 언니 생각에 물끄럼해져 있던 내게 택시기사가 다 왔당게요! 하고 다시 말했다. 택시가 굽이 진 비탈 앞에 서 있었다. 비탈을 오르면 장례식장 마당으로 연결되는 모양이었다.

―눈 땜시 저기까지는 못 오르겄소이. 저까지는 손님이 걸어가야 쓰겄는디.

여기에 언제 장례식장이 생겼을까. 길과 구분되도록 울타리용으로 심어놓은 키 작은 나무들도 눈을 뒤집어쓰고 있었다. 택시비를 더 얹어주자, 누구 문상을 온 건지는 모리지만 눈이 이리 푸지게 오시는 날 가셨으니 천국은 따논 당상이겄네, 하며 웃었다. 천국. 진짜 천국이 있다면 낙천이 아저씨가 그곳에 못 갈 이유는 없을 것이다. 택시가 엉금엉금 다시 시내 쪽으로 방향을 돌리는 것을 보며 비탈을 향해 한 발 내디디려다가 그만 나는 콰당 넘어지고 말았다. 얼른 노트북 가방을 쥔 손을 풀어 뒤집어진 외투를 아래로 내렸다. 모직치마 아래 신은 부츠의 굽이 높은 것을 방심했다. 출근하기 전에 이렇게 눈이 내리기 시작했다면 신지 않았을, 스페인 여행길에 산 부츠였다. 이 부츠를 신은 채 비탈길을 오르는 일은 불가능했다. 차라리 벗어들고 맨발로 걷는 게 나을 것 같아 부츠 끈을 풀었다. 다행히 도톰한 레깅스를 신어서 눈을 밟은 발바닥이 못 견딜 정도로 시리진 않았다. 부츠를 들고 벗은 발로 비탈을 걸어오는 나를 발견했는지 장례식장 쪽에서 앳된 얼굴의 처녀가 털신을 한 켤레 들고 와 내 앞에 내려놓았다. 누군지 알아볼 수가 없었다. 내가 자꾸 누군지 확인하려니까 처녀가 눈발 속에서 웃었다.

　─나, 모를 거예요. 여기 안 살아요. 아저씨가……

　처녀는 말을 끊었다. 나를 뭐라 호칭해야 할지 모르겠는 모양이었다.

　─아저씨가 내려가보라 해서요.

　아저씨? 아마도 아버지를 말하는 것 같았다. 나는 처녀가 내려놓은 털신에 발을 집어넣었다. 조금 커서 쏙 들어갔다. 처녀가 내가 들고 갈게요, 하며 부츠를 받아들었다. 처녀가 안내인처럼 앞서 걷고 나는 그 뒤를 따라 걸었다. 우리 둘의 발자국이 눈길 위에 찍혔다.

　내가 다른 사람의 신발 속에 내 발을 처음 넣어본 것은 중학생이 되던 해였다. 그 신발은 순옥 언니의 굽 낮은 가죽부츠였다. 낙천이 아저씨와 순옥 언니가 마을을 떠나 살던 때였다. 아이를 낳다가 세상을 떠난 아내 대신 순옥 언니에게 분유를 먹이고 첫 신발을 사 신기고 머리를 빗긴 사람은 낙천이 아저씨였다. 순옥 언니에게 낙천이 아저씨는 엄마이고 아버지였다. 낙천이 아저씨는 순옥 언니가 중학생이 되었을 때 서울과 전주를 잇는 철길의 선로원이 되어 전주에 나가 살았다. 딸을 공부시키겠다는 생각 하나로 낙천이 아저씨는 마을을 떠나갔다. 일 년에 두 번 여름방학과 겨울방학, 그리고 이따금 집안에 제사가 있을 때 순옥 언니는 낙천이 아저씨를 따라 우리 집에 오곤 했다. 와서는 나흘이나 닷새쯤 묵고 가기도 했다. 그럴 때면 그녀와 나는 한방에서 지냈다. 내가 좋아했던 것은 어쩌면 순옥 언니의 신발이 아니라 순옥 언니와 함께 이불 속에 누웠을 때 언니에게서 맡아지던 냄새이거나 언니가 해주던 얘기들이었는지도 모르겠다. 지금도 생각난다. 순옥 언니가 이따금 내 머리에 꽂아주던 머리핀이며, 흰 가제수건에 수놓아주던 찔레꽃 같은 것들이. 그리고 순옥 언니의 하얗고 긴 손가락들이. 시골 아이들 속에서 순옥 언니의 흰 살빛이나 길게 땋아내린 검은 머리는 금세 눈에 띄었다. 웃을 때는 고른 잇속이 밝게 드러났다. 순옥 언니의 뺨 근처에 오목하게 패는 보조개가 부러워서 거울 앞에서 머리핀으로 내 뺨을 눌러보았던 기억도 난다. 머리핀을 떼면 곧 뺨이 판판해져버리는 게 원망스러웠던 기억도. 하지만 내가 순옥 언니를 잘 따랐던 것은, 그리고 이렇게 맑은 물속 바닥에 놓인 자갈들을 들여다보듯 그녀에 대한 기억이 선명한 것은, 비단 순옥 언니의 외모 때문만은 아닐 것이다. 남자 형제들 틈에서 성장하던 그때의 나에게는 남자 형제들에게는 없는 다정하고 섬세한 손길을 순옥 언니에게 느껴서일지도. 순옥 언니는 내 장갑이나 스웨터에 일어난 보풀이나 밥 먹다가 떨어뜨린 밥풀떼기 같은 것을 떼내주기도 했고, 어깨에 치렁하게 내려와 있는 머리를 가지런하게 빗겨서 뒤로 묶어주기도 했다. 내가 텃밭에서 솔을 뜯고 있거나 감자를 캐고 있으면 함께 엎드려 뜯어주거나 캐주었고, 도랑에 나란히 앉아 흙 묻은 손을 닦을 때면 내 손을 끌어다가 비누칠을 싹싹 해서 닦아주기도 했다. 겨울날 찬바람에 손이 부르터 있는 것 같으면 순옥 언니가 바르고 다니던 손 크림을 꺼내 내 손등에 바르고 스밀 때까지 쓱쓱 문질러주기도 했다. 함께 잠들 때면 이불을 당겨 내 가슴을 덮어주었던 기억도 난다. 여름과 겨울이면 우리 집에 오던 순옥 언니가 몇 해째 집에 오지 않은 채 세월이 흐르기도 했다. 그러던 어느 해, 며칠째 눈이 계속 내려 마을이 크리스마스카드에 나오는 그림 속의 마을처럼 눈에 파묻혀버린 그런 날. 발과 손이 꽁꽁 언 채로 대문을 열고 집에 들어왔는데 토방에 생전 처음 보는 밤색 가죽부츠가 놓여 있었다. 시골집 토방의 그 부츠는 누가 봐도 눈에 띄었다. 지금이야 그 신발을 부츠라고 자연스럽게 부르지만 그때의 내겐 그저 장화같이 생긴 가죽신이었다. 이 특이한 신발의 주인은 누구일까? 궁금해하면서 방문 앞에 이르렀을 때 내 귀가 바짝 세워졌다.

— 아버지가 찾아가 뵙고 말씀드리라고 했어요.

순옥 언니의 목소리를 단박에 알아들은 내가 언니— 부르며 방문을 활짝 열어젖히고 안으로 뛰어들다시피 했다. 순옥 언니가 환한 얼굴로 일어서서 나를 안아주었다.

— 너, 진짜 많이 컸구나!

그땐 누구든 나를 보면 첫인사로, 너 키 많이 컸다, 고들 할 때였다. 너는 물만 먹어도 키가 크나보다, 라고도 했다. 어느 해 내 키가 십사 센티 자란 적이 있는데 그때가 그해였는지도. 상고머리였던 나만 변한 게 아니었다. 그사이 여고를 졸업하고 공무원이 되었다는 순옥 언니도 몇 년 사이에 완연하게 처녀티가 났다. 목이 긴 가죽부츠처럼 긴 외투가 윗목에 놓여 있었고 나를 안아준 품에서 향기로운 로션 냄새가 났다. 눈 내리는 바깥에서 돌아온 나에게서는 아마도 차가운 눈냄새가 났을 것이다. 그때 순옥 언니가 내게 선물이라며 내밀었던 털목도리도 생각난다. 목도리보다는 내 목에 목도리를 두르고 풀리지 않게 매듭을 지어주며 다독여주던 그 손길이. 나는 그 목도리를 오래 지니지 못했다. 겨우내 목에서 풀지 않았으나 봄이 오기 전 보리순을 밟아주러 나갔다가 보리밭 어딘가에 흘리고 돌아왔다. 내 목도리! 깨달았을 땐 이미 밤이었다. 날이 밝길 기다려 보리밭에 달려나가봤으나 목도리는 없었다. 목도리를 잃은 상실감에 그 근처를 지날 때면 보리밭 쪽을 쳐다보곤 했던 버릇은 마을을 떠나올 때까지 계속되었다. 몇 년 만에 만난 순옥 언니는 여전히 정겨웠다. 이제는 사라진 그 재래식 부엌에서 어머니를 도와 큰 솥에 물을 붓고 군불을 지피면서도 순옥 언닌 여전히 내게 많이 컸다고 했다. 나중에 뭐가 되고 싶냐고 묻기도 했다. 내가 군불 앞에서 빨개진 얼굴로 대답한 말은 무엇이었을는지. 언니 같은 사람이 되고 싶다고 했는지도 모른다. 그리 말하지 않고 다른 대답을 했더라도 그 말은 결국 언니 같은 사람이라는 대답의 다른 말이었을 것이다. 그 겨울의 부엌에서 순옥 언니가 몇 년 만에 우리 집을 찾은 이유가 봄이 되면 결혼한다는 말을 하러 온 것이라는 것도 알았다. 저녁 밥상을 물리고 남자 형제들의 낡은 스웨터를 풀어 돌돌 말아놓은 털실뭉치로 내 귀마개를 뜨고 있던 어머니가 순옥 언니에게 밭에서 거둬들인 목화솜으로 이불을 만들어주겠다고 했다. 어머니가 뜨고 있는 건 내 귀마개였는데 순옥 언니의 귀밑이 붉어졌던 기억.

　　─ 낼 가야 하나?

　　─ 네.

우리 집에 오면 며칠은 묵고 가서 그때도 그러려니 했다가, 내일 가야 한다는 순옥 언니의 대답을 듣고 방문을 열고 마루로 나오는데 후욱, 눈보라가 몰아쳤다. 대문이 어디인지 알 수 없을 정도로 마당에 수북이 쌓여 있던 눈이 바람에 휘익 날려서 마루로 들이쳤다.

─야야, 문 닫아라! 눈 들어온다!

나는 어머니의 지청구를 들으며 문을 닫고 토방으로 내려섰다.

─눈 오는데 어디 가냐아?

방 안의 어머니 목소리를 마루 밑에 새끼를 낳은 어미개의 끙끙거리는 소리가 잘라먹었다. 눈은 밤새 내릴 모양이었다. 쌓여 있는 눈만도 하염없는데 그칠 기세가 아니었다. 며칠째 간밤에 내린 눈을 아침이면 쓸어내보려고 하던 남자 형제들과 아버지도 그만 포기한 채, 꼭 필요한 길이 날 만큼만 눈을 쓸었다. 대문 쪽으로 변소 쪽으로 우물 쪽으로. 곧 눈이 그 길을 메워버리면 그들은 또 쓸어냈다. 아무리 눈이 많이 내려도 대문과 우물과 변소 가는 길은 뚫려 있어야 했으니까. 나는 눈 속에 서서 순옥 언니의 가죽부츠를 물끄러미 바라보았다. 신발이 없으면 순옥 언니가 돌아가지 못하리라 생각했다. 부츠를 양손에 한 짝씩 들고 숨길 곳을 찾아 마당을 이리저리 헤매다니다가, 감나무 밑에 수북이 쌓여 있는 눈무덤에 삽으로 구덩이를 파고 한 짝씩 밀어넣고는 다시 눈으로 덮었다. 눈이 웬만한 동산만큼 쌓여 있었기 때문에 부츠 두 짝을 감추는 일은 눈 깜짝할 사이에 이루어졌다. 눈보라치던 그날 밤, 언니의 부츠를 숨길 장소를 찾느라 눈 내리는 마당을 종종거리며 돌아다녔던 기억을 떠올리며, 나는 한 발 앞서 걷고 있는 처녀의 뒷모습을 바라봤다. 어디서 봤더라? 본 듯했을 뿐 떠오르질 않았다.

신발이 없으면 하루라도 더 묵고 가리라 생각했던 내 짐작은 여지없이 무너졌다. 신발을 찾느라 온갖 소동만 벌어졌을 따름이었다. 나중엔 자백하고 싶기까지 했으나 분위기가 워낙 험악해서 나는 끝내 입을 다물고 말았다. 출근을 해야 했던 순옥 언닌 가죽부츠 대신 어머니의 낡은 털신을 신고 돌아갔다. 그렇게 많은 눈이 내렸던 그 겨울도 끝은 있었다. 눈이 녹은 자리에서 발견된 순옥 언니의 부츠는 마루 선반 위에 가지런히 올려졌다. 나는 봄날에도 여름날에도 자주자주 선반 위에서 순옥 언니의 부츠를 꺼내 그 속에 내 발을 넣어보았다. 처음에는 그냥 그래보았던 것이 나중엔 마음이 슬프거나 고독해지면 순옥 언니의 부츠를 끌어내려 그 속에 발을 넣어보곤 했다. 그러면 순옥 언니의 다정한 손길이 내 등을 다독여주는 듯했다. 그 영향이었을까. 나는 누군가와 친해지고 싶어지면 그 사람 신발에 발을 몰래 넣어보고 싶다. 소녀 시절엔 내 또래 여자아이들의 운동화 속에, 처녀 시절엔 그 남자들의 구두 속에 내 발을 몰래 넣어보았을 것이다. 여자든 남자든 젊은이거나 나이든 이거나 가리지 않았다. 그동안 나와 친밀하게 지냈거나 지금 그렇게 지내고 있는 사람들은 그들도 모르게 이미 내가 그들의 신발에 내 발을 가만 집어넣어봤다는 것을 알는지. 내가 특별히 신발을 좋아하는 것 같진 않다. 신발에 대한 아픈 기억까지 있다. 비가 내린 뒤 질퍽한 땅에서 공차기를 하고 돌아온 남자 형제가 배가 고파 방으로 뛰어들어가며 급히 벗어던진 신발에 공교롭게도 눈을 얻어맞았는데, 눈에서 피가 흐르는 통에 전주까지 나가 안과에 한 달 동안 입원을 했던 기

26

억. 내 신발장 안을 들여다봐도 일상적으로 신고 다니는 계절에 따른 몇 켤레의 신발들이 놓여 있을 뿐으로 신발에 대한 기호가 따로 있는 것도 아니다. 발에 맞으면 계절 없이 그 신발만 신어 곧 닳아져 못 신게 돼버리곤 했으니 내가 좋아하는 신발들은 이미 이 세상에 없는 신발들일 것이다. 어쨌든 지금의 나는, 매일 누군가를 만나고 취재하고 새로운 기삿거리를 생각하느라 골머리가 터질 지경인 지금의 나는, 타인의 신발 속에 발을 넣어본 지가 언제인지 까마득하다.

그해 봄에 같은 공무원이었던 사람과 결혼한 순옥 언니를 자주 볼 수가 없었다. 전해오는 소식만 들었다. 딸을 낳았다고도 했고 진급을 했다고도 했다. 내가 중학교를 졸업하고 나서 그 마을을 떠나온 후엔 그마저도 소식이 끊겼다. 그러나 불행한 소식들은 단절된 세월을 단숨에 뚫고 전해지기도 했다. 대학을 졸업하고 취직을 하고 서른을 넘기는 동안 잊고 있던 내게 순옥 언니가 교통사고를 당했다는 소식이 돌연 눈앞을 가리는 폭설처럼 전해졌다. 어쩌다가요? 라고 물었을 때, 아버지는 손님을 내려주고 막 출발하려는 택시를 트럭이 받아버렸다는구나, 라고 전했다. 순옥 언니 상태가 어떤지를 묻기 전에 참 이상한 말이라고 생각했다. 손님을 내려주다니? 그제야 나는 교통사고 소식과 함께 순옥 언니가 그사이에 택시기사가 되었다는 것을 알았다. 공무원이었던 남편이 퇴직하고 사업을 시작했는데 부도가 나서, 순옥 언니도 퇴직금으로 빚을 갚기 위해 사직한 뒤 택시기사가 되었다는 것이다. 나로서는 순옥 언니와 택시기사라는 직업을 서로 연결시킬 수가 없었다. 그런데 순옥 언닌

칠 년을 무사고 택시기사로 살고 있었던가보았다. 그렇게 다시 안부를 알게 된 순옥 언니는 두 달 후에 중환자실에서 깨어났다. 의식만 돌아왔을 뿐 전신에 아무 감각이 없는 상태로. 그때부터 순옥 언니의 병원생활이 시작되었다. 내가 언니를 보러 갔을 때 순옥 언니는 너 왔구나, 반겼다. 어쩌면 하반신 마비로 휠체어 신세를 지게 될지 모른다는 진단에도 순옥 언니는 비참한 얼굴을 보이지 않았다. 어떻게 된 거야? 물으니 순옥 언니는 기억이 나질 않는다고 했다. 트럭이 언니가 운전하는 택시를 들이받을 때의 그 순간만 기억난다고. 깨어보니 두 달이 지나 있었다며 웃기까지 했다. 나쁜 일이 거기서 멈췄으면 순옥 언니는 지금 어떻게 살고 있을는지. 그 교통사고는 순옥 언니에게서 건강만 빼앗아간 게 아니었다. 병상의 순옥 언니를 두고 남편이 이혼을 요구해서 순옥 언니는 환자복을 입은 채로 이혼서류에 도장을 찍었다. 이혼을 요구하는 정도가 집요해서 병상의 순옥 언니로서도 더는 견딜 수가 없었다고 했다. 어머니는 그런 놈한테 목화솜 이불을 해줬다고 탄식했다. 교통사고를 당하고서 두 달 후에 깨어나고도, 이 년 동안 병상생활을 하면서도 얼굴을 구기지 않았던 순옥 언니는 이혼 후에 급격히 침울해졌다. 물리치료를 받으면서 동시에 우울증 치료를 받아야 했다. 사고로 나온 보험금을 두고 남편이 그동안 간병을 했으니 자신도 위자료를 받을 자격이 있다며 위자료 청구소송을 한 것을 알게 된 순옥 언니는 낙천이 아저씨를 통해 작은 아파트를 어린 딸 명의로 구하고 딸이 스무 살이 되면 상속받을 수 있는 공증문서를 낙천이 아저씨에게 맡겼다고 했다. 다음날 새벽, 순옥 언니가 병원 계단에 굴러떨어져 있었다. 누구도 말하지 않았지만 순옥 언니가 죽으려고 했다는 것을 알게 된 후 낙천이 아저씬 순옥 언니 곁을 떠나지 않았다. 다시 깨어났으나 자신이 낳은 딸보다 더 어린애가 되어버린 순옥 언니를 데리고 낙천이 아저씨가 마을의 옛집으로 귀향한 것이 십 년 전의 일이었다. 마을에 들를 때마다 낙천이 아저씨를 어린애처럼 졸졸 따라다니고 있는 순옥 언니를 보는 일은 편치 않았다. 지난 가을에 아버지가 낙천이 아저씨 한번 보고 가겠느냐? 했을 때도 대답은 네에, 해놓고 그냥 상경했던 마음 한켠에는 순옥 언니와 마주쳤을 때 갖게 될 고독을 피해보려는 마음이 함께 있었을 것이다.

처녀가 가져온 털신을 신고도 비탈을 오르다가 몇 번이나 넘어질 뻔했다. 허리에 손을 받치고 뒤돌아보니 나를 내려놓은 택시가 천천히 다시 내려가고 있고, 그 뒤 멀리로 내가 다녔던 중학교의 운동장이 눈밭 속에 설원처럼 펼쳐져 있는 게 보이기도 했다. 시간은 이미 자정이 지나 있었다.

사진도 안 찍어놓았던 것일까. 영정 속의 낙천이 아저씨는 뜻밖에도 웃고 있었다. 복숭아밭에 서서 찍힌 사진이었다. 멀리 뒤로 이제 막 알이 굵어지기 시작한 풋복숭아들이 주렁주렁 달려 있는 나무들이 보였다. 낙천이 아저씨가 어딘가를 보며 웃을 때 누군가 찍어주었던 모양이었다. 그 웃음이 눈에 익었다. 사진에 나와 있진 않지만 낙천이 아저씨가 웃으며 바라보고 있는 곳에 순옥 언니가 있었을 것이다. 낙천이 아저씨의 측은한 눈빛은 언제나 순옥 언니에게 머물러 있었다. 논에 나갈 때도 밭에 나갈 때도 개밥을 줄 때도 자전거를 탈 때도.

언젠가 마을에 갔을 때 낙천이 아저씨의 닭장을 들여다보니 내가 아는 일반 닭만 있는 게 아니었다. 오골계며 꿩까지 한 닭장 안에 가둬져 있었다. 꿩들은 횃대에 앉아 졸고 있거나 닭장 안을 들여다 보는 나를 구경하고 있었다. 그중에도 닭 같긴 한데 볏이 붉고 온몸이 꽃처럼 화사한, 그러나 다리가 짧아 짜리몽땅한 새같이 보이는게 있기에 뭐냐고 물었더니 낙천이 아저씨 대신 순옥 언니가 화초닭! 이라고 큰 소리로 발음하며 맑게 웃었다. 언니가 닭 이름을 아네요, 했더니 낙천이 아저씨가 쾌활히 웃었던 기억. 낙천이 아저씨가 그리 환하게 웃는 모습을 그때 처음 보았던 것 같다. 화초닭은 화초같이 생겼다고 화초닭이라고 하나? 싶을 만큼 다리는 짧아도 외모는 화사했다. 낙천이 아저씨는 화초닭 목청은 여느 수탉 못지 않다고 했다. 처음에 닭장에 암탉과 화초수탉을 길렀는데 화초수탉 중에서도 힘세고 목청 큰 놈이 곧 암탉들을 의기양양하게 거느리고 다니더라고 했다. 화초수탉의 유전자 때문인지 암탉들이 낳는 알이 너무 작았다고도 했다. 그래서 일반 수탉을 닭장 안에 넣어주었는데 새로 등장한 수탉이 화초수탉을 평정하고는 왕따를 시키다 못해 부리를 쪼고 걷지도 못하게 짧은 다리를 부러뜨릴 것처럼 못살게 구는 것을 본 순옥 언니가 화초수탉을 닭장 바깥으로 풀어주었다고 했다. 닭장 밖으로 나온 화초수탉은 이후로 낙천이 아저씨와 순옥 언니 뒤를 졸졸졸 따라다니더라고 했다. 말도 말어, 논에 가면 논으로 복숭아밭에 나가면 복숭아밭으로 마을로 내려가면 마을로 졸졸졸 도랑물처럼 따라댕기더라. 순옥이랑 함께 내 뒤를 따라댕기는데 내가 아조 우세스러웠당게. 그러던 어느 날 낙천이 아저씨가 순옥 언니에게 먹이려고 닭을 손수 잡았다고 했다. 닭장에서 닭 한 마리를 잡아와서 목을 비틀고 뜨거운 물에 적셔 닭털을 뜯어내고 배를 갈라 내장을 꺼내 손질할 때도 화초수탉은 순옥 언니와 낙천이 아저씨 뒤를 졸졸졸 따라다니며 지켜보더니, 그뒤론 거꾸로 순옥 언니나 낙천이 아저씨 기척이 느껴지기만 하면 혼비백산해서 도망을 치더라고 했다. 나에게 완전 충격받았나보더라. 낙천이 아저씨가 소리내 웃었다. 내가 지 동료를 도살하는 거 보고는 상처가 깊었는가벼. 그럼서도 줄행랑을 치며 살 수는 없었는지 어느 날 보니 저리지 스스로 닭장에 들어가 다른 수탉들 그늘 아래 얌전히 살고 있어야! 분주하게 움직이는 낙천이 아저씨 곁에서 마흔 살 어린이 순옥 언니는 늘 헤실헤실 웃고 다녔지만 내가 본 낙천이 아저씨의 웃는 모습은 그게 마지막이었다.

─오늘 가야 하냐?
─네.
마당에 다시 눈이 내리기 시작하는지 방문에 눈 그림자가 어룽졌다.
─니 오라비들한텐 알리지도 않았다.
아버지는 기왕 왔으니 발인을 보고 가지 않겠느냐는 말을 그렇게 했다. 아버지도 알고 있을 것이었다. 알렸다 해도 내 남자 형제들이 여기에 내려오지 못했으리란 것을.
─가야 해요, 아버지.
아버지가 미련을 가질까봐 단정적으로 짧게 말하고 손도 안 댄 밥상을 들어 부엌에 내다놓았다.

—그럼, 그래라.

아버지가 체념하자, 나는 아버지 몰래 이마를 찌푸렸다. 아버지의 체념 섞인 목소리는 거의 늘 나로 하여금 아버지가 원하는 대로 따르게 하곤 했다. 내리막이 있으면 오르막도 있죠, 라고 발레리나는 말했다. 스케이트 선수는 힘들지 않으면 나중에 기쁠 때도 얼마나 기쁜지 모를 것 같아요, 라고 했다. 낙천이 아저씨에겐 내리막만 있었던 것 같다는 생각. 힘든 세월이 너무 길어 기쁨 같은 것은 모르고 살았을 것 같다는 내 생각이 틀렸기를 바라는 것 정도가 내가 낙천이 아저씨에 대해 갖는 마음의 다라는 게 인색하고 서글프지만, 나는 이제 또 내 자리로 돌아가 내 일을 해야 하는데 아버지의 그럼 그래라, 하는 체념 섞인 목소리는 또 나를 주저앉히려 하고 있었다.

—가야 해요, 아버지!

다시 한번 분명하게 내 뜻을 말하면서도 나는 발목이 붙들린 기분이었다. 같은 말을 뭐하러 또 하나 싶은지 아버지가 잠시 나를 바라보는데, 순옥 언니가 나, 쉬 마려…… 하며 일어섰다. 내가 따라 일어서려 하자 아버지가 냅둬라, 그 정도는 한다, 하였다. 화장실에 가려고 순옥 언니가 연 방문 틈으로 아직도 흩날리고 있는 눈발이 보였다.

—순옥이를 어째야 쓸랑가 모리겄다!

방 안에 나와 단둘이 남자 아버지가 눈을 지그시 감으며 말했다.

—이제 애비마저 없으니.

나는 저만치 윗목에 놓여 있는 노트북 가방을 물끄러미 바라보
았다.

　―순옥일 보면 하느님이 진짜로 있능가 싶당게.

환갑을 보낸 뒤론 일요일이면 읍내 성당에 나가는 게 거의 유일
한 아버지의 낙이었다.

　―목숨 있는 것덜은 다 생육하고 번성하라고 해놓고는……

뭐라 한마디는 보태야 된다고 생각하는 것은 마음뿐, 나는 아무
말도 못 하고 계속 노트북 가방만 주시했다. 할 수만 있다면 발레리
나 이야기며 스케이트 선수 이야기를 해주고 싶었으나 그게 아버지
와 무슨 상관이 있으랴 싶었다.

　―전쟁만 사람을 못쓰게 만드는 게 아니여. 전쟁이 났을 때는 어
쩌든 이 시절만 견디먼 싶더마는.

나이가 비슷한 아버지 친구의 부고 소식을 가끔 전해듣게 될 때
아버지에게 전화를 걸어보면, 누군들 천년을 살랴디, 하던 분이었는
데, 낙천이 아저씨의 죽음 앞에서는 평정심을 잃은 듯 보였다. 사람
들이 그만 집에 들어가시라 해도 아버진 장례식장에서 꼬박 밤을
새웠다. 상주도 없는 장례식이었다. 아버지가 가끔 순옥 언니를 불
러 상주가 앉아 있어야 할 자리에 앉게 했으나 순옥 언닌 곧 일어나
버리곤 했다. 아버진 내게 털신을 가져다주었던 처녀를 순옥 언니
앞으로 데려가기도 했으나 순옥 언닌 이불을 뒤집어쓰고 드러누워
버렸다. 아버지는 그런 순옥 언니를 무연히 바라보기만 했다. 별다
른 가족이 없어 장례식장에 찾아드는 사람들은 마을 사람들뿐이었
다. 사람들이 인사를 건네면 인사를 받고, 아니면 벽에 등을 기댄

세상 끝의 신발　33

채 아버지는 밤을 새웠다. 처녀는 출입구에 선 채로 이따금 사람들이 벗어놓은 신발을 나갈 때 신기 좋게 나란나란 돌려놓고 있었다. 손님이 오면 나중에 신기 좋게 신발을 돌려놓아주는 것은 이 고장 사람들의 손님에 대한 대접이었다. 눈은 계속 내렸다. 새벽녘에야 겨우 택시를 불러 아버지를 태우려는데 아버진 순옥이도 데리고 가자, 하였다. 상주들이 쉬는 방구석에 홀로 앉아 있는 순옥 언니를 데리고 나왔다. 순옥 언니와 아버지를 앞세우고 신작로에서 집으로 들어오는 고샅길도 완전 눈구덩이였다. 양옆으로 눈들이 담장 높이만큼 쌓여 있었다. 어떤 집은 눈더미 높이가 담장보다 높았다. 눈더미와 눈더미 사이로 내놓은 좁은 길에도 눈이 수북이 쌓여 있었다.

  —아비 죽은 줄은 아는 모양이다. 다른 때 같으면 눈 온다고 뛰어다닐 것이고마는.

  —그런데 아버지, 그 처녀는 누구예요?

  —누구?

  —내게 털신 가져다주었던 처녀요.

  —……

  —모르는 얼굴이던데.

아파트가 그 아이 몫으로 되어 있는 걸 알았던 모양이다. 애를 보낸 걸 보니…… 가만히 앞서 걷는 순옥 언니를 보고 아버지가 혼잣말처럼 중얼거렸다. 열린 대문으로 순옥 언니가 먼저 들어간 마당에도 눈이 하염없이 쌓여 있었다. 눈을 헤치고 앞으로 나아가야 할 때도 있었다. 마루에 들이친 눈이 곧 방으로 밀고 들어올 듯도 했다. 집으로 돌아와 부엌으로 나가 냉장고 안에서 간단히 밥상을 봐서 순옥 언니와 아버지 앞으로 내밀었으나 두 사람은 약속이나 한 듯이 수저를 들지 않았다. 낙천이 아저씨의 임종은 아버지와 순옥 언니가 지킨 모양이었다. 전쟁 때 그 산생활 때 얻은 천식으로 평생 가슴앓이를 하다가 천식이 깊어져 나중엔 말을 할 수 없었던 낙천이 아저씬 아버지의 손을 잡아보고 순옥 언니를 한 번 바라보고 하다가 눈을 감았다고 했다. 눈을 껌벅껌벅 두어 번 허고 말더라, 아버지는 시무룩하게 전했다. 아버지는 염장이를 부르고 자꾸만 바깥으로 나가려는 순옥 언니를 가까스로 주저앉혀 낙천이 아저씨 염하는 모습을 지켜보게 했다고 말했다. 하지만 염이 끝났을 때 순옥 언닌 나가버리고 아버지 혼자 있었다고 했다. 낙천이 아저씨와 아버지의 관계는 어떤 것일까. 전쟁이 끝난 후 아버지는 낙천이 아저씨의 평생 동무이며 후원자였다. 성씨 마을로 흘러들어온 단촐한 가족이었던 낙천이 아저씨가 전쟁중에 홀로 남은 이후, 순옥 언니를 낳다가 아내조차 세상을 떠난 이후, 낙천이 아저씨에게 아버진 또 어떤 존재였을는지. 낙천이 아저씬 순옥 언니 딸이 스물이 되려면 삼 년이 남았다며 문서들을 아버지에게 맡긴 모양이었다. 뒤에서 총을 겨누고 있던 전쟁중의 그 골짜기에서 낙천이 아저씨가 신을 벗어 아버지에게 신기고 앞서 달려가게 했던 일은 아버지와 낙천이 아저씨의 인생을 서로 결속시켰다. 아버지는 총을 겨누고만 있었을 뿐 쏘지 않았던 중대장의 안부도 평생 궁금해했다.

— 순옥 언니 치료할 수 없는 걸까, 아버지?

아버지가 끄응, 소리를 내며 방바닥에 누웠다. 이제야 지난밤의 고단함이 몰려오는 모양이었다. 어린 시절 나의 동경의 대상이기도 했던 순옥 언니가 내가 떠나온 곳으로 되돌아가 어린애 상태로 늙어 가고 있다고 생각하면 마음이 불편해지곤 했다. 내가 머릿속으로 이 런저런 병원과 의사 들을 떠올려보고 있다는 것을 꿰뚫어보고 있는 듯 아버지는 눈을 감으며, 할 수 있는 것은 다 해봤재, 중얼거렸다.

—그래서 순옥이 저 모양이라도 된 거여.

알고 있는 일이었다. 낙천이 아저씨는 이 마을로 내려와 오로지 순옥 언니를 위해 살았으니까. 가끔 마을에 들르면 낙천이 아저씨 는 항상 일을 하고 있었다. 더이상 농사를 지을 수 없이 몸이 허약 해진 아버지의 땅은 죄다 낙천이 아저씨가 일구었다. 복숭아과수원 을 하고 식용 멧돼지를 기르고 비닐하우스에 딸기 재배를 하기도 하고 산밭에 마늘을 심어 거두었다. 돈이 생기면 순옥 언니를 데리 고 병원에 다녔다. 세상은 발달허건만 우리 순옥이 낫게는 안 해주 네, 하면서. 이따금 마주치곤 했던 낙천이 아저씨 생애의 마지막 시 간들. 일하는 낙천이 아저씨 곁에는 언제나 순옥 언니가 있었다. 두 사람이 따로 있는 모습을 거의 본 적이 없었다. 어린애가 되어버린 순옥 언니를 앞세우거나 옆에 두고 일하는 낙천이 아저씨가 불행해 보였던 것도 아니다. 붉은 홍고추와 덜 익은 청고추가 주렁주렁 매 달린 고춧대와 흙 속에 잔 고구마들을 주렁주렁 매달고 있는 고구 마 줄기 속에서 마주치는 낙천이 아저씬 왔냐! 하며 서늘히 웃기도 하고 그랬다. 순옥아…… 순옥아, 니가 좋아하는 사람 왔다아! 며 순옥 언니와 나를 인사하게 부추기기도 했다. 집을 에워싸고 앞뒤 로 펼쳐진 복숭아나무에 복숭아들이 주렁주렁 매달려 있는 것을 볼 때나, 과일 크기를 가려내는 선별기 같은 기계가 마루에 놓여 있을 때나, 살림집 아래컨을 창고로 바꾸고 거기에 따다놓은 딸기가 상표까지 찍힌 종이상자에 수북이 담겨 있는 것을 볼 때, 낙천이 아저씨가 다시 농사꾼이 되었구나 실감하곤 했었다. 낙천이 아저씨가 실의에 잠긴 모습을 본 적이 딱 한 번 있었다. 복숭아나무는 심은 지 칠 년째 되는 해에 가장 실하게 복숭아가 열리는 모양이었다. 그런데 칠 년째 되던 해에 낙천이 아저씨는 휴경 신청을 내고 복숭아나무를 뽑아냈다. 농사라는 게 잘되면 잘되어서 손해고 못 되면 못 되어서 손해라고 했다. 휴경 신청이 받아들여진 후 정부에서 받은 돈이 복숭아 농사를 짓기 시작한 이후 첫 수익이었다고 했다. 이제부터 튼실한 복숭아가 열릴 나무라면서도 그 나무들을 뽑아내고 있는 낙천이 아저씨에게 왜 뽑아내기까지 하느냐 물으니 휴경 신청을 하면 뽑아내도록 되어 있다고 했다.

—무슨 그런 법이?

내가 물었을 때 낙천이 아저씬 뽑힌 복숭아나무에 올라앉아 두리번거리고 있는 순옥 언니를 보며 순옥이가 저리 된 게 무슨 법이 있어 저리 됐더라냐! 하였다. 칠 년 만에 제대로 자리를 잡은 복숭아나무를 그리 뽑아내는 것이 진짜 이익이기나 하는 건지 나는 셈이 되지 않았지만, 낙천이 아저씨는 낙담을 거두고 곧 담담한 얼굴로 복숭아나무들을 뽑아냈다. 복숭아는 복숭아인 종만 알았더만 복숭아 이름들이 수도 없더라. 백도, 황도, 수밀도, 유명, 천중도…… 나무들을 뽑아내면서 낙천이 아저씨가 불러대던 복숭아 이름들. 낙천이 아저씨는 몸져누울 때까지 열심히 돈 될 농사를 찾아 짓고 내다 팔면 돈이 될 가축을 사다 키웠다. 돈이 모이면 순옥 언닐 데리고 병원엘 찾아다녔다.

─ 야가 왜 안 들어온다냐? 한번 나가봐라.

순옥 언니를 찾아 방문을 열고 마루로 나오는데 눈빛이 확 들이
쳤다. 한순간 눈이 감길 만큼 시었다. 무슨 눈이 이리 온담. 마루까
지 들이친 눈에 쭉 미끄러질 뻔했다. 신발을 신으려고 마루 아래를
내려다보다가 나는 아버지! 하고 불렀다. 방 안에서 아버지가 무슨
일이냐? 물었다.

─ 내 부츠 다른 곳에 뒀어요?

─ 아니다.

─ 안 보이는데!

─ 그게 어디 갔겠냐…… 잘 찾아봐라.

아버지의 말을 다 듣기도 전에 나는 아버지 털신 위에 쌓인 눈을
툭툭 털어내 발을 집어넣고 순옥 언니! 소리쳐 부르며 마당으로 내
려섰다.

눈 위에 순옥 언니의 발자국이 대문 바깥으로 이어지고 있었다.
가만가만 발자국을 따라가니 순옥 언니 집이었다. 집 앞까지 남겨
진 발자국을 징검다리처럼 디디며 순옥 언니 집 마당 안으로 들어
서던 나는 대문에 붙박이듯 서버렸다. 흰 눈이 쌓여 있는 마당 가득
어지러운 발자국이 난무했다. 발자국은 감나무 밑으로도 갔다가 모
과나무 밑으로도 갔다가 석류나무 밑으로도 갔다가 눈을 뒤집어쓰
고 있는 철쭉 군락 쪽으로 갔다가 쓸어서 담장 가까이로 산더미만
큼 쌓아놓은 눈더미 앞으로 갔다가…… 어지럽게 빙글빙글 돌다가

마루로 올라서는 토방으로 이어졌다. 그 토방에 눈이 수북이 쌓인 순옥 언니의 털신이 나란히 놓여 있었다. 털신 속까지 들어찬 눈을 토방에 대고 툭툭 털어내다가 순옥 언니의 신발 속에 슬며시 내 발을 밀어넣어보았다. 홀렁했다. 털신을 신은 채 눈이 들이친 마루에 걸터앉아 마당을 내려다보았다. 순옥 언니를 데리고 돌아온 이 옛 집에 낙천이 아저씨는 마당 가득 열심히 꽃을 심기도 했다. 순옥 언니가 꽃을 좋아해서였다. 두 부녀가 살고 있는 집은 온갖 꽃들이 피고 졌다. 봄이면 진달래가 목련이 개나리가 모과꽃이 제비꽃이 배꽃이 피었다가 시들고, 여름이면 해바라기가 접시꽃이 석류꽃이 맨드라미며 붓꽃이 부엌 앞에까지 밀고 들어와 피고 졌다. 그사이에 평상을 놓고 국수를 삶아 순옥 언니에게 먹이고 있는 등이 굽은 낙천이 아저씨를 지나가며 보곤 했다. 이 마당에 가마귀쪽이며 멀구슬 잎들이 떨어지는 가을이 지난 뒤엔 따지 않은 감들이 붉게 물들어 있거나 역시 따지 않은 모과들이 주렁주렁 매달려 찬서리를 맞기도 했다. 겨울이 지나고 나면 마을에서 맨 먼저 갯버들을 볼 수 있는 곳도 낙천이 아저씨네 마당이었을 것이다. 내가 이름을 알지 못하는 숱한 꽃들이 지금도 눈 속에서 이제 이 집에 순옥 언니 혼자 남은 줄도 모른 채 시시각각 꽃을 피울 봄날을 기다리고 있기도 할 것이다.

—순옥 언니?

방문을 열자 순옥 언니는 차가운 빈방에서 혼자 몸을 구부린 채 잠들어 있었다. 방으로 들어가 장에서 이불을 꺼내 순옥 언니 몸을 덮어주려다보니 순옥 언니 눈가에 눈물이 흘러내리다가 말라붙어 얼룩덜룩했다. 물끄러미 순옥 언니를 바라보다가 방에서 나왔다. 눈 쌓인 마당에 만다라처럼 피어 있는 무수한 발자국들을 난감하게 바라보았다. 발레리나는 하루에 열아홉 시간씩 연습을 하는 통에 일 년이면 천여 켤레의 토슈즈가 닳았다고 했다. 조금씩 앞으로 나아가고 있는 느낌이라 나이드는 것이 좋다고도 했다. 이십 년 후엔 어떤 모습이겠느냐 물으니 그녀는 오늘과 같을 것, 이라고 대답했다. 나는 토방 위의 순옥 언니 신발을 신기 좋게 돌려놓았다. 순옥 언니와 내게는 이십 년 후가 오늘과 같아서는 안 되었다. 발레리나에 대한 이야기를 쓰고 싶어서 나는 마음이 다급해졌다. 그런데 이 눈 속 어디에서 내 신발을 찾아 신어야 하는지. 막막해져 신발 찾기를 체념하고 순옥 언니 집 대문을 걸어나오다가 뒤돌아보았다. 다시 내리기 시작한 눈이 마당의 발자국들을 하얗게 지우고 있었다.

눈발 속으로 순옥 언니 신발 두 짝이 토방에 놓여 있는 게 보였다.

화분이 있는 마당

혼자 살려면 사흘 동안 연락이 끊겼을 때 전화를 걸어올 사람이 적어도 다섯 명은 되어야 한다, 는 글을 잡지에서 읽은 적이 있다. 잊히지 않는 구절이다. 당연히 혼자 살 수 있는 경제력이 첫번째로 꼽히고 있었다. 그 뒤로 열다섯 가지쯤 되는 항목이 나열되어 있있는데, 혼자 밥 먹는 걸 즐길 줄 알아야 한다는 것, 무언가의 마니아가 되어야 한다는 것 정도가 희미하게 떠오른다. 그 희미한 기억에 비하면 사흘 동안 연락이 끊겼을 때 안부를 챙길 사람이 다섯 명은 있어야 된다는 구절은 십계명처럼 명백하게 떠오른다. 그런 사람을 다섯 명은커녕 한 명도 두고 있지 못하다는 불안감 때문이었을 것이다.

습관처럼 창이 떠올랐으나 그즈음 나는 창과의 결별로 언어장애와 식이장애를 동시에 겪고 있던 참이었다. 창은 나와의 결별을 편지로 알려왔다. 그동안 서로 메일을 사용해왔던 터라 빠른우편으로 보낸 창의 편지를 받았을 때 나는 내용도 모른 채 반가운 마음이 들었다. 그런데 나와는 더이상 아무것도 새롭지 않다고 씌어 있었다. 나와는 모든 것이 너무 오래되어 무엇을 해도 달라질 게 없어 인생의 목표를 세울 수가 없다고 씌어 있었다. 오래전부터 그 생각을 하면 암담해지곤 했다고.

갑작스럽고 돌연하고 단호하기까지 한 창이 보낸 편지를 나는 다섯 번이나 읽었다. 편지를 받고 하루를 보낸 다음에 나는 창에게 전화를 걸었다. 오래되었느니 새롭지 않느니 핑계 그만 대고 내가 납득할 만한 이유를 말해달라고 하려던 참이었는데 아무 말도 할 수 없었다. 말이 입안에 갇혀 한마디도 나오지 않았다. 나는 창의 숨소리를 들으며 전화를 끊을 수밖에 없었다. 일은 거기서 끝난 게 아니었다. 이후 나는 누구 앞에서든 무슨 말을 하려면 언덕 위에서 곤두박질치는 기분이 되곤 했다.

나의 직업은 인터뷰어이다. 나는 늘 사람을 만나거나 전화를 걸어 얘기를 해야 했을 뿐 아니라 상대방이 누구든 속엣말을 하고 싶도록 유도해야 하는 입장이었다. 나의 말하기는 당장 생존과 관계되는 일이었다. 그런데 언어장애라니. 말하기가 점점 고통스러워질수록 나는 스스로를 위로했다. 남녀가 결별하는 데 이유랄 게 따로 있겠는가. 마음먹기에 따라 모든 것이 이유일 것이다. 창에게 다른 사람이 생긴 것일 뿐이다. 여자거나 남자거나 다른 사람을 좋아하게 된 것에 대해 이유를 대라고 하면 그쪽이라고 무슨 할말이 있겠는가. 그럼에도 불구하고 창의 결별편지로 인해 받은 마음의 상처는 먼저 말을 해야 하는 직업을 가진 나로 하여금 말문이 열리지 않는 곤욕을 치르게 하며 점점 깊어졌다. 아침에 눈을 뜰 때, 새벽녘이 다 되어서야 잠자리에 들 때, 한낮에 혼자 점심을 먹을 때, 약속 장소에 나가려고 머리를 감을 때, 이젠 창을 만날 수 없다는 현실에 고통을 느꼈다. 고통은 단순히 창과 관련된 일만이 아니라 그동안 내가 잘못 살아왔다는 자책으로까지 치달았다.

　그런 와중의 지난 이월의 어느 날 아침에 후배 K가 전화를 해서 내가 사는 동네로 이사를 할까 한다고 했다. 우리 동네로? 물으려는데 그 간단한 말조차 입안에서만 뱅뱅 돌 뿐 발음이 되지 않았다. K와 이 지경이면…… 나는 내 언어장애가 심각하다는 걸 깨달았다. 슈퍼마켓에 갔다가 쓰레기봉투가 어디에 있느냐는 말이 나오지 않는다거나 세탁물을 가지고 온 세탁소 사람에게 세탁물 개수를 맞게 가져온 거냐고 물으려다가 혀가 굳어지는 걸 느낄 때와는 다른 절박한 불안감이 엄습했다. K가 수화기 저편에서 여보세요? 여보세요? 를 다섯 번이나 한 뒤에야 나는 수화기를 바꿔쥐고서 우리 동네로? 를 건너뛰고 옮……겨……갈…… 집……은…… 정……했…… 어? 이마에 식은땀이 흐르는 걸 느끼며 간신히 말을 마쳤다. 다행스럽게 K는 내 말투가 왜 그런지에 대해 묻지 않고 아직 계약은 하지 않았으나 봐둔 집이 있다고 빠르게 말했다. 봐……둔…… 집……? 되물었더니 K는, 어제 내가 그쪽 동네에 갔었습니다, 했다.

K와 통화를 하는 중에 수화기를 들고 있지 않은 다른 손으로 커튼을 슬쩍 젖혀보았더니 하늘에 희끗희끗 눈발이 비쳤다. 지난가을부터 K는 이사를 해야겠다고 말하곤 했다. 살고 있는 동네가 너무 소란스럽다고 했다. 새벽 두세시가 되어도 창문 밑으로 사람이 지나가고 가끔 취객들이 K의 창문 밑에 서서 방뇨를 하기도 한다고 했다. 그것까지도 괜찮은데 일이 년 안에 K가 살고 있는 집 앞뒤로 새 건물들이 지어질 참이라고 했다. 그 소음을 참아낼 수 없을 것 같다는 것이 K의 말이었다. 이사를 해야겠다고 하면서도 K는 서두르는 기색을 보이지 않았다. 내가 이따금 생각난 듯이 이사를 하려면 옮겨갈 곳을 정해야 되지 않아? 물으면 지금 살고 있는 곳이 먼저 나가야 될 것 같습니다. 라고 대답했다. 나는 K가 내게 정중하게 존댓말을 쓸 때나 아, K가 나보다 어리지, 생각한다. 어쩌면 K는 내가 K 자신보다 나이가 많다는 것을 잊지 말라는 듯이 존댓말을 쓰는지도 모르겠다는 생각이 든다.

K가 이사를 해야겠다는 말을 꺼내고도 별 변화 없이 두 계절인가가 지나갔고 그사이에 창이 나에게서 떠나갔다. 그동안 가끔 이사한다더니 어떻게 된 거야? 물으면 K는 지금 살고 있는 집이 잘 나갈 것 같지가 않습니다, 했다. 그런 K의 얼굴에는 글쎄요, 이사를 할 수 있을지 모르겠습니다, 하는 표정이 새겨지곤 했다. 그게 무슨 상관이야, 그냥 이사해, 그러면 K는 집주인이 그렇게 경제력이 있는 사람이 아닙니다, 라고 대답했다. 자세히 묻진 않았어도 아마 누군가 K가 살고 있는 집에 이사를 와야 집주인은 그에게 돈을 받아 K에게 줄 수 있는 모양이었다. 그래서 먼저 살고 있는 집으로 이사

올 사람이 정해진 뒤에 집을 보러 다닐 생각인가보다 생각하고 있었다. 그렇게 두 계절을 넘기더니 갑자기 K가 거창에서 하우스 딸기를 재배하는 사람 사진을 찍으러 다녀오느라 집을 비운 사이에 누군가 집주인하고 계약을 하고 갔다는 거였다. 그래서 K도 어제 이 동네로 집을 보러 왔다는 것이었다. 갑자기 보름 안에 이사를 가야 할 상황이라 당황스럽다고 했다. 어디로 이사를 해야 하나 생각하고 있는데, 평소에 우리 동네로 이사 와, 동네 괜찮아, 했던 내 말이 생각났다고 했다.

나는 이 동네에 십오 년째 살고 있는 참이다. 이 동네에 살기 전에 이 도시의 수많은 동네에 옮겨다니며 살았던 거에 비하면 내가 생각해도 오래 살고 있는 중이다. 시장은 물론이고 할인점도 영화관도 학교도 없을 뿐 아니라 지하철도 닿지 않는 동네이다. 이 동네에 살려면 싼 과일을 사다먹을 생각 같은 건 아예 하지 말아야 한다. 그래도 이 동네를 떠나지 못하는 건 산 때문이다. 주말이 되면 이 도시의 여기저기에서 등산복 차림의 사람들이 버스를 타거나 자동차를 몰고 와서 이 동네의 뒤편에 펼쳐진 산에 오를 정도로 이 도시에서 가장 큰 산이 집 뒤에 있다. 가끔 이사를 가볼까 생각했다가도 비가 내린 다음날 아침에 산에 한번 올라갔다 오면 그런 마음이 싹 가셨다. 바위산이라 물 빠지는 속도가 빨라 비온 다음날 산 쪽으로 길을 잡고 걸으면 동네 앞에까지 물소리가 가득 찼다. 흰 거품이 일고 있는 물길을 따라 걸어다니다 오면 이 도시의 어디에 이런 곳이 있을까 하는 생각이 들었다. 물은 맑디맑을 뿐 아니라 잡념으로 뒤엉킨 머릿속을 매번 씻어주는 듯했다. 이런 곳을 두고 이사를 가볼까 생각했었다니 동네에 미안한 마음까지 일곤 했다.

K가 집을 보러 온 날은 일요일이어서 부동산소개소의 문이 다 닫혀 있었다. K는 허탕을 치고 돌아가는 기분을 피해보려고 동네 여기저기를 싸돌아다녔다고 했다. 그러다가 터널 앞에 있는 부동산소개소 한 곳이 문을 열고 있는 걸 발견하고 반가운 마음에 들어갔다. 이것저것 물어보았으나 K가 이사할 만한 마땅한 집이 없어서 실망을 하고 막 나오려는 참에 한 남자가 부동산소개소 문을 열고 들어와 K가 봐둔 집을 세놓겠다고 했다. K는 주춤하고 서서 그 사람 얘기를 들었다고 했다. 단독주택이라는 점에 이끌렸고 작긴 하지만 방이 두 개라는 점에 귀를 기울이고 있는데, 마당 얘기를 하더라는 것이었다. 게다가 집세도 K가 가지고 있는 돈에서 조금만 더 채우면 될 액수여서 그길로 집을 보러 갔다. 혼자 살기에는 과분할 정도로 규모를 갖춘 집이었고, 마당까지 있는데 무얼 더 바라겠느냐며 계약을 하려고 한다는 것이었다.

마당?

K의 말을 듣고 있다가 마⋯⋯당? 하고 혼자 입술을 달싹여보았다. 마⋯⋯당이라. 뭔가 애틋한 기분이 들기는 했다. 그래도 그렇지. 나는 힘을 짜내어 다른⋯⋯ 곳은⋯⋯ 보⋯⋯지⋯⋯도 않고 딱 한 곳을 보고⋯⋯서⋯⋯ 계약을⋯⋯ 한다니⋯⋯ 좀 그렇지⋯⋯ 않아⋯⋯? 되묻고는 K가 눈치 안 채게 깊은 숨을 내쉬었다. 말더듬 때문에 석연치 않게 여기고 있는 내 마음은 K에게 전달되지도 않았을 것이다. K는 머뭇거리다가 놓치면 어떻게 합니까? 보름 안에 이사를 가야 합니다. 이 집에 이사 올 사람이 살고 있는

집으로는 벌써 이사할 사람이 정해졌답니다, 대답했다. 그럼……
계약하기…… 전에…… 집 구경이나…… 한번 하자……고 내가
제의했다. K가 내 더듬거리는 말투에 신경을 쓰지 않는다고 생각하
자 말하기가 덜 힘들었다. 봐……둔…… 집……이 어디쯤이
야…… 물으니 요즘 이 동네의 큰길가에 새로 생긴 거인이란 레스
토랑 옆의 골목을 따라가면 그 집이 나온다고 해서, 일단 K를 거인
앞에서 만나기로 했다.

K가 봐둔 집으로 올라가는 양편으로는 분양중인 새로 지은 연립
주택과 고급 빌라 들이 줄지어 있었다. 이 동네에 대해서는 어느 만
큼 알고 있다고 생각했는데 골목 안에 이런 집들이 지어지고 있다
는 것은 전혀 알지 못했다. 하긴 나는 늘 산 쪽을 향해 걸어다녔다.
골목길의 그늘진 곳엔 겨울 동안 내린 눈이 아직 그대로 남아 있었
다. 그러잖아도 집 구경을 가는 길인데 새로 지은 골목 아래쪽의 연
립주택 앞에는 '구경하는 집'이란 플래카드가 걸려 있기도 했다. 새
로 지은 집엔 아직 사람들이 살고 있지 않았으므로 주차장까지 텅
비어 있었다. 영화 세트장을 지나가고 있는 기분이었다. K가 봐둔
집은 새로 지은 연립들을 지나 새로 짓고 있는 빌라 주차장으로 들
어가는 바로 앞에 있었다. 위쪽으로나 아래쪽으로나 새로 지었거나
짓고 있는 집들 사이에 K가 봐둔 집은 아주 낯설게 붉은 벽돌 담장
과 검은 철대문을 지닌 채 이월의 찬 공기 속에 서 있었다.

아마도 재두루미였을 것이다.

내가 였을 것이다, 라고 표현하는 것은 나는 분명 그 재두루미를
보았는데 K는 보지 못했다고 하기 때문이다. 나는 그날 재두루미를

보았다. 봐둔 집일 뿐 K가 대문 열쇠를 가지고 있는 게 아니어서, 우리는 K가 이사 오기 전까지 살 세입자가 열쇠를 가지고 오기를 대문 앞에서 기다리고 있었다. 발이 시려서 동동거리고 있는데 K가 저기가 마당이에요, 철대문 안을 들여다보며 말했다. 겨울이어서일까, K를 따라 들여다본 곳은 마당이라고 하기에는 황폐한 땅이었다. 드문드문 눈이 쌓여 있고 아무것도 심겨 있지 않은 화분들이 버려지듯 쓰러져 있을 뿐이었다. 그러다가 담장 쪽으로 서 있는 나무들을 보게 되었다. 향나무 두 그루를 지나쳐 대문과 가까운 나무를 엿보는데, 그 나무 위에 눈 주위가 붉은 재두루미 한 마리가 앉아 있었던 것이다. 날개 쪽의 옅은 회색이 배 쪽으로 내려가면서 아주 짙은 회색을 띠고 있었다. 나는 금세 재두루미구나, 알아보았다. 언젠가 K를 따라간 휴전선 근처에서 눈 속에서 먹이를 찾고 있는 재두루미를 본 적이 있었는데, 그 자태가 어찌나 아름다웠던지 잊히지 않았다. 전체적인 생김새는 학과 유사했지만 동작 하나하나가 우아하기 이를 데 없었다. 작은 소음에도 민감하기 때문에 당시 재두루미를 카메라에 담기 위해서 극도로 조심해야 했다.

나는 철대문에서 얼굴을 떼지 않고 K에게 저기…… 좀 봐…… 재두루미다! 했더니 K도 철대문에 얼굴을 대고 내가 가리킨 곳을 보았다. 목련나무인 듯했다. 원래는 상당히 큰 나무였나보았다. 그 덩치로 보아서는 담장 바깥에서도 나무의 자태가 다 보여야 옳을 것 같은데 나무는 가지들이 뭉툭뭉툭 잘린 채 마당에 갇혀 있었다. 그 잘린 나뭇가지 위에 재두루미가 앉아 있었다. K가 어디 말입니까? 물어서 저기…… 앉아…… 있잖아, 하다가 나는 허망해졌다.

50

분명 긴 목과 긴 다리를 접고 앉아 있었던 재두루미가 흔적도 없이 사라지고 나뭇가지 위가 텅 비어 있었다.

그날 나는 K와 헤어져 집에 돌아와서 『새들의 비밀』 『한국의 철새』 『새에 미친 사람들』 같은 책들을 꺼내 책상 위에 쌓아두었다. 하마터면 K와 재두루미의 일로 싸울 뻔한 여운 때문이었을 것이다. K는 이런 데 무슨 재두루미냐는 투였고 나는 분명 K, 네가…… 언젠가…… 찍었던…… 그 재두루미를…… 틀림없이 보았다, 고 우기다가 나중에는 그러면 내가…… 헛것을…… 보았다는 얘기냐! 감정이 상할 지경까지 이르렀던 것이다. 뒤늦게 세입자가 열쇠를 들고 올라오지 않았다면 나는 그만 성이 나서 혼자 집으로 돌아와버렸을지도 모르겠다.

K는 그로부터 보름쯤 후에 그 집으로 이사를 왔다. 나는 겨울이 가고 봄이 오는 동안 이따금 생각난 듯이 책상 위에 얹혀 있는 책을 펼치고 재두루미에 관한 사진이나 글 들을 찾아 읽었다. 눈 쌓인 언덕에 앉아 있는 재두루미나 외발로 서 있는 재두루미 혹은 겨울 하늘을 비상중인 재두루미의 자태를 볼수록 그날 내가 본, K가 봐둔 집의 잘린 목련나무 가지 위에 앉아 있던 그 새는 분명 재두루미였다. 그래서 이후 통화를 하다가 생각난 듯이 거기…… 나무에…… 재두루미…… 앉아 있나…… 내다봐봐! 그랬고 K는 끝내 포기를 못 하는군요, 하면서 웃었다. 분명히 거기 앉아 있었는데 날아갈 틈도 없이 어디로 사라져버렸단 말인가. 그게 재두루미였다고 끝끝내 우길 수 없기는 했다. K의 말대로 이월에 재두루미는 파주나 김포 일대 혹은 강원도 철원에 있어야 했다. 인가를 찾아와 어느 집 마당

나뭇가지에 내려앉는 그런 흔한 새도 아니었다. 재두루미는 희귀한 철새로 천연기념물로 지정되어 있는 새였다. 트랜스바이칼리아 동부 초원의 오논 강이나 만주 남부의 분지에 걸쳐 분포해 있다는 재두루미, 겨울에는 암수와 어린 새 두 마리 정도의 가족 무리가 모여 수십 수백 마리의 큰 무리를 형성한다는 재두루미에 대한 글을 종종 사진과 겹쳐 읽으며 분명 재두루미였는데, 혼자 웅얼거리는 사이 봄이 지나가고 여름이 왔다.

K는 사진을 찍으러 열흘 이상 집을 비우게 되면 내게 대문 열쇠를 건네주며 사흘에 한 번 마당에 물을 줄 것을 청했다. 집을 비우는 일이 잦은 K는 미안한 얼굴로 청했지만 나는 K네 마당에 물을 주러 가는 일이 은밀하고도 즐거웠다. K는 이월의 그 황폐해 보였던 마당을 떠올리기 어렵게 그동안 마당을 아름답게 가꾸어놓았던 것이다. 지금 하려는 이야기는 K네 마당에 물을 주러 갔던 지난 여름밤에 관한 것이다. 어쩌면 그 집을 내가 처음 보러 갔을 때 뭉툭 잘린 목련나무 위에 앉아 있던 재두루미에 관한 이야기이기도 하겠다.

*

장마를 앞두고 K는 내가 마당을 돌볼 수 있게 그 집의 대문 열쇠를 건네준 뒤 상하이로 사진을 찍으러 떠났다. 그 무렵, 나의 언어장애는 걸려오는 전화도 받을 수 없을 정도로 진행되어 있었다. 아니요, 라고 말해야 될 때는 더욱 그러했다. 누군가를 인터뷰해달라는 전화를 받는 일조차 두려워졌다. 내가 할 일이 아니라고 여겨지면 정중하게 거절을 해야 하는데, 나는 나도 모르게 가만히 수화기를 내려놓아버리곤 했다. 회복이 될 때까지 쉬는 수밖에 도리가 없었다. 한 달 일해서 한 달 먹고사는 처지에 일을 받지 못하고 있으니 불안하기까지 해서 식욕이 떨어진데다 불면까지 찾아왔다.

잠이 오지 않는 밤이면 입고 있는 파자마까지 무거웠다. 피곤해지면 잠이 올까 싶어서 옷을 다 벗어버리고 집 안을 내내 돌아다녔다. 괜히 냉장고 문을 열어보았다가 베란다에 서 있다가 물구나무를 선 채 텔레비전을 보기도 했다. 그래도 잠이 오지 않으면 이번엔 옷을 입고 놀이터에 나가 철봉에 매달려서 밤하늘을 올려다보았다. 철봉에 아무리 오래 매달려 있어도 잠은 오지 않았다. 손에 쇠붙이 냄새가 배어 손만 씻어야 했다. 어느 날은 소읍의 어머니에게 전화를 걸었다. 주무시는지 벨소리가 여러 번 울린 뒤에도 어머니는 전화를 받지 않았다. 그러면 끊고 다시 걸었다. 그러기를 다섯 번쯤 반복해야 어머니 목소리를 들을 수 있었다. 무슨 일이냐는 어머니에게 내가…… 어렸을 때 맨 처음 했던 말이 무엇이냐고…… 물었다. 어머니는 그 오래전의 일을 어떻게 기억하느냐면서 왜 말을 더듬느냐고 꾸중을 하고는 잠이나 자라고 하였다. 너무 속을 오래 비워두는 것 같아 뭘 좀 먹으려고 하면 메슥거리며 금세 구토증상이 느껴졌다. 음식이 받지 않으니 기운이 빠져서 야채 우린 물로 식수를 대신하며 버텼다.

K가 없는 동안 나는 해저물녘이면 K네 마당을 찾아갔다. K는 이틀에 한 번 사흘에 한 번이라고 말하고 갔지만, 처음 K네 마당에 물을 주고 온 날 밤부터 연일 비가 내려서 내가 물을 줄 필요는 없었

다. 그러나 나는 매일 갔다. 무엇이라도 하지 않고는 배겨낼 수 없는 기분이었다. 재두루미를 보았느니 말았느니 하며 K와 옥신각신하고 있던 지난 이월에 뒤늦게 열쇠를 가지고 온 남자를 따라 마당 안으로 들어섰을 때 우리를 놀라게 한 건, 마당 여기저기에 흩어져 있는 빈 화분들이었다. 철대문 틈으로 엿볼 때와는 또다른 분위기였다. 그날 열쇠를 가지고 온 세입자는 주인이 남기고 간 화분들이라고 설명했다. 기다란 난 화분을 비롯해서 작은 토분, 커다란 항아리형 화분, 통나무 화분, 모양이나 색이 다양한 플라스틱 화분뿐만 아니라 용기 위쪽과 옆쪽 다섯 곳에다 꽃이나 관엽을 심을 수 있는 스트로베리 포트며 매달아놓을 수 있는 화분과 스탠드 플랜터형 화분, 위스키 담는 용기를 본뜬 미니 플랜터 등이 여기저기에 흩어져 있거나 쌓여 있었다. 아직 흙이 그대로 담겨 있는 화분들도 보였으나 한결같이 꽃도 관엽도 없는 빈 화분이었다. 화분을 올려두는 장식장들도 여기저기 눈에 띄었다. 이전에 살았던 사람 중 누군가 꽃을 좋아해서 이 많은 화분마다 꽃을 심었을까. 그러다가 화분들은 갑자기 버림받은 것일까. K와 내가 수도 없이 많은 화분에 호기심을 느끼는 게 우스웠는지 글쎄, 밤이면 이 화분들 사이를 누군가 걸어다닌다니까요. 열쇠를 가지고 온 남자가 뜬금없이 말했다. 네? K와 내가 동시에 남자를 바라보았다. 남자는 에이, 농담입니다, 하면서 현관문을 열어주었다. 어쨌거나 쓰레기처럼 굴러다니거나 쌓여 있는 화분들이 내게는 꽤 인상적이었다. 그날 K와 함께 집 안으로 들어가 방 두 개와 세면장 그리고 거실과 뒤로 나가는 문과 장독대까지 보았는데도 K가 밤에 전화를 걸어와 집이 어떻더냐고 물었을 때 아무 생각도 나지 않고 재두루미와 버려진 화분들만 떠올랐다.

K는 이사를 한 뒤에 이삿짐을 정리하는 일보다 먼저 마당에 넘어져 있는 화분들을 모두 일으켜세웠다. 가지가 뭉툭뭉툭 잘린 목련나무 밑에 화분들을 줄세워놓으니 열두 줄도 넘었다. K는 날씨가 따뜻해지자 화분에 나무 밑의 흙과 구석에서 오랫동안 썩고 있는 낙엽을 섞어 퍼담고 거기에 여러 종류의 꽃들을 심었다. 작은 종 모양의 캄파눌라도 심고 반구형으로 둥글고 가지런한 포기에 흰색과 분홍색의 작은 꽃이 많이 피는 아릿섬도 심었으며 팬지, 풍란, 군자란, 마거리트, 조그맣고 둥근 포기에서 보라색과 흰색이 섞인 작은 꽃이 많이 피는 이사컴, 치시마 도라지, 노란 심비디움을 심었다. 프리랜서 사진기자와 인터뷰어로 만나서 친구처럼 지낸 지가 오래되었는데도 나는 K가 꽃을 좋아하는 사람인 줄 미처 몰랐다.

봄이 되자 K가 화분에 심은 꽃들이 만발했다. 마당에는 돌나물과 방아잎이 돋았으며 한쪽에 마디풀이 군락을 이루는가 하면 빨간 하늘나리가 여기저기에 피기도 했다. 하늘나리는 그 빛과 자태가 어찌나 화려하고 우아한지 K를 졸라 하늘나리 앞에서 사진까지 찍었다. 잘린 목련나무에도 흰 목련이 가득 피었다. 목련이 지고 난 뒤 푸른 나뭇잎들이 손바닥만하게 넓어지고 무성해져서 뭉툭뭉툭 잘라진 자리를 덮었다. 목련이 질 때쯤 K는 창문 밑에 나팔꽃도 심었다. 사진을 찍으러 갔다가 조부의 산소를 지나가게 되었다면서 기념으로 산소에서 자라고 있던 더덕을 캐와 심기도 했다. 봄꽃이 지고 난 뒤에 K는 화분에 꽃치자며 은방울꽃, 공작선인장, 노란 나스터티움, 작약이며 백일초 같은 여름꽃들을 심었다. 뿐인가. 마당의 나무 밑에는 분꽃이며 나리며 머위도 심었다. 채송화같이 생긴 포튤라카를 매다는 화분에 심어 나뭇가지에 달아놓기도 했다. K네 마당은 어느덧 그 골목의 명물이 되어 이웃들이 지나다 들어와보기도 했다. 어느 날은 앞집에 세들어 사는 젊은 여자가 담으로 넘겨다보다가 K와 시선이 마주친 적도 있다고 했다. 나도 산책 나갔다가 K가 없을 때 슬쩍 K네 대문 안을 기웃거릴 때가 있었다. 그랬으므로 K가 내게 열쇠를 맡기며 마당에 물을 주기를 청하면 나는 무슨 선물을 받는 기분이었다.

K는 골목 쪽으로 난 창이 있는 방에 불을 켜놓고 갔다. 처음 어두워질 무렵에 K네 집 마당을 찾았다가 K의 방에서 불빛이 흘러나오기에 나는 K가 상하이에 가지 않은 줄 알고 반가워서 창밖에서 K의 이름을 불러보았다. K가 있다면 K와 함께 얘기를 나누고 싶었으나 아무런 대답이 없었다. K가 없는 동안 내내 비가 내렸는데도 나는 우산을 쓰고 K네 마당에 가서 비 맞는 K네 마당을 바라보았다. 간혹 호스를 대고 물을 뿌리는 시늉을 하거나 처마 밑에 우두커니 서 있거나 혹은 K네 거실과 마당 쪽으로 난 창문을 타고 올라가는 나팔꽃 줄기를 물끄러미 바라보다가 돌아왔다.

K네 대문 앞에서 그 여자를 본 날은 오전 내내 내리던 비가 그치고 맑게 갠 오후가 이어지던 날이었다. 햇볕이 섞인 공기가 실내를 환기시켜주기를 기대하며 나는 집 안의 창이란 창을 다 열었다. 나무가 있는 쪽에서 일제히 매미 우는 소리가 들려왔다. 침대 시트를 빨아 베란다에 널었고 뜨거운 물에 행주를 적셔가며 냉장고의 냉장칸을 닦아내는 동안에도 매미는 그치지 않고 울었다. 한바탕 청소

를 하고 나니 비가 내리는 동안 집 안 어디에서나 맡아졌던 꿉꿉한 냄새가 좀 가시는 것 같았다.

해저물녘이 되어도 계속 울어대는 매미 소리를 들으며 오랜만의 이 햇볕 속에서 K네 마당의 식물들은 어쩌고 있는지 궁금해져 슬리퍼를 끌고 집을 나섰다. 조금만 걸어도 이마와 등에 땀이 배는 더운 날씨였다. 새로 지은 연립과 빌라 들엔 아직도 입주하지 않은 빈집들이 그대로 있었다. 비가 내리는 중에 볕이 나는 날이면 사람 마음이 다 비슷비슷한 모양인지 빈집을 위층에 혹은 아래층에 두고 입주해 살고 있는 사람들의 베란다에도 빨래들이 널려 있었다. K네 집에 다다랐을 때 검은 철대문이 열려 있었다. 열린 대문 앞에 한 여자가 서 있었다. 여자는 금방 눈에 띄었다. K네 집 앞에 서 있어서가 아니라 한여름에 여자는 오래되어 보풀이 일어난 흰색과 밤색이 섞인 털스웨터를 입고 유행이 지난 동그란 뿔테안경을 쓰고 있었다. 털스웨터는 손으로 짠 것인지 등 쪽의 다이아몬드 문양이 정교하지 않고 약간씩 어긋나 있었다. 여자는 여름날에 털스웨터를 입고도 추운지 입술이 새파랬다. 여자는 방금 누군가를 배웅이라도 한 것 같았다. 안으로 들어서려다가 나를 보더니 안녕하세요! 인사를 했다. 처음 보는 여자였다. 나이는 마흔이 아직 안 되었거나 아니면 한두 살 지났거나 그래 보였다. 내가 못 알아보는 듯하자, 여자는 약간 겸연쩍어하며 안으로 들어가려 했다. 나는 잠깐 여자가 K의 누나라도 되나? 생각했다. K는 내게 누나가 있다는 말을 한 번도 한 적이 없었지만 내가 K에 대해서 아는 것이 적으니 누나가 있을지도 몰랐다. 내가 의아해하면서도 미처 누구냐고 묻지 못하는 사이 여자가 K네 마당으로 들어섰다. 여자가 자연스럽게 앞장서고 오히려 내가 따라 들어간 셈이었다. 대문은 늦게 들어간 내가 닫았다. 여자는 나를 한번 힐끗 돌아보고는 거실로 통하는 현관문이 있는 계단 앞을 지나 K가 잠자는 방 창문 앞을 지나 옆집 담 쪽으로 걸어가더니 바로 담 앞에서 옆으로 꺾어져 사라졌다.

이 집에 K 말고 또다른 사람이 살고 있었던가?

나는 갑자기 머릿속이 복잡해졌다. 두 그루의 향나무 앞쪽으로 빨랫대가 세워져 있고 거기에 이불이 널려 있기까지 했다. 내가 서 있는 곳에서 마주 보이는 담 옆으로 꺾어들어가면 거기에 또 방이 있는 것일까? 궁금하면 걸어가보면 될 것인데 왠지 발걸음이 떨어지지가 않아 나는 수돗가 앞에서 한참을 서성거렸다. 내게 안녕하세요! 하고 인사를 한 걸 보면 여자는 나를 알고 있는 모양이었다. 비가 내리고 있는데도 K네 마당에 물을 주는 시늉을 하는 나를 몰래 엿보기라도 했는가 싶으니 기분이 떨떠름했다. 나는 K가 있을 때보다 K가 없을 때 혼자서 K네 마당에 서 있을 때가 많았으며 그때의 기분을 남모르게 누렸다. 주인이 없는 빈집의 마당에서 아귀다툼하며 피어난 화분 속의 꽃들에게 물을 주며 기묘한 적막 속에 혼자 있는 기분을 뭐라 표현할까마는, 야릇한 존재감이 느껴지곤 했다. 화분들뿐만 아니라 마당의 다른 나무들에게도 일일이 물을 준 다음에도 수돗가에 혹은 현관으로 올라가는 계단에 앉아 마당을 보고 있다가 돌아오곤 했던 것이다. 그런데 그때마다 이 집에 나 혼자 있었던 게 아니었다니.

비온 다음에 햇볕을 실컷 받은 분꽃이나 나팔꽃 물봉숭 이파리들은 싱싱하고 새파랬다. 꽃치자의 진녹색 잎사귀 사이에 순백의 꽃이 피어올라 있기도 했다. 치자향은 은은했다. 고개를 숙이듯 아래를 향해 피어 있는 은방울꽃이 담긴 화분에 튄 흙탕물을 닦아주고 있는데 여자가 빨랫대에 널려 있는 이불을 걷어서 다시 안으로 들어갔다. 너무 다닥다닥 붙어 있는 화분들 사이를 벌려주고 난 다음에도 나는 내 집으로 돌아가기가 싫었다. 마땅히 갈 곳이 있는 것도 아니었다. 서글픈 생각이 들어 K네 현관 계단에 앉아 마당을 바라보았다. 어느새 시간이 흘러 K가 불을 켜놓고 간 방에서 불빛이 흘러나왔다. 불을 켜놓은 방 벽과 창문을 타고 나팔꽃은 지붕 위까지 뻗어올라가 있었다. 나팔꽃을 따라가보니 어두워지는 저녁 하늘에 흰 구름이 넘실거렸다. 연상작용처럼 창의 얼굴이 떠올랐다. 창은 왜 나와 함께는 인생의 목표를 세울 수 없다는 생각을 했을까. 창이 쓴 결별편지를 생각하자 마음이 이루 말할 수 없이 암담해졌다.

"저기요."

누군가 나를 불렀을 때 나는 흠칫 놀라서 고개를 들었다. 계단에 쪼그리고 앉아 무릎에 얼굴을 묻은 채 잠이 들어버렸나보았다. 시간이 얼마나 지난 것일까. 마당이 어두워져 있었다. 어둠 속에 여자가 서 있었다.

"이것 좀 한잔 마셔볼래요?"

아직도 상황 파악이 잘 되지 않아 얼떨떨해 있는 내 앞에 여자가 둥근 볼을 내밀었다. 나는 아무것도 먹지 못한다고 말할 수가 없어서 얼결에 그릇을 받아들었다.

"콩국물이에요. 서리태콩을 쪄서 만든 것이라 맛이 괜찮아요."

"……"

콩국물에 얼음을 띄웠는지 그새 볼을 받치고 있는 손바닥이 차가워졌다.

"그쪽에 스위치를 누르면 마당에 불이 켜지는데……"

나는 어둠 속에서 등을 돌려 여자가 가리키는 쪽에 붙어 있는 스위치를 눌렀다. 목련나무 밑에 서 있는 가등에 불이 들어오자 갑자기 마당이 환해져 눈이 부셨다. 아래서 불빛을 받으며 목련나무 잎사귀들은 무성하게 허공에 퍼져 있었다. 그 밑에 채송화와 손바닥만한 머윗잎들도 싱싱하게 고갤 쳐들고 있었다. 마당을 배경으로 서 있는 여자는 여전히 스웨터 차림이었다. 콧등에 검붉은 점이 있는 것을 빼면 별 특색이 있는 얼굴은 아니었으나 여자의 손은 험한 일에 길들여진 듯 눈에 띄게 거칠었다. 여자의 거친 손을 보자 여자가 말을 시키면 어쩌나 염려되었던 마음이 얼마간 풀어졌다. 입천장에 들러붙으려던 혀의 움직임도 자연스러워졌다. 나는 용기를 내어 말을 해보았다.

"저……쪽으로도…… 방이…… 있나……봐요."

"그쪽이 안방인걸요."

"아…… 그래요…… 나는 이 집에…… 다른 사람이 살고…… 있는 줄 몰랐어요…… 출입문이 따로 있는 줄도 몰랐고요."

얼마나 오랜만에 긴 문장의 말을 해보는 것인지.

"이 집 내부는 복도식이에요. 현관문을 열고 들어가면 왼쪽 방을 돌아서 통로를 따라 안방으로 들어가게 되어 있는 구조였는데 지금은 통로를 막았지요."

"이…… 집에…… 대해서…… 잘 아시네요."

"오래 살았으니까요."

"그럼…… 이 집…… 주인에 대해서도…… 알겠네요? ……안주인이…… 꽃을…… 좋아했나봐요."

"부부가 결혼을 한 뒤에 십여 년 만에 산 집이었어요. 처음 집을 가졌던 거죠. 안주인은 마당에뿐만 아니라 집 안의 빈틈마다 꽃을 길렀어요. 굉장했어요. 마당은 물론이고 거실이 온통 화원이었으니까요. 창문 밑이며 대문턱에까지 꽃이 핀 화분이 가득했죠. 길 가다가 사람들이 꽃향기를 맡고 안을 들여다보기 일쑤였다니까요. 저 목련나무에서도 풍성하게 꽃이 피곤 했죠. 지금은 베어졌지만 향나무 저켠으로 라일락도 있었고 목튤립도 있었어요. 안주인이 죽고 난 뒤에 바깥주인이 베어버렸죠. 화분 속의 꽃들도 다 뽑아서 죽게 만들었고, 저 목련도 베어졌으나 살아난 거예요."

"왜…… 그랬죠? 부부…… 사이가 좋지…… 않았나……봐요?"

"아니, 아주 금실이 좋은 부부였어요. 안주인이 죽은 후에 바깥주인은 안주인이 기르던 꽃들이 화사한 화분 앞이나 옷가지 앞에서 덧없는 표정으로 앉아 있곤 했어요. 삼 년 동안은 안주인이 이 집을 가꾸던 그대로 바깥주인이 꽃들을 보살폈어요. 그래서 사람들은 이 집의 안주인이 죽은 줄도 몰랐어요. 이전과 똑같았으니까요. 바깥주인의 친구들이며 친척들이 이 집에서 이사를 가지 않는 한 바깥주인에게서 안주인이 떨어지지 않는다면서 이사하기를 강요했죠. 바깥주인은 이 집을 세놓기로 결정하고 밤마다 화분들을 부수었어요. 가지고 갈 수도 없고 남겨놓아 다른 사람의 손을 타는 것도 싫었겠죠. 끝끝내 버리지 못하거나 없애지 못한 것들은 화단에 묻었어요."

"저……기에요?"

나는 마당을 가리켰다. 여자는 아니, 저기에요, 하면서 목련나무 밑을 지목했다.

"안주인 생각이 나게 하는 것들 때문에 바깥주인은 고통받는 것 같았어요. 나중엔 포악해졌죠."

"왜…… 그랬을……까요?"

"잊고 싶었겠죠."

"……그런다고…… 잊히……나요?"

"잊히지 않아서 떠났겠죠."

"안……주인은 왜…… 죽었어요? ……무슨…… 병이라도?"

여자는 대답을 하지 않았다. 나는 여자가 대답을 하지 않은 것보다 내가 더듬거리는 말투로나마 여자와 스스럼없이 대화를 나누고 있다는 사실에 내심 놀라고 있었다.

"이쪽에 탁자만 하나 있으면 그만일 텐데……"

여자가 가리킨 이쪽은 K가 창문 밑에 심어놓은 허브와 나팔꽃 앞이었다. 아닌 게 아니라 그 앞은 동그랗게 빈 공간이어서 탁자를 내놓으면 좋을 것 같았다. 지금도 푸른 잔디가 보기 좋게 자라고 있지만 탁자가 놓인다면 마당을 바라보며 차도 마시고 책도 읽고 밥도 먹을 수 있을 것이며, 마당을 보기 위해 현관으로 올라가는 계단에 앉아 있지 않아도 될 것이었다.

"여기에 어떤 탁자를 놓으면 어울릴까, 자주 생각했었어요."

나는 여자를 그저 멀거니 바라보았다. K가 여자의 이 마음을 알면 어떠할까, 싶었다. K는 여기가 K의 마당이라고 생각하고 있는데 여자도 여기가 자신의 마당이라고 여기고 있는 것 같았다.

"내가 발견한 탁자가 있는데, 가지러 갈래요?"

"어……디……에요?"

"나만 따라오면 되는데."

"가……까……위……요?"

"갈래요?"

K를 놀라게 해주고 싶은 장난스런 마음이 작용해서였을 것이다. 어쩌면 K가 이 집에 저 여자도 세들어 살고 있다는 것을 말하지 않은 것에 대해 묘한 마음이 작용했던 것인지도 모르겠다. 나는 여자를 따라나서기로 했다. 그런데 여자가 발견했다는 탁자는 내가 아는 탁자였다. K네 집으로 올라오는 큰길 맞은편에서 언덕 쪽으로 십여 분쯤 걸어올라가면 베이글을 전문으로 만들어 홍차와 함께 파는 가게가 있는데, 여자가 나를 데려간 데가 그곳이었다. 베이글이나 홍차 맛보다도 가게 창문 바깥의 높다란 두 그루의 백송 밑에 앉아 있는 분위기가 좋아서 이따금 사람들이 찾아오면 내가 데려가기도 했던 곳이었다. 가게는 아침 일찍 문을 열어 저녁 여덟시쯤이면 문을 닫았다. K가 처음 이 동네로 이사를 왔을 때는 밤 열시쯤이었다. 문 닫은 가게 바깥의 백송 아래 탁자와 의자는 그대로 놓여 있었다. K와 나는 밤 산책길에 공짜로 쉬어갈 데가 생겼다며 좋아했다. 발견의 기쁨이라는 표현을 K가 썼던 것도 같다. 그날 생각으로는 백송 아래 놓여 있는 체리목의 이 인용 탁자 아래로 밤마다 산책을 나갈 것 같은 마음이었으나 그 이후로 그곳에 다시 가볼 기회가 없었

다. 여자는 그 탁자와 의자가 마치 자기 것이나 되는 양 의자 두 개를 탁자 위에 탁탁 엎어놓더니 나에게 맞은편에서 들라고 했다.

"이렇게…… 우리…… 둘……이…… 들고…… 집……까지…… 가자는…… 거예요?"

여자는 자동차를 타고 온 것도 아닌데 그러지 않으면 무슨 수가 있나요? 하는 표정으로 나를 응시했다. 아……니…… 아닌…… 밤중에…… 나는 겸연쩍어져서 꼭 이걸 가져가야 하는가 더듬더듬 투덜대면서도 여자의 맞은편에서 탁자를 맞들었다. 탁자는 무겁지 않았다. 그래도 양편에서 탁자를 맞들고 언덕을 내려가는 여자들은 누구의 눈에라도 띄기 마련이라 아는 사람이라도 만나게 되는 건 아닌가 여간 신경쓰이는 게 아니었다. 그나마 밤이 되면 인적이 드물어지는 동네라는 생각에 조금 안심이 되긴 했다. 이상한 일은 탁자를 양편에서 들고 언덕을 내려오고 길을 건너고 다시 K의 집이 있는 골목길을 올라와 대문을 따는 동안에 우리를 쳐다보는 사람이 아무도 없었다는 것이다. 내가 만약 지나가는 사람 입장이라면 야릇한 생각이 들어 쳐다봤음 직도 한데, 탁자를 맞들고 있는 여자와 나를 관심 가지고 보는 이가 없었다. 더구나 여자는 한여름밤에 겨울 스웨터를 입고 있는데도.

내 몸은 온통 땀에 젖어 미끈거리는데 여자는 겨울 스웨터를 입고도 덥지 않은지 태연했다. 나는 방금 내려놓은 탁자 위에 엎어져 있는 의자를 끌어내리고 털썩 주저앉았다. 나는 힘에 겨워 숨을 쌕쌕 몰아쉬는데도 여자는 힘든 기색이 아니었다.

"콩국 한 그릇 더 갖다줄까요?"

여자는 현관 계단에 내려놓은 콩국물이 담긴 그릇을 보았다.

"하나도 안 마셨네요."

"……"

"콩국물을 싫어해요?"

"……"

"맛이 없어요?"

뜻밖에 여자는 집요했다.

"입……맛이…… 없어서…… 요새…… 통…… 아무것도 먹지 못하고…… 있어요……"

비가 내린 뒤라서일까. 아니면 마당을 보고 앉아 있어서일까. 여름밤의 열기 속엔 무언지 알 수 없는 쌉싸름한 냄새가 섞여 있었다. 꽃치자 향이었을까.

내가 그만 가야겠다고 하자 여자가 팔을 내저었다.

"잠깐만 있어봐요."

여자는 향나무 두 그루 사이로 난 길을 따라 담장을 향해 걷다가 오른쪽으로 꺾어지더니 사라졌다. 나는 그만 가야지, 하면서도 한 발짝도 뗄 힘이 없어 다시 의자에 앉아 탁자 위에 팔을 내려놓고 우두커니 마당을 보았다. 처음 보는 여자와 남의 가게에 가서 탁자와 의자를 들고 오다니…… 방금 한 행동에 어이가 없어졌으나 무엇에 이끌린 듯 이미 저지르고 난 뒤라 돌이킬 수도 없었다.

여자가 안에서 가지고 나온 것은 앵두화채였다. 오미자 우린 물이 담겨 있는 화채볼이 눈부시게 희었다. 볼 안에 빨갛게 익은 앵두가 동동 떠 있고 앵두 가운데에 통잣 다섯 알이 하얗게 떠 있었다.

내가 그저 바라보고만 있자 여자가 탁자 위에 내려놓았던 화채볼을 내 쪽으로 밀었다.

"마셔봐요."

"……"

"입맛이 없다고 하다가도 이 앵두화채를 만들어주면 곧 밥을 한 그릇씩 먹곤 했어요."

누구를 말하는 걸까.

나는 오미자차 위에 떠 있는 앵두를 물끄러미 바라보았다. 벌써 일주일째 건더기 있는 음식을 먹지 못하고 있는 중이었다. 야채를 우려서 만든 효소물조차 비위가 상해 게워낼 때도 있었다. 여자가 어서 마시라는 듯이 나를 응시하고 있어서 나는 화채스푼으로 붉은 앵두를 떠서 입안에 넣었다. 손으로 씨를 밀어내듯 발라내고 설탕에 재워둔 모양이다. 오미자 우린 물이 스민 앵두는 새콤했다. 나는 앵두를 조금씩 떠먹다가 화채볼을 들고 국물을 쭉 마셨다. 달기도 하고 시기도 한 앵두화채 맛에 내 혀가 부드러워졌다.

"옷을…… 그렇게 입고…… 있으면…… 덥지 않아요?"

아무 말도 하지 않고 있기가 미안해서 던진 질문에 불과했는데 여자의 표정이 순간 흔들리더니 여자가 불쑥 밥 먹을래요? 물었다.

"나는…… 아무것도…… 먹지 못하고 있어요."

"방금 화채도 마셨잖아요."

그랬구나.

"잠깐만 기다려요."

내가 말릴 틈도 없이 여자는 일어나서 빈 화채볼을 들고 다시 향나무 앞을 지나 담장을 마주한 채 걷다가 오른쪽으로 꺾어지며 사라졌다. 화단 어디쯤 정화조가 묻혀 있는 모양이었다. 무더운 여름밤 공기 속에 퍼져 있는 냄새는 치자향만이 아니었다. 나는 문득 이집에 살던 바깥주인이 베어버렸으나 그래도 살아남았다는 목련나무를 올려다보았다. 지난봄 저 나무에 목련이 피었을 때는 참 기이한 모습이었다. 뭉툭뭉툭 잘린 가지 사이사이로 새하얀 목련이 마치곧 꺼질 등불처럼 위태롭게 매달려 있었다. 그 꽃 사이로 뻗쳐 있는 잘린 가지 때문에 그리 보였을 것이다. 어떤 사람이 멀쩡한 나뭇가지를 저렇게 함부로 잘라놨나, 분노가 치밀 때도 있었다. 그런데 지금은 꽃이 진 뒤에 돋은 푸른 잎사귀가 하나하나 사람 얼굴만하게 넓어져서 잘린 가지를 모두 덮고 있었다. 뭉툭뭉툭 잘린 자리에서도 꽃이 피고 잎이 돋고…… 가슴이 뻐근해지는데 문을 열고 나오는 여자의 기척이 느껴졌다. 향나무 앞을 걸어서 내게로 오는 여자는 소반을 들고 있었다. 소반 위에는 촛대가 놓여 있고 촛대에 꽂혀 있는 키가 작은 초에는 불까지 켜져 있었다. 매우 다정한 성품을 지닌 사람인가보았다. 여자는 소반 위의 촛대를 먼저 탁자의 중앙에 내려놓았다. 주변이 촛불에 의해 은은해졌다. 소반 위의 음식들을 촛대를 빙 둘러 탁자에 내려놓는 여자의 몸짓은 나직했다. 여자가 가지무침과 백김치와 미역찬국과 애호박새우젓나물과 밭에서 좀 전에 똑똑 따온 것 같은 상추와 깻잎 쑥갓과 곰취 그리고 찐 호박잎이 담긴 바구니를 차례로 내려놓는 걸 나는 바라만 보고 있었다. 쌈 야채가 담긴 바구니 옆에 강된장을 놓고 현미와 차조와 강낭콩이 섞인 밥이 소복하게 담긴 밥그릇 옆에 국그릇을 내려놓으며 여자가 오이무름이에요, 말했다. 오이무름? 소반 위의 것들을 탁자 위에 다 옮겨놓고 여자는 소반을 잔디 위에 내려놓고선 내 맞은편 의자에 앉았다. 여자가 부산하게 움직이는 동안 내가 한 일이란 겨우 수저 한 벌은 여자 앞에 한 벌은 내 앞에 놓은 것뿐이었다. 산들바람이 부는지 목련나무 잎새가 수수수 흔들리는 것 같더니 탁자 위의 촛불도 흔들렸다. 여자와 나의 그림자도 흔들렸다.

"요리……를 잘하나……봐요."

"그랬지요."

나는 눈앞에 펼쳐져 있는 음식들을 바라보며 무슨 말을 더 하려다가 그만두었다.

"먹어봐요."

내가 멈칫거리자 여자는 내 밥그릇 옆의 오이무름 그릇을 내 앞으로 더 밀어주며 떠먹어봐요, 밥맛이 날 거예요, 속삭였다. 오이무름은 처음 보는 국이었다. 오이를 통째로 잘라 양쪽에 여유를 두고 칼집을 낸 뒤에 그 칼집을 벌려서 갖은 양념을 한 소를 채워넣고 살캉하도록 끓인 것으로 보였다. 오이 밑에는 소를 넣고 남은 것인지 양파와 목이버섯과 표고버섯 들이 깔려 있었다. 손이 많이 갔을 거란 생각에 숟가락을 들어 국물을 떠먹어보았다. 국물이 입안으로 들어가기도 전에 침샘이 먼저 반응했다. 국물을 떠먹을수록 입안은 물론이고 음식이 넘어갈 때마다 늘 사포로 긁힌 것같이 쓰라리던 식도의 느낌이 부드러워졌다.

"맛……있어요!"

"그 사람도 오이무름을 참 맛있게 먹었지요."

그 사람?

"치아가 좋지 않아 여름에도 너무 찬 것을 먹지 못했거든요."

나는 오이무름을 먹는 것으로 시작해 무엇에 홀린 듯 접시마다 젓가락을 가져다댔다. 가지무침은 알맞게 말캉하며 고소했고 미역 찬국은 시원했으며 새우젓은 애호박을 알맞게 간해주고 있었다. 내가 수저를 움직이자 여자도 내 앞에 앉아 천천히 음식을 먹기 시작했다.

"어……젠가 비가 내리지…… 않았던 날 있었죠."

"그제 아니에요?"

"시간이…… 너무…… 빨라요. 봄인가…… 했더니 여름이고…… 곧……"

"가을이 오겠죠."

여자가 내 말을 받아 가을이 오겠죠, 했을 때 나는 여자 앞에서 처음으로 웃었다.

"그날…… 어머니에게서…… 전화가 왔었어요. 그러잖아도 어머니의 안부가 궁금하던 참이었어요."

나는 갑자기 여자와 얘기를 나누고 싶은 욕망으로 얼굴이 붉어질 지경이었다.

"며칠째…… 어머니와 연락이…… 되지…… 않았었거든요. 어머니의…… 목소리는…… 폭…… 잠겨 있었어요. 나는…… 어머니가 어디 아프신가 싶어서…… 목소리가 왜 그러느냐고…… 물었어요. 어머니의 잠겼던 목소리가 갑자기 울음소리로 바뀌었어요. 외삼촌이 갑자기 돌아가셨다고 하더군요. 연락이 되지 않았던 동안 외삼촌 장례를 치렀다는 거예요. 왜 내게는 연락을 하지 않았는가 하는 생각이 순간적으로 스쳐지나갔지만 나는 외삼촌이 돌아가셨다는 사실이 우선 믿어지지 않아서 외삼촌이 어디 아팠어요? 되물었지요. 어머니는 수화기 저편에서 아파서가 아니라 갑자기 돌아가셨다고 했어요."

"⋯⋯"

"어머니가 살고 있는 소읍의 시장에서 외숙모는 생선가게를 하고 있었어요. 외삼촌은 그동안 도시로 나가 십장 일을 보다가 이삼 년 전부터는 그 소읍으로 돌아와 살면서 외숙모를 돕고 있었죠. 그날 외삼촌은 삼계탕이 먹고 싶다고 하면서 닭을 사서 자전거 뒤에 싣고는 외숙모에게 집에 가자고 했다고 어머니가 그러더군요. 외숙모가 아직 정리할 일이 남아 있어서 외삼촌에게 먼저 집에 가 있으면 곧 따라가겠다고 했다네요."

언제부턴가 일주일에 한 번은 외삼촌이 자전거를 타고 어머니를 찾아와서 점심을 먹으며 이런저런 얘기를 하다가 간다고 그전에 어머니에게서 들었다. 어머니가 외삼촌을 오빠라고 부를 때마다 나는 누구를 말하는가 하고 한참씩 생각하곤 했다. 어머니는 다 늙어서 오빠와 갖는 일주일에 한 번씩의 점심시간이 뿌듯한 듯했다. 무슨 얘기를 하는데요? 내가 물으면 어머니는 옛날 얘기를 한다, 그랬다. 옛날 얘기요? 되물으면 그래, 어머니 얘기도 하고 언니 얘기도 하고 옛날에 우리가 어렸을 때 살았던 집 얘기도 한다. 어머니의 어머니라면 나의 외할머니이다. 어머니의 언니이면 나의 이모이다. 모두들 돌아가신 분들이다. 어머니와 외삼촌이 나누는 죽은 사람에 대한

애기들. 나는 늙은 어머니가 늙은 오빠인 외삼촌과 마주 앉아 점심
을 먹고 얘기를 나누는 모습을 상상해보려고 애썼으나 떠오르지 않
았다.

"외숙모가 곧 뒤따라 그 소읍의 새로 생긴 아파트에 도착해서 보
니 외삼촌의 자전거가 아파트 현관문 앞에 잘 세워져 있었대요. 초
인종을 눌러도 문을 열어주지 않아 열쇠로 문을 열고 들어갔더니
식탁 위에 외삼촌이 방금 사온 닭이 덩그러니 놓여 있었다고 해요.
사람의 기척이 느껴지지 않아 외삼촌을 부르다가 방문을 열어보았
더니 외삼촌이 아주 편안하게 누워 있었대요. 잠이 들었나 싶어 돌
아서다가 아무래도 이상해 방 안으로 들어가보았더니 외삼촌이 그
야말로 잠자듯이 죽어 있었다는군요."

어머니가 사는 곳과 외삼촌이 사는 아파트는 오토바이를 타고 가
면 불과 오 분 거리였다. 외숙모의 전화를 받고 동네사람이 모는 오
토바이를 얻어타고 외삼촌댁에 도착했더니 그때껏 외삼촌 몸이 따
뜻했다고 했다. 병원으로 실려간 외삼촌의 사인은 심장마비였다. 영
안실로 실려가는 것을, 그럴 리가 없다고 몸이 따뜻하니 자고 있는
지도 모른다고, 일어날지도 모르니 조금만 기다려보라고 내가 막았
다, 면서 어머니는 울었다. 곧 일어날 것만 같았는데 외삼촌의 늙은
몸은 차갑게 식어갔다고 했다.

"어머니는 불쌍한 오빠…… 하면서 또 울었어요. 나는 수화기를
든 채로 뭐라 할말이 생각이 나지 않아 멍하니 앉아만 있었네요. 숨
을 고른 어머니는 외삼촌이 묵은 김장김치를 좋아해서 돌아가시기
전 점심을 먹으러 왔을 때 땅속에 묻어놓아 그때껏 싱싱하던 묵은

김장김치를 김치통에 퍼담아주었다는데 그것도 다 먹지 못했더라면서…… 어머니는 또 울었지요. 외삼촌이 돈이 없어 보여서 이따금 어머니가 오만원을 주면 외삼촌은 내가 동생한테 돈을 다 받네, 하면서 받아가곤 했대요. 서울에서 외사촌들이 보내오는 돈을 고스란히 적금 들고 있는 걸 알고 난 뒤에 미운 맘이 들어 이후로 한 번도 외삼촌에게 돈을 주지 않았던 것을 어머니는 후회했어요. 우는 어머니에게, 그런데 왜 내게는 아무도 외삼촌이 돌아가셨다는 연락을 해주지 않았느냐고 물을 수가 없더군요. 서울에서 나만 빼고는 모두들 참석했대요. 어머니는 울면서도, 외삼촌이 쓰던 방 서랍 속에서 외숙모 앞으로 들어놓은 천만원짜리 적금통장과 외삼촌 앞으로 들어놓은 천오백만원짜리 적금통장 등이 나왔다면서, 그렇게 돈을 모아놓으면 뭐하느냐고, 죽으면 그만인데, 하며 또 울었어요."

그날 어머니는 나는 이제 누구와 얘길 한다냐…… 하면서 계속 울었다. 나……와…… 얘기해요…… 어머니…… 더듬거리며 우는 어머니를 달랬다. 어머니는 울다 말고, 그런데 너는 왜 말을 더듬냐? 며 걱정했다. 이후 어머니는 내게 전화를 걸어서 외삼촌 얘기를 끝도 없이 했다. 외삼촌이 젊은 시절 다녔던 양조장에 대한 이야기, 읍내로 나가 쌀집을 차렸던 얘기, 그러다가 다 망해먹고 도시로 떠났을 때의 얘기 들.

"외삼촌 때문에 음식을 못 먹었던 거예요?"

"그건 아니에요."

나는 아니라고 대답하다가 멈칫했다. 여태 여자에게 말을 하던 나의 모습을 되감기하듯 돌이켜보았다. 되감기 속의 나는 처음 보

는 여자 앞에서 조금도 말을 더듬지 않고 잘잘잘 어머니와 외삼촌
얘기를 하고 있었다. 음식을 먹는 데 언제 장애를 느꼈었냐는 듯 얘
기를 하는 도중에 호박잎쌈까지 싸먹고 있었다. 어…… 스스로 놀
라며 고갤 들었을 때 K의 지붕을 타고 넘어간 나팔꽃이 그 순간에
피고 있었다. 나팔꽃은 지붕 위뿐 아니라 창문 벽 쪽에서도 투둑 피
어났다. 목련나무에 새가 날아앉아 출렁거리는 것 같아 목련나무
쪽을 쳐다보았으나 무성한 잎새가 여름 밤하늘을 향해 시원하게 뻗
어 있을 뿐 거기엔 아무것도 없었다. 여름 밤하늘엔 별들이 가득 떠
있고 산들바람을 타고 마당의 치자향이 은은히 코끝에 맡아졌다.
오래전에 헤어진 사람을 우연히 만나 날이 새도록 얘기를 하고 싶
은 그런 밤이었다.

*

그 밤 이후로 비가 그치고 무더위가 시작되었다. 가만히 앉아 있
어도 등에 땀이 흘렀다. 해저물녘에 몇 번 K의 마당에 물을 주러 갔
지만 그 밤 이후로 여자를 다시 만날 수가 없었다. 그 밤 이후로 나
는 말도 자연스럽게 했고 밥도 잘 먹었다. 고마운 마음에 내가 여자
에게 저녁밥을 한번 살까 싶어 약속을 정하려 했으나 여자를 만날
수가 없었다. K네 마당에 올 적마다 향나무 밑을 걸어 담 쪽으로 가
다가 오른쪽으로 꺾어들어가보니 안으로 문이 굳게 닫혀 있었다.
  K가 돌아오는 동안 나는 지난날 창에게서 받은 편지와 내가 창에
게 썼던 편지 들을 꺼내서 날마다 한 줄 한 줄 읽었다. 어머니가 살

고 있는 소읍에서 중학교를 졸업하고 내가 먼저 이 도시로 나오게 되면서부터 창과 내가 주고받았던 편지는 라면상자 두 개를 빼곡하게 채우고 있었다. 읽어도 읽어도 끝이 나질 않았다. 창은 편지를 아주 잘 썼다. 남자 글씨 같지 않게 동글동글하고 귀여운 글씨체로 그 소읍에서 벌어지는 온갖 얘기들을 써보내곤 했다. 그러면 나도 정성들여 창에게 답장을 써서 보냈다. 내 시야에 걸려드는 이 도시 풍경 하나하나를 창에게 보낼 편지에 쓰다보면 어느새 날이 새곤 했다. 그때의 편지들을 읽다보니 그 시절 창에게 편지 쓰는 일로 낯선 도시에서 맞이한 사춘기를 견뎌냈다는 생각이 들었다. 대학생이 된 후 같은 도시에 살게 되었을 때 우리는 그동안 내왕했던 편지를 각자 챙겨와서 창이 다니던 학교 잔디밭에서 바꿔 읽었다. 그날 우리는 이다음에 우리가 늙게 되면 우리들이 주고받은 편지로 문집을 만들자고 약속했다. 그때까지 편지 보관을 내가 하기로 하면서 행복감에 젖었던 기억이 났다. 이제는 부질없는 약속이 되어버린 셈이다. 편지를 읽는 동안 창이 마지막으로 왜 메일을 이용하지 않고 편지를 썼는지도 알 것 같았다. 아마 창도 나와 결별하기로 하면서 이 편지들을 생각했을 것이다.

나는 내가 가지고 있는 노트 중에서 가장 오래갈 것 같은 노트를 펼쳤다. 그러곤 그 옛날 창과 내가 주고받았던 편지를 첫 편지부터 순서대로 옮겨적기 시작했다. 그러기를 이틀째 했을 때 K가 공항에서 전화를 걸어왔다. 여행중에 어깨에 메고 다니는 가방을 소매치기당했다고 했다. 그 가방에는 카메라 렌즈와 열쇠 등속이 들어 있다고 했다. 말하자면 돌아오긴 했으나 열쇠를 잃어버려 집에 들어갈 수 없으니 내게 주고 간 대문 열쇠를 받았으면 한다는 얘기였다. 초인종을 누르면 그 여자가 열어줄 텐데, 싫었지만 그거와는 상관없이 돌려줘야 할 열쇠이기도 해서 K가 공항에서 집에 도착할 무렵에 맞춰 K의 집 앞으로 나갔다. 검은 철대문은 굳게 잠겨 있었다. 안을 들여다봤지만 아무런 기척이 없었다. 내가 K를 기다리며 철대문 앞에 십여 분쯤 서 있으려니까 저 아래에서 여행가방을 끌고 오는 K가 보였다. 마주 내려가보려고 하는데 목련나무 가지가 출렁거리는 기척이 나서 나는 철대문에 얼굴을 대고 목련나무를 쳐다봤다. 거기에 내가 K네 집에 처음 와봤을 때 보았던 재두루미가 외발을 들고 긴 목을 나뭇잎새에 묻고 앉아 있었다. 나는 K를 향해 빨리 오라고 손짓을 했다. 내가 빨리, 빨리…… 손짓을 하니까 K도 급하게 달려왔다. 여행가방 바퀴가 시멘트 바닥 긁는 소리가 달달달…… 요란했다.

"저기 좀 봐."

K가 내게 인사를 할 틈도 없이 나는 K를 철대문에 붙어서게 했다. 문을 열면 재두루미가 날아가버릴까봐 문을 열지도 못했는데, K가 봤을 때 재두루미는 또 사라지고 없었다. 푸른 목련나무 잎새만 여름 햇빛 속에 흔들리고 있었다. K는 뭘 보라는 거냐는 표정으로 나를 마주 보았다.

"저기에 재두루미가 앉아 있었거든."

K는 재두루미라뇨? 라고 묻지도 않고 이제 말 안 더듬는군요, 딴전을 피웠다. 두 번씩이나 나 혼자 재두루미를 보았다고 우기는 꼴이었다.

"정말 보았다니까."

"알았어요, 알았습니다. 봤다고 칠게요."

K는 사람 좋게 웃으며 열쇠나 내놓으라고 했다. 내가 설명하기 곤란했던 건 재두루미에 관한 것만이 아니었다. 철대문 안으로 들어가니 마당에 놓여 있어야 할, 그날 밤 옮겨놓은 탁자가 흔적도 없는 것이었다. 내가 탁자가 어디 갔지? 중얼거리자 K는 뭘 찾아요? 물었다. 저 여자가 가져다놓은 탁자, 하자 K는 저 여자라니요? 어디요? 오히려 반문했다. 내가 K를 담벼락으로 끌고 가 여기 사는 여자 말이야, 하면서 굳게 닫힌 문을 가리켰다.

"여기 아무도 안 살아요. 이쪽으로 방이 하나 있었다는 얘기만 들었는데요."

"그게 무슨 말이야, 방이 하나 있었다니? 왜 과거형이야?"

"폐쇄시켰다고 하더라구요."

K는 굳게 닫혀 있는 문을 잡아당기는 시늉을 해 보였다.

"방을 왜 폐쇄시켜?"

"글쎄요, 전에 살던 세입자가 그렇다고 해서 그런 줄만 알고 있는데요."

"그럼 여기 아무도 안 사는 건 확실해?"

K는 나를 물끄러미 보았다. 피곤한지 K의 눈은 충혈되어 있었다. 피곤하기도 할 것이었다. 방금 여행에서 돌아온데다 소매치기까지 당해 K가 아끼는 게 분명할 렌즈에 열쇠까지 잃어버렸으니. 뿐인가. 나는 대문 열쇠밖에 가지고 있지 않아 K는 여행가방을 풀기도 전에 열쇠수리공까지 불러야 했다. 열쇠수리공이 오는 동안 나는 K에

게 그날 밤 만난 여자에 대해 빠르게 얘기했다. 여자가 입고 있던 털 스웨터와 여자가 쓰고 있던 안경 그리고 여자가 차려내온 음식에 대해서도. K는 지쳤는지 대꾸도 하지 않다가 앞집 여자가 장난친 건가, 우물거리듯이 말했다. 나는 내 말을 장난으로 듣고 있는 K에게 버럭 화를 내고는 열쇠수리공이 오기도 전에 집으로 와버렸다.

여름이 물러가고 가을이 오는 사이 나는 창과 주고받은 편지를 마지막 결별편지 한 통만 남기고 노트에 필사하기를 마치고 다시 일을 시작했다. 마지막 편지를 남겨놓은 것은 그것까지 필사하고 나면 창과 다시는 만날 수 없을 것 같아서였다. 편지를 필사하는 동안 나는 잊고 있었던 옛일 하나가 떠올랐다. 창이 학교 앞에서 자취를 하던 때였다. 그때도 여름이었던 것 같다. 어렴풋이 비가 오래 내렸다는 생각이 나는 걸 보면 장마중의 어느 날이었을 것이다. 창에게 종일 전화를 걸어도 받지 않았다. 창이 이사를 한 뒤라 창의 집 위치도 정확히 모르고 있었다. 나는 창을 찾아가봐야겠다고 생각했다. 그때 창과 나는 아침저녁으로 전화통화를 하고 있던 때라 갑자기 연락이 되지 않는 게 불안했다. 그전에 자취하던 집 근처라고 했으니 무작정 뒤져볼 생각이었다. 다행히 그전 집주인이 창이 새로 이사한 집 위치를 알고 있어서 나는 그 긴 골목을 돌고돌아 창을 찾아갔다. 습기가 많은 방에 창은 탈진해서 누워 있었다. 연탄가스를 마신 듯했다. 주인여자와 함께 정신을 못 차리는 창을 병원으로 옮기고 나서 얼마나 가슴을 졸였었는지. 창은 텔레파시가 통한 거라고 했다. 자신은 죽어가면서 나를 간절히 불렀고 내가 그 발신음에 반응한 거라고. 그때는 웃고 말았지만 이제 와서 새삼 그랬을지도 모른다는 생각이 들었다. 여하튼 어머니가 해저물녘이고 신새벽이고 아무 때나 전화를 걸어서 외삼촌에 대한 얘기를 삼십 분씩 사십 분씩 늘어놓는 것만 빼면 창이 빠진 나의 일상은 다시 이전대로 돌아갔다. 어느 날인가 K와 밤산책 중에 언덕 위의 베이글가게에 들러보았다. 백송 밑의 탁자와 의자가 체인으로 묶여 있었다. 그게 증거라도 되는 듯 K에게 이것 봐, 또 누가 훔쳐갈까봐 묶어놓은 거잖아, 했을 때 K는 뜬금없이 자기가 상하이에 가 있는 동안 마당을 들여다보던 앞집 여자가 이사를 갔다는 이야기를 했다. 그러던 어느 날 K가 시간이 괜찮으면 집에 좀 들러달라는 전화를 걸어왔다. K의 목소리는 평소답지 않게 가라앉아 있어서 두 통의 전화를 기다릴 일이 있었지만 자동응답기를 눌러놓고 K에게로 갔다. K는 마당에 우두커니 서 있었다. 여름꽃들이 남긴 줄기들을 거두고 그 자리에 가을꽃들을 심을 양이었는지 마당 여기저기가 파헤쳐져 있었다. 은방울꽃이며 글록시니아가 심겨져 있던 화분엔 벌써 줄기 끝에 노란색 작은 꽃이 촘촘하게 핀 감국과 하얀 해국이 모종되어 있었다. 패랭이꽃같이 생긴 다이안서스도 눈에 띄었고 매다는 화분엔 오렌지색 버베나가 고갤 쳐들고 있었다. 아마 K는 아침부터 모종해놓은 이 꽃들을 구하러 농원에 다녀온 듯했다. 나는 꽃들을 둘러보다가 한쪽 켠에 놓여 있는 털스웨터와 안경을 보고는 하마터면 뒤로 나자빠질 뻔했다. 이게 뭐냐고 묻지도 않았는데 K는 거름을 주려고 목련나무 밑을 파고 있는데 삽 끝에 뭔가 자꾸 걸려서 살펴보았더니 땅속에서 끈에 꽁꽁 묶여 있는 비닐봉투가 나왔어요, 라고 말했다. 풀어보니 털스웨터와 안경이 들어 있었어요, 라고. K는 이 집에 처음 왔던 날 열쇠를 가지고 왔던 이전 세입자가 했던 말이 생각나느냐고 물었다.

"무슨 말?"

"누군가 밤새 화분들 사이를 걸어다닌다고 했지 않아요?"

"농담이라고 했잖아."

"그런데 나도 그걸 느껴요. 밤이 되면 누군가 마당을 왔다갔다하는 것 같아요. 방문을 닫으면 누가 마루를 지나는 기척도 느껴져요. 손톱으로 뭘 긁는 소리도 들려요."

K는 의문에 가득 찬 눈으로 탁자 위에 놓인 털스웨터와 안경과 그리고 나를 번갈아 바라보았다. K가 묻지 않아도 나는 K가 묻고 싶은 말이 무엇인지 알 수 있었다. K에게 내가 그날 밤에 만난 여자의 인상에 대해 말할 때면 무더운 여름밤인데도 여자가 입고 있던 털스웨터와 동그란 뿔테 안경에 대해 방점을 찍곤 했던 것이다. 나는 후딱 목련나무를 쳐다보았다. 가을이 무르익으면 낙엽이 되어 떨어질 목련 잎새들은 여전히 무성하게 허공을 가득 채운 채 바람결에 흔들리고 있었다. 저 나뭇가지에 앉아 있는 재두루미를 보았다고, 지난 여름밤에 이 집에서 어떤 여자를 만났었다고 우기듯이 말하곤 하던 나였는데도 털스웨터와 안경이 그 여자가 입고 있던 것이라고, 그 여자가 쓰고 있던 것이라고 차마 확인해줄 수가 없었다. 흙이 파헤쳐진 마당에 K를 남겨두고 나 간다, 하고선 집으로 돌아왔다. 기다렸다는 듯이 전화벨이 울렸다. 어머니였다. 어머니는 전화를 걸어서 전에 내가 질문했던 것에 대한 대답이 떠올랐다고 했다. 무슨 말이냐고 물으니 내가 어렸을 때 처음으로 길게 했던 말

은 "엄마, 배고파"였다고 했다. 나는 앉는 것도 늦되었고 기어다니는 것도 늦되었고 서는 것도 늦된 아이였다고 했다. 다른 아이들은 돌 지나면 일어설 뿐 아니라 몇 발짝 걷기도 하는데 나는 두 돌이 되어서야 겨우 한 발짝 떼었으며 말문도 늦게 터져서 내가 무슨 말을 하는지 알아들으려면 귀를 기울여야 했다고 했다. 말을 더듬었는데 그래도 "엄마, 배고파"만은 분명하게 발음했단다. 마치 옛날에 들었던 음악을 다시 듣고 있기나 한 듯 어머니는 나른한 목소리로 전한 뒤에 전화를 끊었다. 내가 분명하게 발음했던 말이 아니라 내가 처음 했던 말이 무어냐고 물었는데 어머니는 두 가지를 하나로 생각하고 있는 듯했다. 아무렴 어떠랴, 하면서도 내가 처음 했던 말이거나 내가 분명하게 발음했던 말이 하필 "엄마, 배고파"였다고 생각하니 좀 서글퍼졌다.

나는 어머니와 통화를 마치고 옮겨적기를 미뤄두었던 창이 보낸 마지막 결별편지를 노트에 한 문장 한 문장 옮겨적었다. 어쩐 일인지 나에게 말하기와 밥먹기의 장애를 일으키게 했던 느닷없는 창의 결정을 이해할 수 있을 것도 같았다. 이제 창을 떠올려도 고통 대신에 추억을 느낄 수 있을 것도 같았다. 결별편지의 마지막 마침표까지 노트에 옮겨적기를 마쳤을 때 창밖 나뭇가지에 앉아 있던 새 한 마리가 깃을 치며 허공으로 날아가는 소리가 들렸다.

그가 지금 풀숲에서

그는 한순간 눈을 번쩍 떴다.

눈꺼풀이 달라붙어 있어 뜨려다가 감기를 서너 번 반복한 다음이었다. 강렬한 빛이 눈을 찔러 그는 겨우 뜬 눈을 다시 감았다. 자꾸만 눈을 찔러대는 것이 태양만이 아니라 얼굴을 덮고 있는 가시 돋친 풀 때문이라는 걸 깨달았다. 반사적으로 손을 들어 얼굴을 덮고 있는 것을 걷어내려다 비명을 질렀다. 팔꿈치가 으스러지기라도 했는지 고통 때문에 팔을 들어올릴 수가 없었다. 팔꿈치만이 아니었다. 목을 움직일 수도 등을 일으켜세울 수도 없었다. 몸이 반토막나는 것 같은 통증이 그의 전신을 관통했을 때 그는 다시 정신을 놓아버렸다.

어떻게 할 거냐? 어머니가 물었다. 그는 어머니가 무엇을 두고 어떻게 할 거냐고 묻는지를 몰라 빤히 어머니의 얼굴을 바라보았다. 두 달 후면 내 생일이잖느냐. 아, 네. 그는 순간 아차, 했다. 아, 네, 라니. 번번이 당하고도 또 아, 네, 하고 말다니. 그러잖아도 생각하고 있었다고 고쳐 말하려는 순간 이미 어머니는 쌀쌀하게 등을 보이고 돌아앉았다. 어머니의 등은, 나는 태희가 한 살 때 혼자가 되었다, 고 말하고 있었다. 너는 그때 겨우 네 살이었다, 느희 남매를 기르느라 택시운전을 하느라 내 등골은 휘었어, 라고 말하고 있었다. 어머니는 언제나 생신 무렵이 되면, 두 달이나 남겨놓은 때를 무렵이라고 표현해도 맞는지는 모르겠지만, 그 두어 달 전에 벌써 당신 생일 때 어떻게 할 것인지를 물어오곤 했다. 그나 태희나 아내가 먼저 어머니 생신이 곧 다가오는데 어떻게 보내고 싶으세요? 라고 물을 겨를을 어머니는 주지 않았다. 보름도 아니고 한 달도 아니고 두 달 전에 벌써 어머니 생신을 챙기기에는 살아가는 일이 만만치 않았다. 아내는 아내대로, 태희는 태희대로, 그는 그대로. 그런데 야릇한 일이다. 이번에는 두 달 후의 생일을 미리 챙기고 있는 어머니가 너무한다는 생각이 들지 않고 그런 어머니에게 어리광을 부리고 싶어졌다. 생일이 두 달밖에 남지 않았는데 아무 말이 없다고 나무라는 어머니의 노한 목소리조차 정겹게 들려 정말 죄송한 생각이 들었다. 서운한 게 있으면 숨기질 못하는 어머니는 아내가 조금만 토를 달아도 아들인 그의 마음이 상하든지 말든지 냉랭한 얼굴로 혼자 사는 태희에게로 가버리곤 했다. 그때마다 그는 다시 어머니를 집으로 모셔오느라 애를 먹곤 했다. 어머니는 여동생 태희와 그가 우애 좋은 모습도 보지 못했다. 어쩌다 그가 태희와 전화 통화라도 길게 하면 당신만 빼고 저희들끼리 속닥거리는 것으로 받아들이곤 했다. 그런 일이 빈번하다 싶으면 어머니는 그에게는 태희의 흉을, 태희에게는 그의 흉을 늘어놓았다. 그가 태희에게 어머니의 말을 전하지 않듯이 태희 또한 어머니의 말을 그에게 옮기지 않았다. 그러나 맞장구를 쳐주지 않으면 흉보는 내용의 강도는 점점 세졌다. 어머니 말대로라면 태희나 그는 천하에 몹쓸 인간도 그런 인간이 없을 것이었다. 행여 어머니가 어디 아프기라도 하면 일상생활이 마비될 정도로 그들은 분주해졌다. 어머니는 병원 한 군데쯤 가보는 것으로 끝내는 경우가 없었다. 관절이 아프면 관절을 잘 고친다는 병원은 죄다 다녀봐야 직성이 풀렸다. 한번은 발등을 다쳤는데, 치료를 마치고도 발등을 보호한다고 붕대로 감아두어 나중에 붕대를 풀어보니 그 자리가 하얗게 자국이 남기도 했다. 그나 태희나 아내가 어머니의 건강을 위해 따로 할 일이 없을 지경으로 어머니는 당신 몸을 챙겼다. 사실 그것이 몸을 돌보지 않아 뒤늦게 놀라는 것보다 낫기는 했다. 어머니는 택시운전을 그만둔 뒤로 맛있는 것은 죄다 먹어봐야 하고 가보고 싶은 데는 죄다 가봐야 하고 좋은 옷이 있으면 죄다 사입어야 하는 분으로 변했다.

그는 간신히 내가 지금 꿈을 꾸고 있구나, 생각했다.

건강염려증에 걸린 사람처럼 당신 몸을 챙기던 어머니가 위암으로 세상을 떠난 지 벌써 삼 년째인데 목소리가 이렇게 생생하게 들리다니. 그는 그만 꿈에서 깨어나고 싶었다. 그러나 여전히 견딜 수 없는 고통으로 인해 눈을 뜰 수가 없었다. 그는 가물가물거리는 실낱같은 의식을 붙잡고 늪 속 같은 저편으로 빠지지 않으려고 애썼다. 지금 자신이 어떤 상황에 처해 있는지를 알아내야 한다고 생각했다. 그는 이번엔 슬며시 눈을 떠봤다. 팔이 부러졌거나 으깨져 손을 들어올릴 수가 없다는 걸 스스로에게 인식시켰다. 그는 힘겹게 고개를 여러 번 좌우로 흔들어서 얼굴을 덮고 있는 풀인지 넝쿨인지를 바닥에 떨어뜨렸다. 잣나무인가. 바람이 일렁일 때마다 허공의 나무가 흔들리며 눈앞을 어지럽혔다. 팔을 뻗어 힘껏 바닥을 움켜잡자 마른 흙이 만져지고 풀이 쥐어졌다. 계속 눈을 뜨고 있는 일조차 힘에 겨워 감았다가 뜨기를 반복하는 동안 그의 눈 속으로 나무들이 쏟아져들어왔다가 달아나곤 했다. 여기는, 자동차들이 질주하는 소리가 바로 귀에 잡히는 여기는, 전신을 훑어대는 통증과는 상관없이 저렇게 파란 하늘이 올려다보이는 여기는 어디인가. 그의 주변에는 산쑥이며 참취 도깨비바늘 들이 노랗거나 하얀 꽃을 피운 채 흩어져 있다. 나뭇잎과 넝쿨들도 사방으로 퍼져 있다. 그는 왜 자신이 이 풀숲에 버려져 있는지 기억하려고 애를 썼다. 가물가물거리는 의식을 놓쳤다가 자동차가 지나갈 때마다 그 소음과 진동에 의해 겨우 다시 정신 차리기를 반복하던 그는 어느 순간 마치 나락으로 떨어지는 것 같은 좌절을 느꼈다. 제천으로 아내를 만나러 가는 길이었다는 생각이 들었다. 무턱대고 액셀러레이터를 밟다가 문득 시간당 주행속도를 가리키는 바늘이 백이십 킬로미터에 가 있는 걸 보고 스스로 여기는 국도인데 싶어 속도를 줄였던 기억. 위험을 느끼며 자동차의 속도를 급히 줄일 때 그의 몸이 핸들 가까이로 쏠렸던 기억도 되살아났다.

86

그가 장모의 전화를 받은 건 일주일 전이었다. 장모는 깊은 한숨을 내쉬며 그를 원망했다. 사람을 그리 보지 않았는데 냉정함이 하늘을 찌른다고 했다. 아내가 머물고 있는 제천에 그가 근 육 개월 동안 발걸음을 하지 않아 하는 말이었다. "그래, 이대로 헤어질 텐가?" 장모가 물었다. 그가 침묵을 지키자 장모는 또다시 깊은 한숨을 내쉬며 아내가 그와 헤어지기를 원하고 있다고 말했다. 어떤 결말을 내든 내려와서 아내의 속마음을 들어보라고 했다. 속마음이라는 장모의 표현에 그는 얼떨떨한 기분이 들었다. 아내는 그에게 털어놓을 속마음이 있는지 모르지만 그는 아내에게 내보일 어떤 속마음도 없었다. 아내는 얘기를 잘 듣는 사람이지 상대를 눌러가며 얘기를 하는 사람은 아니었다. 어쨌거나 그는 다음주에는 꼭 제천에 가보겠다고 한 뒤 수화기를 내려놓았다. 그러고는 멍하니 앉아서 아내가 헤어지기를 원한다는 장모의 말을 곱씹어보았다. 헤어지기를 원한다고? 그것이 아내의 속마음일까. 그는 느닷없이 아내의 왼손에 뺨을 얻어맞았을 때처럼 분노가 치밀었다. 마치 아내가 이런 수순을 밟으려고 그동안 그 앞에서 연극을 꾸민 게 아닌가 싶은 생각까지 들었다. 그는 아내가 싫지 않았다. 아내와 헤어지겠다는 생각은 여태 해보지 않았다. 아내의 왼손만 아니라면 그럭저럭 다른 사람들처럼 지낼 것이라는 게 그의 생각이었다. 시간은 그냥 흘러가지 않고 마음을 굳어버리게 하거나 누그러뜨린다. 장모의 전화를 받고 일주일을 보내는 동안 그의 마음은 얼마간 누그러졌다. 어쨌거나 아내를 이대로 계속 처가의 두릅나무 곁에 둘 수는 없는 일이라는 데 생각이 미쳤다. 아내를 데리고 와 입원을 시키든지 아니면 아내의 뜻대로 헤어지든지. 그는 아내를 협박할 생각까지 했다. 아내가 돌아오려 하지 않으면 자신은 그길로 물이 많은 데를 찾아가 자동차와 함께 물속으로 돌진해버리겠다고 말할 생각이었다. 그 협박이 이혼을 생각하는 아내의 마음을 바꿔놓을 수 있을까. 그러다가 그는 자신이 왜 아내와 헤어지지 않으려고 하는지를 잠시 생각했다. 아내와 열정적으로 사랑해서 맺어진 사이도 아니고 이제 아내가 편안한 상대도 아니다. 그런데 왜? 거기까지가 의식을 잃기 전 그가 한 생각이었다. 사고다발지역, 속도 줄임, 이란 붉은 글자를 보며 말 잘 듣는 사람처럼 이미 줄인 속도를 더욱 줄였던 기억도 났다. 일차선 도로에서 자신의 차를 추월하는 승합차를 보내며 저, 미친놈이, 라고 투덜거렸던 기억도 났다. 어느 순간 중앙선을 넘어오는 트럭을 피하려고 핸들을 확 꺾었던 기억. 핸들이 뽑힘과 동시에 유리창이 깨지는 소리를 들었던가. 몸이 붕 치솟았다. 밤하늘의 별을 얼핏 보았던 것도 같다. 그것이 다였다. 너무나 순간적인 일이어서 위로 붕 치솟았던 기억뿐 몸이 공중으로 치솟았다가 이 풀숲으로 떨어졌을 때 느꼈음 직한 공포에 대한 기억은 전혀 없었다. 몸이 땅에 닿기 전에 정신을 잃었던 것인가. 그는 자신이 완전히 혼자 풀숲에 내팽개쳐져 있다는 것을 겨우 깨달았다. 사고를 당하고 하루가 지났는지 이틀이 지났는지도 모를 일이었다. 밤운전을 하고 있었는데 지금 대낮인 걸 보니 최소한 하룻밤은 지난 모양이었다. 상황을 간파하자 그는 자신도 모르게 어머니— 하고 불렀다. 부르는게 아니라 비명에 가까운 내지름이었다. 그러나 그의 목소리는 풀숲 위 국도를 지나가는 자동차의 소음이 잘라먹었다. 그는 두 손을 움켜쥐었다. 와락 풀이 뜯겨 그의 손에 쥐어졌다. 얼굴 위로 쏟아지는 태양을 피할 수도 없었다. 척추가 부러졌는지 누운 상태에서 조금도 움직일 수가 없었다. 조금만 움직여도 등뼈가 뒤틀리는 것 같은 통증이 몰려왔다. 그는 비로소 자신이 누구에겐가 발견되지 않으면 어찌해볼 도리 없는, 완전히 고립된 상태라는 걸 깨달았다.

회의는 어떻게 되었을까. 인터넷 쇼핑몰 예티클럽 리빙팀 MD인 그는 월요일 아침에 있을 예정이던 기획회의에 생각이 미쳤다. 내가 이러고 있을 때가 아닌데…… 그는 무심코 몸을 움직이려다가 다시 기가 꺾였다. 이번 회의는 리빙팀뿐 아니라 패션팀, 주얼리팀, 가전제품팀 등 각 분야의 MD 아홉 명이 참석하는 회의였다. 아직 가을 시즌이지만 다가올 겨울에 대비해서 모든 팀이 집중적으로 상품기획안을 내놓기로 했다. 이미 보름 전에 통보된 회의였고 이번 회의에서 매출을 최대화할 수 있는 기획안에 대해서는 포상이 주어질 것이다. 주로 겨울의류와 가전제품 들이 집중적으로 검토될 것이었다. 이미 도매타운에서 직접 구매하고 있었으므로 모두들 새로운 안을 내려고 골머리를 앓았을 것이다. 도매타운은 보통 저녁 여덟시부터 새벽 다섯시까지 문을 열었다. 직접 도매타운에서 상품을 구매하기 시작하면서 가격이 그만큼 저렴하게 책정될 수 있었으나 어둑한 새벽녘까지 도매타운이 몰려 있는 동대문 거리를 헤매고 다니는 일이 자주 있었다. 그런 만큼 경쟁력은 있었다. 그는 그동안 단 한 번의 결근도, 매일 밤 열시 무렵에야 이루어지는 매출회의에도 불참한 적이 없었다. 아무 연락도 없이 MD회의에 참석하지 않은 그를 동료들은 찾고 있을 것이다. 그는 습관처럼 핸드폰을 찾으려고 손을 움직이려다가 또다시 통증에 제지당했다. 그는 자신이 한쪽 신발만 신고 있을 뿐 시계를 차고 있지도 핸드폰을 소지하고 있지도 않다는 걸 깨닫는 데 시간을 한참 소비했다.

그는 발을 까닥여보았다. 구두가 벗겨진 왼발 양말 속 발가락이 움직였다. 구두 속의 오른발도 움직여보았다. 오른쪽은 무릎과 종아리에 힘을 줄 수가 없었다. 한쪽 손만이라도 들어올릴 수 있다면 자신의 뺨을 후려쳐보고 싶었다. 어머니— 어머니— 그의 메마른 입술에서 또다시 비명이 터져나왔다. 아무도 없어요? 아무도 없어요? 그는 풀숲에 버려진 채 소리를 지르다가 풀을 쥐어뜯다가 깜북 의식을 놓다가 다시 깨어나기를 반복했다. 순간순간 공포가 그의 전신을 훑고 지나갔다. 의식이 있을 때면 머리 위쪽으로 트럭이나 자동차가 질주하는 소리가 귀에 머물렀다. 도로가 그리 멀리 떨어져 있진 않다는 데 생각이 미치자 위안이 되었다. 다시 혼미 속으로 미끄러졌다가 깨어났을 때는 잣나무며 밤나무며 아까시나무를 향해 아무도 없느냐고 외쳤다. 일어설 수도 앉을 수도 기어다닐 수도 없는 그가 구원을 요청하는 유일한 방법은 그렇게 외쳐보는 것뿐이었다. 그러나 그의 외치는 소리를 듣고 있는 것들은 하늘이나 땅이나 나무나 벌레나 가까운 데서 들리는 도로의 소음뿐이었다. 얼마 지나지 않아 그는 소리조차 내지를 수 없이 목이 부어올랐다. 그 자신이 들어도 짐승의 소리인지 인간의 소리인지 구분이 안 되는 굵은 저음이 외마디처럼 새어나왔다.

그는 종종 퇴근할 수 없을 정도로 일에 파묻혀 지냈다. 선배와 후배 몇몇과 인터넷 신문을 만들어보겠다고, 대학을 졸업하고 취직해

다니고 있던 자동차회사 홍보실에 사표를 냈다. 그후 몇 년 동안 그가 자정 안에 집에 들어간 날은 손가락으로 헤아릴 정도였다. 이틀 사흘은 보통이고 일주일씩 사무실에서 기거하는 날들이 이어지기도 했다. 그랬는데도 인터넷 신문 만드는 일은 무산되었다. 그의 퇴직금과 동생 태희가 빌려갔다가 갚은 돈 이천만원을 모두 날린 셈이 되고 말았다. 그나마 지분을 적게 갖기로 했기 때문에 그 정도에 그쳤다. 높은 지분율을 가지려고 투자금을 많이 냈던 이들이 적지 않아 그는 자신의 손실을 내놓고 이야기조차 하지 못했다. 아내가 자신의 왼손이 이상하다며 주무르기 시작한 게 그때부터였던 것 같다.

그가 없으면 아내는 혼자 지냈다. 어머니가 세상을 뜬 후 그는 아내가 혼자 어떻게 지내는지 알지 못했다. 어머니와 함께 있을 때의 아내는 늘 어머니의 얘기를 듣고 있었다. 어머니는 위암이 재발해 다시 입원해 있는 동안에도 그리고 마지막 숨을 거둘 때까지도 간당간당한 목소리로 아내에게 이야기를 했다. 보증금 오만원에 사글세 얼마씩을 내고 살던 때였어. 어머니는 말한다기보다 쪼로롱쪼로롱 울었다. 손님을 태우고 장충동 쪽으로 갔다가…… 건설회사 사장 아들이 운전하는 토요타를 그만 들이박아버렸지 뭐냐. 그때 토요타라고 하면 귀하디귀한 차였어. 나 같은 사람은 평생 엄두를 못 낼 차였지. 그런 차를 들이박고 나니 하늘이 그야말로 노랗더라. 그때 돈으로 삼십육만원 견적이 나왔어야. 우리가 살고 있는 방 보증금을 뽑아내도 해결이 되지 않을 돈이었어. 눈앞이 캄캄하더라. 돈이 없으니 내 과실을 몸으로 때울 수밖에 없겠다고 생각해서, 사고는 아침나절에 났는데 오후 서너시가 될 때까지 사장 집 마당에 서서 처분을 기다렸다. 무엇 때문이었는지는 지금도 모를 일인데 나중에 사장이 나오더니 나보고 그만 집으로 돌아가라 하더라. 처음에는 무슨 말인지 알아듣질 못했구나. 왜냐면 그 사장이 일 열심히 해서 돈 많이 벌어 잘살라고 했기 때문이야. 돈을 벌어서 앞으로 갚으라는 것이 아니라 잘살라고 하다니. 그게 진정 사장이 나에게 한 말인가 싶었다. 왜 가라니까 가지 않느냐는 다그침을 받고 나서야 나는 그야말로 사장의 뒷모습에다 대고 머리가 땅에 닿도록 절을 했다. 그리고 사장 집을 나왔는데 어쩌냐, 수중에 동전 한푼이 없더라. 애들이 있는 사글세방으로 돌아오려면 버스를 두 번 갈아타야 했는데 버스비조차 없더라니까. 집은 멀고 돈은 없는데 배는 또 얼마나 고픈지. 무슨 용기였을까. 나는 일단 맨 먼저 눈에 띈 중국집의 주렴을 밀치고 안으로 들어갔지. 짜장면 한 그릇 좀 달라고 했지. 그리고 솔직하게 지금은 돈이 한푼도 없다. 그런데 배가 너무 고파 걸을 수조차 없다. 우선 먹고 돈은 나중에 갖다주겠다, 고 했어. 중국집 주인이 내 행색을 훑어보더니 그런 사람이 하루에도 여러 명이라고 투덜대면서도 거기 앉아 좀 기다리쇼, 하더라. 많이도 아니고 잠시 기다렸더니 짜장면 그릇이 아니라 큰 냄비에다가 짜장면을 가득 담아 내놓으며 실컷 먹으쇼, 하더라. 그날 그 큰 냄비 속에 담긴 짜장면처럼 맛있는 음식을 그 이후로 먹어본 적이 있었나 몰라. 짜장면을 실컷 먹고 나니 담배 생각이 나더라. 면을 치는 사람한테 담배 한 가치만 얻어 피우자, 하니 그는 참나, 하는 표정으로 잠깐 째려보더라. 한 가치도 아니고 두 가치나 건네주어 연달아 맛있게 피웠다. 차마 버스비는 빌려달라고 못 하겠어서 배부른 채

거리로 나와 일단 버스에 탔다. 그때는 모자를 쓰고 유니폼을 입은 버스 안내양이 버스비를 일일이 받았어. 안내양이 버스비 내라고 해서 내가 돈이 있으면 내고 탔지 이 사람아, 하며 나도 운전기사다, 이러이러해서 이러이러하니 한번 봐달라며 실랑이를 벌이는데, 버스기사가 안내양보고 내버려두라 해서 싱겁게 끝나고 말았지. 덕분에 공짜로 버스를 타고 애들이 있는 집으로 오지 않았나. 바꿔타면서 또 한번 실랑이를 벌이기는 했지만 그때는 그럴 힘이 남아 있다는 게 얼마나 좋던지. 나도 참 어지간히 능청맞은 인간이었지야? 토요타를 부숴놓고 돈 안 물은 거, 짜장면을 냄비로 가득 공짜로 얻어먹은 거, 게다가 담배까지 한 가치도 아니고 두 가치나 공짜로 얻어피운 거, 끝까지 버스 공짜로 얻어타고 집에 온 거, 아무나 못 한다아! 그때 짜장면 한 그릇이 백오십원이었는데 다음날 삼백원을 갖다주었단다. 냄비로 가득이었던 짜장면은 두 그릇도 넘었을 테지만 두 그릇으로 쳤어. 담배도 네 가치로 갚았어. 갚으러 갈 때는 고마운 마음에 한 보루를 샀는데 막상 그걸 다 주려니 아까운 생각이 들지 뭐냐. 그래도 한 갑은 주려고 했는데 담배 두 가치를 빌려준 인간이 담배를 끊으려던 참이라면서 한사코 받지 않으려고 해 갚는데 아주 힘들었던 기억이 나네. 누구에게랄 것도 없이 내가 원래 빚지고는 못 사는 성미 아니냐. 토요타를 망가뜨린 그 사장 집엘 그후 몇 년 동안 틈틈이 찾아갔어. 하루 일하고 하루 쉬는 때여서 쉬는 날이면 가서 마당을 쓸어주었다. 차도 닦아주었어. 겨울에 눈이 펑펑 내리면 다음날 새벽에 눈뜨자마자 가서 눈을 치워주었다. 그런 날이 족히 사오 년은 이어졌어야. 어느 날인가, 사장이 나한테 자기

운전기사로 들어오라고 하더라. 택시운전사 월급의 배를 주겠다고 했어. 내가 몸으로 하는 일은 환장하게 하니까 밑에 두고 싶었던 거 아니겠냐. 그러나 난 가지 않았어. 내가 빚 갚으러 갔지 취직하러 간 것은 아니었으니까. 남의 밑에 있으면 뭐하냐. 택시운전을 계속 하다보면 개인면허도 나오고 하는데. 그래서 나는 택시운전이나 할랍니다, 했더니 사장이 그러더라. 내 밑으로 들어오지 않으려거든 앞으로는 우리 집 마당도 쓸러 오지 마시오. 토요타를 들이박은 빚을 그렇게 갚았니라…… 나는 혼자 자식들 키우면서도 빚지고 살지는 않았어…… 자식들한테 다 받아내야 되는디…… 시간이 없을랑가비다. 어머니는 얘기 도중에 잠깐씩 눈을 반짝 빛내기도 했다. 작년엔가 그 근처를 지나다가 생각나서 들러봤더니 그 커다란 집의 주인이 바뀌어 있더라…… 아내는 벌써 수십 번은 들어서 다 외워버렸을 어머니의 이야기를 마치 처음 듣는 사람처럼, 그것도 감명 깊은 듯이 귀담아들었다. 왜 이제야 생각이 나는가. 그때 벌써 아내는 자신의 왼손을 항상 만지작거렸다. 어머니, 네, 네, 그래서요? 하면서도. 아내가 왼손을 만지작거리고 있는 모습은 그대로 아내의 포즈가 되어버렸던 것 같다. 나중엔 그것이 전혀 어색하지도 이상하지도 않았으니까. 이삼 일 만에 한 번씩 퇴근해 집에 가면 아내는 변함없이 그를 반겼다. 뜨개질을 하다가 왼손을 주무르며 "어제는 제천 집에 갔다왔어요"라고 말한 때도 있었다. 가끔 아내는 "당신은 왜 내게 아무 말도 안 해요?" 묻기도 했다. "무슨 얘기?" 그가 물으면 아내는 "글쎄, 무슨 얘기든지요" 하면서 고개를 숙였다. 원래 그는 말이 없는 성격이었다. 오죽하면 어머니가 그를 '찍새'라고 불렀겠는가. 아내는 어머니가 그를 "찍새야" 하고 불렀을 때 "어머니, 찍새가 뭐예요? 새 이름이에요?" 하고 물었다. 어머니는 잠시 복잡한 표정을 짓다가 "그래, 새 이름이다. 알을 까고 나와서는 죽을 때까지 한 번도 울지 않는 새!"라고 했다. 그러면 아내는 아, 그런 새도 있구나, 믿는 눈치였다. 왼손을 만지작거리거나 주무르던 아내가 어느 날부터인가 오른손으로 왼손을 붙들고 있는 모습이 종종 눈에 띄었다. 타박상을 입었을 때나 하는 행동이었다. 왜 그러고 있느냐 물으니 아내는 글쎄 어떻게 대답을 해야 될지 모르겠다는 표정으로 그를 쳐다보고선 "손이 말을 듣지 않아요", 별일 아니라는 듯이 시무룩하게 말했다. 손이 말을 듣지 않는다니. 처음에 그는 아내의 말을 흘려들었다. 손목이 시리다는 것도 아니고 저리다는 것도 아니고 손이 말을 듣지 않는다는 게 무슨 말인지 이해가 가지 않기도 했다. 성공할 수 있다며 기세등등하게 모였던 팀을 해체하기로 하고 사무실을 폐쇄하고 있던 때였다. 얼마 지나지 않아 일자리를 얻어 새 분위기에 적응하느라 곧 몸과 마음이 분주해져 그는 아내의 말을 주의깊게 새기지 못하고 잊었다. 인터넷 쇼핑몰은 어디부터가 할 일이고 어디가 끝인지 알 수 없었다. 어떤 방문자들이 오는지 어떤 제품이 많이 움직이는지를 파악해서 상품을 정하고 디지털카메라로 촬영하고 가격을 정해 사이트에 진열을 하는 일이 끝도 없이 이어졌다. 서로 얼굴을 보지 않는 상태에서 사람들에게 주문하도록 하는 일은 쉽지 않았다. 그가 원 플러스 원의 경품 이벤트 기획으로 머릿속이 꽉 차 있을 무렵, 아내는 현관문을 열어줄 때도 오른손으로 왼손을 붙잡고 있었고 소파에 앉아서 텔레비전을 볼 때도 오른손으로 왼손을 붙들고 있었으며 책을 읽을 때도 왼손을 꼭 붙들고 읽었다. 그가 바라보면 아내는 "글쎄 내 왼손의 주인이 따로 있는 것 같다니까요", 중얼거렸다. 아내의 왼손이 심각하다는 걸 깨닫는 데는 그로부터도 한참이 걸렸다. 태희의 생일을 앞둔 일요일이었다. 아내는 아침 일찍 태희가 좋아하는 꽃게를 수산시장에 직접 나가서 사가지고 왔다. 간장게장을 좀 담글까 하였으나 꽃게 값이 너무 비싸서 관두어야겠다며 투덜거렸다. 태희는 탕도 아니고 장도 아닌 찐 꽃게를 큰 접시 위에 올려놓고 파먹는 걸 좋아했다. 아내는 꽃게를 안쳐놓고 식탁을 베란다 창가 쪽으로 옮겼다. 누구라도 그러고 싶을 만큼 볕이 좋은 날이었다. 마침 꽃게철이라 찐 꽃게의 붉은 등짝을 떼어내면 붉은 알이 먹음직스럽게 모습을 드러내곤 했다. 사 인용 식탁에 아내와 태희가 나란히 앉고 그 혼자 맞은편에 앉았는데 어느 틈에 아내의 왼손이 태희 몫의 꽃게를 쓰윽 집어가는 것 아닌가. 그는 처음에 아내가 장난치는 줄 알았다. 태희도 그런 줄 알았는지 "언니도 참", 눈을 흘겼다. 오히려 아내만이 깜짝 놀라며 오른손으로 왼손을 끌어당겨 무릎에 내려놓고 지그시 누르며 주름이 생기기 시작하는 얼굴을 붉혔다. 그런데 그가 앞접시 위에 놓여 있는 꽃게의 몸통을 반으로 잘라 내려놓았을 때였다. 아내의 왼손이 식탁을 건너와서는 그의 접시 위에 놓여 있는 꽃게 한쪽을 쓰윽 집어다가 자신의 접시 위에 올려놓는 것이었다. 아내의 얼굴이 붉게 달아올랐다. 아내는 왼손등을 오른손으로 두들겨패며 "빨리 가져다놓지 못해!" 소리를 내질렀다. 자기 자신에게가 아니라 다른 사람에게 하는 양 같았다. 그것도 여간 노여움을

96

탄 목소리가 아니었다. 그와 태희는 얼굴이 상기된 채 왼손을 호되게 야단치고 있는 아내를 처음 보는 인터넷 게임 구경하듯이 바라보았다. 아내에게 크게 혼이 난 아내의 왼손은 다시 슬그머니 좀 전에 그의 접시에서 집어갔던 꽃게를 제자리에 가져다놓았다. 어색한 식사를 마치고 태희가 돌아간 후 그는 아내에게 대체 어떻게 된 일이냐고 물었다. "모르겠어요. 어느 날부터인가 왼손이 따로 놀아요." 아내는 자신의 왼손이 자신의 의도와는 다르게 멋대로 움직이는 일이 그날 처음 있는 일은 아니라고 고백하며, 오른손으로 왼손을 찍어누르듯이 붙잡고 있었다.

눈을 찌르던 해가 질 무렵에야 그는 움직이는 것을 포기했다. 꼼짝 못 하고 누워서 올려다보는 잣나무들의 키는 족히 삼십 미터는 넘어 보였다. 밑에서 올려다보아서일까. 숲에 붙박인 듯 누워 있는 그의 눈에는 잣나무의 힘이 왕성해 보였다. 짙푸르고 무성한 잎 때문이 아니었다. 잣나무는 어느 그루도 허리를 굽히지 않고 직선으로 곧게 뻗어올라가 있었다. 검은색에 가까운 나무껍질은 깊이가 있어 보이고 가지런하게 이어지는 곁가지들의 매무새는 단정했다. 가지마다 솔방울처럼 생긴 잣송이가 수두룩이 매달려 있었다. 그는 잣송이의 수를 세어보았다. 서른몇까지 세었다가 잊어버리고 마흔몇까지 세었다가 잊어버리고 다시 세기 시작했으나 이번에는 스물도 세지 못하고 방금 센 숫자가 몇이었는지 잊어버렸다. 잣송이 세기를 포기하고 저렇게 잣나무가 열매를 맺었으니 몇십 년은 되었을 거라고 그는 생각했다. 무슨 생각이든 해야 한다고 그는 생각한다.

생각을 놓쳐서는 안 된다고 그는 생각한다. 어디였던가. 일본의 아오모리였던가. 백두산이었나? 압록강 근처였는지도 모르겠다. 옛 동료들과 함께 갔던 그곳에는 높이 치솟은 잣나무 숲길이 있었다. 가문비나무도 섞여 있었는데 눈부시게 아름다운 숲이었다. 버스 안에 있던 사람들이 환호성을 질렀다. 모두들 버스에서 내리고 싶어 차를 세워달라고 했다. 예정에 없던 일이었다. 기사에게 잣나무 숲이 끝나는 곳에 버스를 세우고 기다리라고 했다. 그들은 걸어서 가겠노라고. 모두들 그걸 희망할 만큼 잣나무의 쭉 뻗은 몸과 푸르디푸른 잎은 늠름하고 아름다웠다. 버스에서 내리지 않은 사람은 그뿐이었다. 그는 전날 마신 술 때문에 몸을 제대로 가누지 못했다. 그를 태우고 버스는 울창한 잣나무 숲속을 내달렸다. 훈련된 원숭이들이 높은 곳에 매달린 잣송이들을 따고 있는 풍경이 획획 스쳐지나갔다. 잣송이를 채취하는 원숭이들은 노련했다. 싱그럽고 짙푸른 잣나무 사이를 가볍게 옮겨다니며 잣송이들을 툭툭 잘도 따냈다. 원숭이가 아니면 누가 저 높다란 잣나무에 달린 잣을 따낼 수 있겠는가. 그는 인간이 교활하게 느껴졌다. 원숭이의 특성을 이용해 잣을 따는 데 부려먹다니. 이십여 분쯤 후에 다시 버스 안으로 몰려든 사람들 중 누군가가 그랬다. 아오모리인지 백두산인지 그곳에 사는 사람들은 가을이 지나고 십일월쯤에는 상아색 잣이 빼곡히 들어찬 잣송이를 따 방 안에 고구마처럼 쟁여놓고 겨우내 실컷 잣을 까먹으며 보낸다고. 국도변 풀숲에 홀로 버려진 그는 잣나무 잎이 저렇게 진한 푸른색이라는 것을 처음 알았다. 잣나무들을 올려다보고 있던 그의 눈이 한순간 흔들렸다. 잣나무 잎들은 너무 짙푸르러

야성미가 넘쳐흘렀다. 여기서 빠져나갈 수만 있다면 그도 그래보고 싶어졌다. 그저 잣송이를 방 안 가득 쌓아놓고 오로지 그걸 까먹으며 한겨울을 보내보고 싶다는 욕망이 들불처럼 일어났다. 이 상황에서 벗어나기만 한다면 무엇이든 다 견뎌낼 수 있을 것 같다. 아무것도 먹지 않고 그저 잣 속에 들어 있는 단백질과 지방으로 한겨울의 추위 또한 거뜬히 이겨낼 수 있을 것도 같다.

잣나무에서 떨어진 잣송이가 그의 얼굴을 때리고는 밑으로 굴러내렸다. 그는 눈을 번쩍 떴다. 우둘투둘한 잣송이에 얻어맞은 뺨이 파인 듯 아팠다. 이제 해가 지고 밤이 오려는 모양으로 높이 치솟은 잣나무들 사이로 어둠이 깃들고 있었다. 그는 나뭇가지 사이로 깃드는 어둠을 응시했다. 여지껏 이렇게 사방이 어두워지는 세상을 응시해본 적이 있었던가. 언제나 무엇엔가 골몰해 있다보면 어느덧 세상은 어두워져 있었다. 그가 살고 있는 도시는 어둠이 내려앉을 틈도 없이 곧 상점이나 가로등의 불이 켜졌다. 해가 저물기도 전에 자동차 헤드라이트에 불을 넣고 다니는 사람이 허다했다. 그는 지금 저렇게 서서히 주변의 빛을 밀어내며 물처럼 밀려오는 어둠보다 인공 불빛에 익숙했다. 어쩌다 23층에 있는 사무실에서 블라인드를 들치고 바깥을 내다보면 셀 수 없이 많은 불빛들이 무리지어 그의 눈 안으로 쏟아져들어오곤 했다. 그럴 때면 그는 눈을 지그시 한번 감았다가 뜨곤 했다. 불빛들이 나방이들처럼 그를 향해 일제히 날아들 것만 같았기 때문이다. 지금 숲속에 버려진 채 혼자 어둠이 내리는 걸 지켜보는 그의 눈은 주인을 응시하는 개의 눈처럼 사무침이 서려 있다. 잣나무 사이로 밀려들어오는 어스름을 바라보는 그의 눈빛은 어스름이라도 따뜻한 휘장처럼 그를 덮어주기를 바라고 있는 듯했다. 그는 다시 한번 소리를 내질렀다. 아무도 없어요? 아무도 없어요? 힘껏 소리를 내질렀으나 이미 다친 그의 성대는 소리를 제대로 내보내질 못하고 웅웅거릴 뿐이다.

아내의 왼손이 식탁 위에서 꽃게를 쓰윽 집어가던 일은 그후에 벌어진 일에 비하면 귀여운 행동이었다. 아내가 캄파눌라가 자라고 있는 화분에 물을 주고 있는 동안 아내의 왼손은 어느새 분홍색 꽃들을 잡아당겨 이겨놓곤 했다. 아내가 냉장고 문을 닫고 돌아서기도 전에 아내의 왼손은 또다시 열어놓기 일쑤였다. 그 정도는 점점 더 심해져서 나중엔 전등 스위치를 끄기 위해서 삼십 분씩 실랑이를 벌일 때도 있었다. 오른손이 스위치를 내린 뒤 몸을 돌리기 무섭게 왼손이 다시 올리곤 했다. 화가 난 아내가 얼굴을 붉히며 왼손을 때리면 이제 왼손은 오른손을 피하기까지 했다. 아내는 눈을 감고도 척척 해내던 일상생활을 점점 할 수가 없게 되었다. 마트에 가면 아내의 왼손은 아내가 잘 알지도 못하는 물건들을 집어 카트에 담았다. 계산대에서 계산을 하려고 보면 예쁘기만 하고 쓸 데는 적은 바구니며, 배드민턴 채, 농구공 따위가 나왔다. 길을 가다가 뺨이 통통한 어린아이를 만나면 어느새 아내의 왼손이 쓰윽 나가 아이의 뺨을 꼬집었다. 옷장 문을 열고 입을 옷을 꺼내면 아내의 왼손은 얼른 다른 옷을 집어들었다. 사람들은 아내가 장난을 치는 거라고 했다. 어떻게 그런 일이 있을 수 있느냐고. 그도 그렇게 믿고 싶었다. 그러나 아내가 무엇 때문에 그런 장난을 친단 말인가. 그가 아내에게 병원에 한번 가보는 게 어떻겠냐고 했을 때 아내의 왼손이 그의 빰을 향해 올라왔다. 한 대 치려는 포즈였다. 다급히 아내는 오른손으로 왼손을 꾹 누른 채 그를 쓸쓸한 눈으로 바라보며 "글쎄, 외과를 가야 하나 내과를 가야 하나……" 말을 흐렸다. 언젠가 육십만이천원인 팩시밀리 가격을 담당자의 실수로 육만이백원으로 상품정보란에 올려놓은 적이 있었다. 책정된 가격에서 0을 하나 빼먹은 것이다. 쇼핑몰의 정보는 가격비교 사이트나 다른 검색라인을 통해 삽시간에 퍼지게 되었다. 같은 물건인데 어느 사이트에서는 얼마에 팔고 또 어느 사이트에서는 얼마에 파는지 비교해주는 곳이 인터넷 안에는 무수히 많았다. 육십만이천원의 상품이 육만이백원으로 책정되어 있으니 그날 밤 팩시밀리 가격은 그들의 정보망에 가장 큰 뉴스거리로 포착되었다. 잘못된 정보가 유통된 지 하룻밤 사이에 주문이 백 대가 넘게 들어와 있었다. 잘못된 것이지만 모두들 잠든 밤에 이미 고객과의 계약은 이루어져 있었다. 그러나 육십만이천원인 팩시밀리를 육만이백원에 팔 수는 없는 일이었다. 상품을 댄 업체에서는 만약 뉴스라도 타게 되면 이미지에 타격을 입는다고 불평이 대단했다. 위약금 십 프로를 물고라도 계약을 파기하자는 쪽으로 의견을 모았다. 고객만족센터에서 백 명이 넘는 고객에게 일일이 전화를 걸기가 벅차 온 직원이 전화 걸기에 매달렸다. 대부분의 사람들은 뭔가 좀 이상했다는 반응을 보이며 이해를 해주었으나 그중 몇몇은 사장을 바꾸라, 소비자보호원으로 넘기겠다, 며 클레임을 강하게 걸어왔다. 그 일을 처리하느라 시달리다 사흘 만에 집에 들어간 날이었다. 아내는 여느 날과 마찬가지로 별말 없이 현관문을 따주었는데, 그가 안으로 들어서자마자 아내의 왼손이 그의 빰을 후려쳤다. 당황한 아내의 오른손이 얼른 왼손을 붙잡았으나 오른손이 제지할 수 없을 만큼 왼손은 힘이 셌다. 그는 거실에 들어서지도 못한 채 현관에서 아내의 왼손에 뺨을 두 차례나 더 얻어맞았다. 평소의 아내의 힘이라고 믿을 수가 없을 정도로 강도가 셌다. 물리적인 아픔도 아픔이었지만 아내에게 뺨을 얻어맞았다는 수치심이 불끈 치솟아 그는 아무 말도 못 하고 아내를 노려보았다. 당황한 아내는 눈물을 글썽이며 집 바깥으로 뛰쳐나갔다. 그의 뺨은 아내의 왼손 자국이 붉게 찍히며 부풀어올랐다. 놀이터에서 찾아낸 아내는 자신의 왼손이 밉고 잘라내버리고 싶다며 울었다. 그러나 그것은 시작에 불과했다. 아내의 왼손은 이후로 걸핏하면 그에게 달려들었다. 그는 이를 닦다가도 얻어맞았고 밥을 먹다가도 얻어맞았다. 그는 점차 아내를 보면 피하는 자세를 취하게 되었다. 서로 민망한 일이었다. 자신도 모르게 남편에게 폭력을 휘두르게 된 아내는 그가 집에 들어오는 날은 다른 방에서 혼자 잤다. 결국 아내는 그가 일 때문에 바빠서 집에 들어오지 못하는 날도 혼자 잤고 그가 집에 들어오는 날도 잠자는 그의 뺨을 한밤중에 후려치는 자신의 왼손 때문에 또 혼자 잤다.

몸이 으스스 추워지기 시작한다. 추위를 느끼자 잣나무 사이로 밀려들어오는 어둠을 응시하던 그의 눈에 불안이 실리기 시작했다. 밤이 깊어지면 숲속의 기온은 뚝 떨어질 것이다. 잠이 든 채로 다시 깨어나지 못할 수도 있다. 대체 내가 몰던 차는 어떻게 된 거지? 그는 자동차 생각을 했다. 사고가 난 지점에서 멀리 떨어진 곳에 추락해 사람들이 자동차만 발견하고 그를 발견하지 못한 것인가. 그런 일이 있을 수 있는가. 있을 수 있을 것이다. 아내의 왼손이 하는 일을 지켜본 이후로 그는 무슨 일이든 발생할 수 있다고 믿게 되었다. 겨우 고개를 돌려서 주위를 살펴봐도 사고 차량 같은 건 눈에 띄지 않는다. 자동차의 잔해조차도. 그는 자신이 마치 사체처럼 버려져 있다는 생각이 들었다. 누군가 그의 등을 둔중한 것으로 내리친 후 그를 이 풀숲에 버렸는데 죽지 못하고 뒤늦게 깨어난 것 같은 그런 느낌이었다. 어떻게 이렇게 감쪽같이 혼자만 버려져 있단 말인가. 아내가 자신의 왼손을 바라보는 기분도 이런 것일까. 아내의 왼손의 횡포가 심해질수록 그는 상품정보 속으로 파고들었다. 어떻게 하면 매출구조가 수익구조로 바뀔 수 있는지만 생각했다. 처음엔 상품이 중국에서 저가로 수입해온 것들로 이루어졌으나 그는 인터넷 쇼핑몰도 브랜드 중심으로 바뀌어가야 한다고 생각했다. 다행히 오너는 그의 의견에 동의해주었다. 그의 생각은 얼마 지나지 않아 현실로 드러났다. 이제 고객들은 이탈리아나 파리에서 들여오는 화장품이나 의류, 가방이나 신발 들을 저가에 구매하기 위해 인터넷 쇼핑몰을 이용했다. 그로 인해 한 발 앞서 명품들을 사이트에 올려놓았던 예티클럽은 명품 쇼핑몰로 인식되기 시작했다. 시중에서 아무리 저렴해도 한 장에 육칠만원씩 하는 폴로티가 배송비까지 포함해서 이만원 안쪽이면 집까지 배달되었으니 인기가 있는 건 당연한지도 모른다. 그는 뻣뻣한 목을 가로저어보았다. 회한이 스쳐지나갔다. 그가 고객들의 구미에 맞춰 상품을 개발해나가는 동안 아내는 점점 힘이 세지는 왼손을 오른손으로 저지하며 혼자 지냈다. 어느날 아내가 거실 소파에 앉아 있는 그에게 "내 왼손은 외계인손증후군이래요" 하고 말했다. 아내가 그렇게 말할 때 아내의 왼손은 잠잠했다. 그는 아내의 말을 한 번에 알아듣질 못해 "뭐라구?" 되물었다. "외계인손증후군요." 다시 대답하는 아내는 시무룩했다. "그러니까 당신 왼손이 외계인이라는 거야?" 되묻자 아내는 싱겁게 웃기까지 했다. 아내의 웃음을 보자 그는 아내를 치료해줘야겠다는 생각에 앞서 지금 장난치고 있나? 하는 마음이 들었다. 그래서 치료법은 없느냐고 묻지조차 않았다. 아내의 왼손은 걸핏하면 저지할 수 없는 힘으로 그의 뺨을 쳤다. 조심하고 있다가도 한 번씩 얻어맞고 나면 어찌나 수치스럽고 황당한지 그는 할말을 잃었다. 그렇다고 쩔쩔매는 아내를 상대할 수도 없는 일이었다. 그는 아내의 왼손에 얻어맞고 나면 열흘씩 보름씩 집에 들어가지 않았다. 사무실에 아예 야전침대를 구해놓고 그곳에서 자고 깨어났다. 아내는 이틀에 한 번꼴로 그의 옷가지들을 들고 와 경비실에 맡겨놓고 돌아가며 전화를 걸어 "미안해요" 하곤 했다. 아내가 차라리 어머니처럼 위암에 걸렸다고 한다면 암이라는 존재가 어떤지 알기는 하니까 대책을 세웠을지 모른다. 그러나 평소에는 아무렇지도 않다가 불쑥불쑥 제멋대로 구는 아내의 왼손에 그는 대책보다는 분노를 느꼈다.

어떻게라도 자신의 육체가 움직이고 있다는 것을 확인하고 싶은 그는 어둠 속에서 손가락을 움직여봤다. 신발이 벗겨진 왼쪽 발가락도 움직여봤다. 처음 얼마간은 공포와 두려움에 질려 배고픈 줄을 모르겠더니 이윽고 허기까지 몰려왔다. 침을 삼키는데 핏덩이가 느껴졌다. 그는 고개를 돌려 입에 닿는 대로 풀 잎사귀를 뜯어 씹어봤다. 흙먼지와 함께 쌉쌀한 맛이 입안에 차올랐다. 아내가 만들어주던 따뜻한 음식들. 아욱국이나 두부젓국찌개나 갈치구이나 참나물무침 들. 그는 새삼 아내가 만들어준 음식들이 간이 잘 맞았다는 생각이 들었다. 맛있다고 말해준 적이 있었던가? 그렇게 말해본 기억이 없다. 식탁에서 가끔 아내가 "당신은 진짜 찍새인가봐요!" 했던 말이 무슨 뜻이었는지 그는 문득 깨달았다. 어느 날 아내는 그에게 전화를 걸어 그를 다급히 찾았다. "집에 좀 와줘요, 빨리요." 아내는 무슨 일이 있느냐고 그가 물을 틈도 없이 "제발 좀 와줘요" 하고는 전화를 끊었다. 그가 갔을 때 집은 아수라장이 되어 있었다. 화병이 깨지고 벽에 걸린 액자가 내던져지고 신발장의 신발들이 죄다 거실에 내팽개쳐져 있는가 하면 부엌에는 접시며 공기 들이 산산조각이 나 있고 수저통은 뒤집어져 있었으며 바닥에는 숟가락이며 젓가락 들 냄비며 프라이팬 들이 널브러져 있었다. 맥주잔이며 포도주잔 들은 단박에 깨져버린 모양으로 발 디딜 틈도 없이 유릿조각투성이였다. 그러고도 모자라 아내의 왼손은 커튼을 찢으려 하고 있었다. 아내는 왼손의 완력에 이끌려다니며 "제발 이러지 마, 이러지 마", 마치 정신이 나간 자매를 달래기나 하는 양 왼손을 향해 "이러지 마"라고 외치고 있었다. 펄떡거리는 왼손을 오른손으로 누른 채 통사정을 하고 있었다. "여보, 나 좀 어떻게 해줘요." 그가 들어서자 아내는 공포에 질린 목소리를 냈다. 그는 두리번거리다가 반쯤 깨진 꽃병을 집어 아내의 왼손을 향해 내리쳤다. 그제야 아내의 왼손은 잠잠해졌다. 붉은 피가 아내의 팔뚝을 타고 흘러내렸다. 그날 밤에 아내와 함께 잠자리에 든 것이 또 사단을 불러일으켰다. 일부러는 아니었으나 깨진 꽃병으로 아내의 왼손을 내리친 그였다.

그동안 아내의 왼손에 수차례 뺨을 얻어맞았으나 그가 아내처럼 피를 흘린 건 아니었다. 그는 아내를 병원에 데려가 손을 치료하고 아내의 왼손이 난동을 부려놓은 집 안을 치우고 오랜만에 아내와 함께 저녁을 먹고 텔레비전도 보고 잠자리에 함께 들었다. 오랜만에 느껴보는 평화였다. 아내는 그동안 자신의 왼손에 수차례 강타당한 그의 뺨을 어루만지며 그의 품을 파고들었다. 그러나 그가 계속 아내의 왼손을 의식하고 있었던 때문인지 아내와의 관계는 이루어지지 않았다. 한밤중에 그는 답답함에 눈을 떴다. 아내의 왼손이 그의 목을 조르고 있었다. 아내는 땀과 눈물로 범벅이 된 얼굴을 하고 한사코 그의 목에서 왼손을 풀어내려고 안간힘을 쓰고 있었다. 가만있다간 아내의 왼손에 목이 졸려 죽을 것 같았다. 잠이 완전히 깬 그는 두 손으로 아내의 왼손을 밀쳐냈다. 아내는 침대 밑으로 나동그라졌다. 아내는 절규했고 그는 그길로 옷을 입고 나와 사무실로 가버렸다.

그는 차가운 가을밤 잣나무숲에 퍼지고 있는 밤의 냄새를 깊이 들이마셨다. 밤공기 속에는 가을 산에 질펀한 용담이나 마타리, 뚜깔의 신선한 냄새가 섞여 있었다. 제4의 시장이라고 불리는 인터넷 쇼핑몰은 하루 이십사 시간 문 닫는 때가 없었다. 언제나 눈을 부릅뜨고 있는 형국이었다. 대형 마트가 백화점 매출을 넘어섰듯이 이제 얼마 지나지 않아 방문객 중심의 소매타운 매출액을 인터넷 쇼핑몰이 앞서리라고 그는 판단했다. 자신이 론칭한 상품이 생각대로 매출을 올리는 데서 그는 뿌듯한 성취감을 느꼈다. 인터넷 포털사이트를 개설할 꿈을 꾸고 있던 그는 상품을 구매하는 데만 그치지 않고 그와 연계된 다른 상품을 개발해보도록 업체에 권유하는 일도 잊지 않았다. 그 하나하나가 인터넷 시장을 읽는 체험이 되곤 했다. 문득 이 가을밤의 냄새를 리빙 상품과 접목시킬 수 있다면 당장 시장에 신선한 바람을 불러일으킬 수 있을 거란 생각을 하다가 그는 허탈해졌다. 여기에서 살아나갈 수 있을지 어떨지도 모르는 상황에…… 그는 자신이 한심하게 여겨졌다. 태희의 말처럼 인터넷 쇼핑몰이라는 블랙홀에 빠져 세상과 단절된 줄도 모르고 지냈다는 생각이 들었다.

아내에게 목이 졸리던 날 밤 절규하는 아내를 두고 사무실에 나온 그는 눈이 벌게진 채 날이 밝을 때까지 의자에 앉아 있었다. 자신도 모르게 아내의 왼손에 짓눌린 목을 어루만졌다. 그는 인터넷에 접속해 포털사이트 검색창에 외계인손증후군이라고 쳐넣은 뒤 클릭을 해보았다. 외계인손증후군이란 한 손이 본인의 의지와 상관없이 비정상적, 자동적, 비협력적으로 움직여…… 그는 갑자기 뒤통수를 얻어맞은 것처럼 멍해졌다. 그는 한 손이 본인의 의지와 상관없이 움직인다, 는 문장을 오래 들여다보았다. 그는 고등학교 동창생 중에 신경과 의사가 있다는 것을 기억해내고는 그의 연락처를 수소문해 전화를 걸어보았다. 그다지 친하게 지낸 사이가 아니었으므로 동창생은 뜨악하게 전화를 받다가 그가 혹시 외계인손증후군에 대해서 아는 바가 없느냐 물으니 "뭐 외계인이라구?" 하다가는 "아, 에일리언 핸드 신드롬을 말하는 거야?" 되물었다. 에일리언? 그는 어처구니가 없었다. "근데 그건 왜 물어?" 싱겁게 전화를 받던 동창은 갑자기 웃음을 터뜨렸다. "누가 그 병이라도 걸렸대?"

"아니야, 그냥 좀 알고 싶어서……" 동창은 잠시 "그러니까……" 하면서 말을 끌었다. "외국에는 몇몇 사례가 있는 모양인데 우리나라엔 글쎄…… 의학적으로 원인이 정확히 규명된 건 아닌데, 뇌의 손상과 관련이 있어. 외국 사례로는 간질환자 중 일부가 뇌수술 후유증으로 그런 증세를 발작적으로 일으키기도 한다고 하는데, 뇌경색 환자에게서도 발견되는 모양이고…… 하도 희귀한 경우라서, 글쎄…… 어떻게 말해야 될지 나도 잘 모르겠군. 한쪽 손이 말을 안 듣기도 하고 양손 다 통제에서 벗어나는 경우도 있다고 하는데, 그러니까 손이 주인의 의도와는 다르게 행동하는 거지. 그런데 왜 그래? 너 혹시?" "나는 아니고……" "그럼 주변에 누가 그런 사람이 있단 말이야?" 그는 동창의 질문을 피한 채 치료법은 없느냐 물었다. "아직 특별한 치료법은 없어. 자기암시 같은 심리클리닉을 통해 빈도를 덜하게 하는 정도지. 나도 그 이상은 몰라. 혹시 모르니 좀더 알아봐줄까?" 아니, 라고 대답하는 그에게 동창은 "주변에 누군가 그런 병을 앓고 있으면 날 찾아와. 에일리언 덕에 네 얼굴이나 보게", 농을 건네며 전화를 끊었다. 며칠 후에 집에 가보니 아내는 없었다. 빈집의 문을 따고 안으로 들어가보니 "팔을 잘라버리고 싶어요"라는 메모가 식탁에 놓여 있었다. 아마도 그날 밤 그길로 아내는 제천의 처가에 내려간 모양이었다. 그곳에서 아내의 왼손은 잠잠했다. 뿐인가, 이따금 아내의 왼손은 장모가 기르고 있는 두릅나무들을 정겹게 쓰다듬기조차 하는 모양이었다. 괜찮아졌는가 싶어 아내가 다시 그에게로 돌아오면 아내의 왼손은 다시 발작을 일으켰다. 서너 번 장모와 그 사이를 내왕하던 아내는 결국 제천에 주저앉았다.

어머니가 세상을 뜬 후 집은 먼지의 움직임까지 느껴질 정도로 적막했다. 늘 어머니가 삐치거나 수선을 떨거나 옛날 이야기를 끝도 없이 늘어놓아 아내를 힘들게 한다고 생각했는데 그것만은 아니었는가보았다. 아내는 이따금 그에게 "당신 첫사랑은 어떤 사람이었어요?"라고 물었다. 그가 별 대답 없이 얼버무리면 아내는 또 "맨처음 사랑했던 동물이 뭔지 기억나요?" 하고 물었다. 지금 생각해보니 아내는 처음에 대해 관심이 많았다. 첫사랑, 처음 가본 곳, 처음 맛있게 먹었던 음식, 비행기를 처음 봤을 때의 느낌이 어떠했는지 이따금씩 물었다. 그는 그것들에 대해서 별로 할말이 없었다. 초등학교 동창생, 군산, 잡채, 굉장히 큰 느낌. 그게 그의 답변이었다. 무얼 물어봐도 단답밖에 들을 수 없어서였는지 어느 날부터 아내는 그런 질문조차 하지 않았다. 그는 아내를 처음 만난 날을 기억해보려고 애썼다. 겨울날이었다. 어머니의 성화에 못 이겨 맞선을 보러 가는 길이었는데, 비가 내리기 시작했다. 이미 그전에 눈이 내려 여기저기 길이 엉망이었으므로 엎친 데 덮친 격이었다. 그는 우산과 바바리 깃을 세워 차디찬 겨울비와 바람을 차단하며 길을 걸었다. 그가 사귀어온 여자들을 어머니는 마음에 들어하지 않았다. 허리가 너무 가늘다거나 붙임성이 없다는 것이 이유였다. 귀한 대접을 받고 자란 집의 딸이라는 게 이유가 된 적도 있었다. 어머니가 트집을 잡아도 여자들이 먼저 떠나지 않았으면 그의 어머니는 그 여자들 중 한 명쯤은 받아들였을 것이다. 하지만 그가 만난 여자들은 그의 어머니를 한번 만나고 나면 그까지 꺼리곤 했다. 어머니에게서 여자들이 싫어하는 무슨 냄새가 나기라도 하는 모양이라고 그는 생각했다. 약속된 다방에 들어갔을 때 그의 바바리는 비에 젖어 있었다. 그는 젖은 바바리를 벗어서 들고 있어야 할지 어째야 할지 잠시 망설이다가 그대로 의자에 앉았다. 처음 본 아내는 눈썹이 짙고 눈이 동그랬다. 앉은키가 커 보였다. 그들은 모과차를 주문했다. 아내는 모과차가 담긴 도자기 찻잔을 두 손으로 감싸고서 차를 마셨다. 시린 손을 모과차 잔에 맡기고 있는 모습이었다. 말없이 모과차를 마시고 그와 아내는 다방에서 나왔다. 그사이 날은 개어 있었다. 눈 내린 후 비가 내려 거리는 온통 질척거렸다. 그만 헤어져야 하는지, 영화라도 보러 가자고 해야 하는지, 무엇을 어떻게 해야 할지 모르겠어서 그는 곤혹스러웠다. 문득 아내를 만나러 간 제천에 절이 하나 있다는 데 생각이 미쳤다. 가을날이면 단풍이 좋아 단풍축제가 열리는 곳이었다. 그때면 사람들이 단풍을 구경하러 갔던 생각도. 그가 무심코 절에나 갈까요? 했더니 아내는 고개를 끄덕였다. 택시를 잡아타고 절 이름을 대니 십 분 만에 그들을 절 앞에 내려주었다. 일주문까지 걷는 길도 역시 질척거렸다. 길 양편으로 헐벗은 단풍나무들이 줄지어 서 있었다. 이미 지난가을 단풍 든 잎사귀들을 떨어뜨린 메마른 나뭇가지에도 빗방울이 맺혀 있었다. 앞서거니 뒤서거니 걷다가 그의 어깨가 무심코 단풍나무를 건드리면 빗방울이 여자의 검은 머리 위로 후드득 떨어지곤 했다. 그때마다 여자의 입가에 번지는 미소 때문에 그는 아닌 척하며 자꾸만 단풍나무를 건드렸다. 그날 무슨 말인가를 더 나눴을 테지만 그에게 그날의 기억은 그것뿐이다. 그는 자꾸만 단풍나무를 건드렸고 나중에 아내가 된 여자는 자꾸만 머리로 얼굴로 튀는 빗방울을 닦아내었다.

밤새들이 지저귀는 소리에 그는 귀를 세웠다. 정신이 든 채로 숲 속에서 밤을 보내자니 귀가 저절로 예민해졌다. 그의 귀는 도로 쪽에서 자동차들이 질주하는 소음 속에서도 그가 누워 있는 근처의 모든 소리를 놓치지 않고 듣고 있다. 거미가 기어와 그의 발목에 줄을 치는 소리, 그 위로 이슬이 맺히는 소리. 낮 내내 나뭇가지에서 잠을 잤을 올빼미가 잣나무를 옮겨다니는 소리, 그를 내려다보며 발톱을 오므리는 소리, 들쥐들이 잽싸게 풀숲을 헤치고 도로 쪽으로 내빼는 소리. 그는 소리들을 듣기 위해 눈을 감았다. 잠들어서는 안 된다는 강박 때문에 귀는 더욱 예민해졌다. 이 밤을 무사히 보낼 수 있을지. 밤새 소리들은 딱딱딱거리는 것도 같고 찌찌찌거리는 것도 같고 초로로로거리는 것도 같다. 다른 때보다 수십 배는 예민해진 그의 귀는 비슷하게 느껴지는 새소리들도 구분해내었다. 모든 소리를 듣고 있던 그는 번쩍 눈을 떴다. 어머니의 기척이 느껴졌다. 이미 흙으로 돌아간 어머니의 손과 발이 꿈틀거리며 나무뿌리들을 헤치고 기어올라와 그를 일으켜세우는 듯했다. 어머니는 죽음을 세 시간 앞두고도 살아야겠다는 의지를 굽히지 않았다. 호흡이 가빠지고 몸속에서 물이 다 빠져나간 상태에서도 어머니는 아내에게 가제수건에 물을 묻혀 혀를 적시게 했다. 말을 할 수 있는 상태가 되면 다른 병원으로 옮기겠다며 입에 담을 수 없는 욕을 담당의사한테 퍼부었다. 뼈에 살가죽만 남아 있는 어머니의 메마른 육체를 보는 것은 고통이었다. 검은 동굴처럼 뚫려 있던 어머니의 두 눈은 임종하는 그 순간에도 내일 아침 태양을 다시 볼 수 있으리라는 걸 의심하지 않았다. 어둠속에서 새들이 푸드덕거리며 나무 사이를 날아다니고 있다. 동고비일까? 잣나무 가지에 거꾸로 매달려 있는 새 한 마리가 달빛에 비쳐 그의 시야에 잡혔다. 머리나 날개나 꼬리가 푸르스름하고 가슴이며 배에 붉은빛이 스쳐 있다. 계속 내리고 있는 이슬에 온몸이 축축이 젖어가는 그를 향해 새는 거꾸로 매달려 있다. 새와 그의 눈이 딱 마주쳤다. 밤이 어떻게 오는지를 보았듯이 아침이 어떻게 오는지를 볼 수 있을까. 그럴 수 있을까. 새를 보는 그의 눈이 간절해졌다.

아내를 세 번 만나고 그가 청혼했을 때 아내는 그 자리에서 고개를 숙인 채 "네" 그랬다. 그로서는 너무나 뜻밖의 대답이었다. 거절당하지는 않을 것 같았으니 청혼을 했을 것이다. 그러나 생각해보겠다거나 상의해보겠다라는 말도 없이. 아니 잠시 머뭇거리는 기척도 없이 결혼하자는 말에 여자가 바로 네, 하고 나올 줄은 그는 짐작도 못 했다. 손을 잡기도 전이고 영화를 보기도 전이고 약속시간에 늦어보기도 전이니 당연히 술을 같이 마셔보거나 기차를 함께 타보기도 전이었다. 여자가 어떤 영화배우를 좋아하는지, 여자가 싫어하는 음식은 무엇인지, 여자가 좋아하는 짐승은 무엇인지 알기도 전이었다. 그런 것들을 알기도 전에 결혼을 했는데 그는 아직도 아내가 무엇을 하고 싶어하는지 무슨 냄새에 이끌리는지를 알지 못했다. 어둠 속 새의 눈을 응시하고 있는 그의 눈이 흔들렸다. 여태 그 누구도, 어머니마저도 무슨 일에 그렇게 단번에 네, 해주었던 적이 없었다는 것을 그는 새삼스럽게 깨달았다. 그 자신 또한 다른 사람에게 그렇게 단번에 네, 하고 대답했던 적이 없었다는 것도. 함께 일하는 사람들은 물론이고 어머니에게도 태희에게도 그리고 아내에게도. 대답을 해야 할 때면 그는 늘 머뭇거렸다. 특히 네, 라고 긍정을 할 때에는 이유를 붙이고 단서를 단 후에 그리했다. 그런 그로서는 아내가 그의 청혼에 네, 하고 단숨에 대답했을 때 기뻤다기보다는 허탈할 지경이었다. 신혼여행 때던가, 그가 아내에게 아무리 결혼을 하잖다고 그 자리에서 네, 할 수가 있느냐 물은 기억이 났다. 처음 만났을 때 아내는 그의 바바리를 보고 이미 마음을 정했다고 했다. 바바리? 비에 젖어서? 아니라고 했다. 이미 가을이 지나 겨울인데 홑겹의 바바리를 입고 있는 그가 몹시 추워 보였다고 했다. 게다가 위에서 세번째 단추가 떨어질 듯이 대롱거리고 있었다고. 아내는 그날 내내 그 단추가 정말 떨어질까봐 걱정이었다고 했다. 그랬던가. 그가 무슨 말을 해야 할지를 모르겠어서 그저 단풍나무 가지 위에 얹어진 빗방울을 떨어뜨리느라 여념이 없었을 때, 아내는 그의 바바리에 붙어 있는 세번째 단추를 주시하고 있었던가. 그는 잠깐 자신의 처지를 잊고 숲의 냄새 속에서 빙그레 미소지었다.

달이 지나간다, 그는 배고픔과 추위를 참으려 어둠 속에서 웅얼거렸다. 생각 없이 늑대가 지나간다, 고도 웅얼거렸다. 늑대는 지나가지만 표범이며 호랑이며 사자 같은 맹수들은 아름드리 잣나무 한 그루씩을 차지하고 앉아 아무도 없는 숲속에 내팽개쳐져 있는 그를 구경하고 있는 듯했다. 맹수들은 낮에는 자고 밤에 움직인다. 신혼여행을 갔던 싱가포르의 어느 강가에 동물원이 있었다. 동물원의 규모는 짐작할 수도 없이 넓어서 밀림이 펼쳐진 듯했다. 동물들의 울이 어디부터 어디까지인지 알 수가 없었다. 산굽이를 돌아야 코알라를 볼 수 있었고, 다시 십여 분을 걸어야 코끼리를 만날 수 있

었다. 낮의 동물원 물 속에는 겨우 작은 뱀들이나 오리가 기어다니
거나 떠 있고 나무 위에는 크지 않은 새들이 깃질을 했다. 그들은
동물원이 크기만 하지 동물이 별로 없다는 얘기를 나누었다. 그래
도 숲이 좋아 낮 내내 동물원에 있었다. 표를 끊을 때는 몰랐는데
나중에 알고 보니 표 한 장으로 낮과 밤 어느 때나 동물원에 입장할
수 있었다. 밤이 되어 다시 동물원에 들어갔을 때 그들의 눈은 휘둥
그레졌다. 낮에 보았던 동물원이 아니었다. 태양이 밝게 비치던 낮
의 동물원에서 평화롭게 놀던 동물들은 어둠 속 어디에 있는지 눈
에 띄지 않았다. 대신 어둠과 달빛이 내린 검은 바위 위에 표범이
뱃구레를 내보이며 앉아 있었다. 매와 독수리가 어둠 속을 유영했
다. 컴컴한 나무숲 속에선 이빨을 드러낸 호랑이가 울부짖는가 하
면 달빛을 받으며 늑대가 흰 바위 위로 올라갔다. 조명을 받은 사자
는 갈기와 앞발을 세우고 물가에 엎드려 있었다. 어두운 물 속에는
크기를 알 수 없는 뱀들이 소리를 내지 않고 기어다녔다. 맹수들이
어둠과 함께 모습을 드러내자 낮에 나와 있던 순한 동물들은 나뭇
가지나 굴 속에 들어가 숨을 죽이고 있을 것이었다. 여기엔 맹수는
없어, 그는 두려움을 밀어내며 웅얼거렸다. 맹수가 있다면 저 새들
이 저리 퍼득거리겠는가, 웅얼거릴 뿐인데 이가 딱딱 마주칠 정도
로 추위가 느껴졌다. 잠이 들면 끝장이야, 그는 또 웅얼거렸다. 입
안 어디에선가 계속 피가 나고 있는 모양이었다. 침을 삼키면 여전
히 짭짤한 피맛이 돌았다. 그는 잠들지 않으려고 나무 사이로 엿보
이는 달에서 눈을 떼지 않았다. 달을 보는 것도 참으로 오랜만이었
다. 아내는 어느 때든 하늘을 자주 올려다보았다. 아내가 "비가 오

려나봐요" 혹은 "어머, 달이 떴네요" 하면 그는 그제야 아내가 쳐다
보는 하늘을 흘깃 한번 쳐다보곤 했다. 달이 저렇게 밝으니 분명 제
천에서 아내도 달을 봤을 것이다. 어쩌면 지금 이 순간 아내가 저
달을 보고 있을지도 모른다는 생각을 하자 그의 마음이 일순 간절
해졌다. 다시 아내와 함께 달을 볼 수 있는 날이 올까. 오늘밤 이 잣
나무숲에서 올려다본 달에 대해서 아내에게 얘기해줄 수 있을까.
달을 스치고 지나가는 저 밤구름에 대해서, 어딘가 물이 많은 곳으
로 흘러가고 있을 것 같은 저 느릿한 달의 움직임에 대해서. 노란
달빛 때문인지 밤은 어둡지 않았다. 야성적인 잣나무의 푸른 빛깔
조차도 그대로 눈에 들어왔다. 다시 아내를 볼 수 있다면 어느 해
십일월쯤엔 아내와 함께 이 숲속으로 잣송이를 주우러 와야지, 그
는 생각했다. 무심코 아내의 왼손이 잣을 까고 싶어할지도 모른다
는 생각을 하던 그의 눈이 반짝 흔들렸다. 언젠가 태희의 목에 둘러
진 분홍빛 스카프를 슬쩍 풀어가던 아내의 왼손을 보고 태희가 그
랬다. "오빠, 올케의 왼손이 사실은 오빠에게 하고 싶은 올케의 말
을 대신하고 있는 거 아니야?" 그가 무슨 엉뚱한 말이냐는 듯 태희
를 보자 스카프를 아내의 왼손에게 뺏긴 태희는 "나도 이런 스카프
갖고 싶어요…… 뭐 그런 말 아니냐구" 하고 덧붙였다. 그때는 짜
증스럽게만 들렸던 태희의 말이 눈덩이처럼 불어 그의 가슴을 짓눌
렀다. 태희 그애는 그에게 이천만원을 빌려 방을 얻어 독립한 후 그
이천만원을 갚기 위해 이 년 동안 월급의 팔십 프로를 꼬박 적금 부
었다고 했다. 내가 빚지고는 못 살잖아. 어머니에게서 많이 듣던 소
리였다. 태희가 적금을 찾아 돈을 가지고 왔을 때 그는 그걸 받아

예금을 들어놓았다. 태희가 결혼이라도 하겠다고 하면 내줄 생각이었다. 인터넷 신문을 만들겠다고 투자금을 내놓을 때 그는 퇴직금과 태희에게서 받았던 돈을 내놓았다. 곧 채워놓을 수 있다고 믿었으나 신문 일에서 손을 뗐을 때 태희의 그 돈도 날아갔다. 태희가 이 년 동안 월급의 팔십 프로를 모은 돈이었다는 생각이 왜 이제야 드는 걸까. 그는 아내에게 별다른 선물을 한 기억이 나질 않았다. 스카프도 목걸이도 신발도 가방도 구두도. 아내가 별다른 불만을 내색하지도 않았기 때문에 그들 사이엔 그게 자연스러운 일이기도 했다. 그는 어둠 속의 잣나무를 올려다보며 아내는 무슨 옷을 입고 다녔는지, 어떤 구두를 신고 어떤 지갑을 들고 다녔는지 기억해보려고 애썼으나 허사였다. 그는 마음이 흔들렸다. 그런가. 아내의 왼손은 아내의 마음이기도 한 것인가. 아내가 차마 하지 못하는 말의 대신이기도? 마트에 가면 아내의 왼손이 카트에 쓰윽 집어넣은 것들은 딸기도 아니고 세제도 아니고 시금치도 아니고 농구공이고 배드민턴 채였다. 아내는 농구를 하고 싶고 배드민턴을 치고 싶었던 것이었을까. 밤의 풀숲에 버려진 채 그는 처음으로 아내에 대한 깊은 생각에 잠겼다. 그는 아내의 첫사랑이 누구였는지, 꿈이 무엇이었는지, 담배는 피워본 적이 있는지, 무릎 밑의 흉터는 왜 생겼는지, 어머니에게 들었던 얘기 중 무엇이 가장 가슴에 남아 있는지, 지난날이 아니라 지금 하고 싶은 일이 무엇인지 맹렬히 궁금해졌다. 아내의 왼손이 하고 싶어하는 일이 따로 있었던 것일까. 아내의 왼손은 그의 뺨을 치고 목을 조르지만 장모가 기르고 있는 두릅나무는 정답게 쓰다듬곤 했다. 아내의 왼손이 다정하게 툭툭 치고 싶

116

은 그런 것이 두릅나무 말고 또 무엇이 있을까. 그는 여태 거꾸로 매달려 있는 새와 참나무와 달을 향해 부릅뜨고 있던 눈을 감았다. 그게 무엇인지 알아낼 수 있는 기회가 나에게 오기는 할까? 풀숲 저편 국도를 달리던 차 소리도 끊기고 일순 사방이 적막했다. 풀잎 하나가 그의 손등을 간질였다. 바람이, 아주 미약한 바람이 버려져 있는 그의 몸을 스치고 지나갔다. 깊은 어둠 저편 웅크리고 있던 검은 짐승들이 천천히 몸을 일으켜 그에게 다가오는 기척이 들렸다.

어두워진 후에

1

남자는 돌아서려다가 입장권을 받으려고 손을 내민 여자에게, 돈
이 없는데 그냥 들어가면 안 되겠소? 물었다. 농담이라고는 전혀 모
르고 지내는 사람의 표정에다 공격적인 말투였다. 안으로 들어가려
는 사람이면 당연히 구했을 입장권을 확인하고 영수증 부분을 떼어
낸 뒤 돌려주려던 여자는 내민 손을 거두고 남자를 잠시 응시했다.
크지도 작지도 않은 눈과 맑은 피부와 선이 단정한 입매를 가진 여
자였다. 애써 눈여겨보지 않으면 얼른 눈에 띄지 않겠으나 감정이

상한 상태에서도 공정성을 잃지 않을 것 같은 분위기의 여자였다. 안 되겠지. 남자가 머쓱해져 돌아서려는데 여자가 말했다. 그렇게 하세요. 높낮이 없이 낭랑한 목소리였다. 뜻밖에 선선히 그렇게 하라는 여자의 대답을 듣게 된 남자가 외려 주춤대다 일주문 안으로 들어섰다. 남자는 몇 걸음 걷다가 뒤돌아보았다. 어깨까지 내려오는 여자의 검은 머리가 햇빛을 받아 찰랑거렸다. 여자는 벌써 남자를 잊은 듯이 다음 사람의 입장권을 받고 있다. 남자는 걸음을 멈추었다. 입장객이 끊겨 여자가 허리를 펴는 사이 남자는 여자에게 다시 걸어갔다. 저기요. 여자가 돌아보았다. 소의 눈같이 검은 눈동자가 남자를 응시했다. 여자는 보통 사람보다 약간 넓은 콧마루를 가졌다. 그 덕분인가. 깨끗한 이마를 지녔음에도 까다로워 보이지 않는다. 남자는 염치는 아예 접은 사람처럼 자신을 응시하는 여자에게 말했다. 내가 배도 몹시 고픈데 나중에 밥 좀 사주겠소? 여자는 남자를 오 초 정도 더 응시하더니 그러지요, 대답했다.

2

나는 이미 삼십대에 죽을 운명이었다. 이제 사십대에 접어든 살인범은 그렇게 말했다. 살인범은 또 말했다. 살인은 나의 직업이고 경찰을 사칭하여 금품을 갈취한 것은 나의 부업이다. 난 단지 좋아서 살인을 했다. 너무나 많은 사람을 죽이고 보니 무감각해진 것일까. 살인범은 이미 산다는 것과 죽는다는 것을 초월해버린 것 같았다. 어쨌거나 아직 미결인 살인사건으로 수감중인데도 그에게서는 얼마만이라도 불안해하거나 두려워하는 기색이 느껴지지 않았다.

십대 때 절도사건으로 소년원에 수감됨. 총 열네 차례의 특수절도 및 성폭력 등의 혐의로 11년을 교도소에서 생활함. 1991년 안마사와 결혼하여 아들을 둠. 2002년 5월 무렵 부인이 이혼소송을 제기해 일방적으로 이혼을 당함. 그 무렵 여성에 대한 혐오증이 생김. 간질 증세로 병원에서 진료를 받음. 전과자임과 이혼남이라는 사실을 알게 된 사귀던 여성으로부터 절교를 당함. 2003년 출소하면서 첫눈이 올 때까지 백 명을 살해하겠다는 목표를 세움. 첫 살인은 강남구 신사동의 단독주택에서 행해진 대학교 명예교수 부부 살인사건. 공식적으로 확인된 살인만 총 21명. 자신은 5명의 여성을 더 살해했다고 주장. 살해 대상으로는 주로 부유층 노인과 여성. 수법이 과감하고 치밀해 거의 흔적을 남기지 않음. 직접 만든 망치나 칼을 살해도구로 이용. 증거를 없애기 위해 일부러 불을 지르거나 시체를 토막내 야산에 묻고 피해자의 신원을 알지 못하도록 시체의 지문을 도려내는 잔혹한 방법을 동원.

이것이 신문에 실린, 살인이 자신의 직업이라고 말했던 인간의 이력이었다.

3

남자는 족히 일 킬로미터는 이어지는 전나무 숲길에 들어섰다. 전나무 한 그루의 둘레가 오십 센티는 넘어 보였다. 햇빛 아래서 나무들은 저마다 육중했다. 웬만한 빗방울들은 나무 자체가 막아낼 것이었다. 남자 앞에서 혼자 걸어가던 노인이 갑자기 신발을 벗어 들었다. 몇 걸음 걸어보던 노인은 아예 양말마저 벗어 맨발로 전나무 길을 걸었다. 평일인데다 늦은 오후여서 절에 들어가는 사람은 간간이 보이고 이미 구경을 마치고 나오는 사람들이 더 많았다. 그는 이따금 뒤를 돌아보며 육중한 전나무 사이로 희미하게 보이는 여자의 뒷모습을 확인하곤 했다. 전나무 아래 산죽이 깔린 사이로 비쳐드는 잔양 속에 여자는 서 있었다.

그렇게 하세요.

그러지요.

잠깐 응시하긴 했으나 여자의 선선한 대답이 남자의 뇌리에서 사라지지 않았다. 남자의 상식으로는 여자가 눈을 흘기거나 안 돼요, 라고 해야 맞았다. 처음 보는 사람이 입장권 없이 절 안으로 들어가겠다 하고 배가 고프니 밥까지 사달라는데 왜요? 라는 반문도 없이 그렇게 하세요, 그러지요, 라니. 내가 불쌍해 보였나? 남자는 오랜만에 그리고 새삼스럽게 자신의 행색을 살폈다. 회색 잠바와 회색 면바지는 거의 한 달 동안 빨기는커녕 벗은 적도 없었다. 날이 추워졌을 때 시장통에서 갈색 브이네크 스웨터를 사서 회색 잠바 안에 입고 다니던 반팔 면티셔츠 위에 껴입었다. 속옷은 며칠 동안 내리입다가 영 안 되겠다 싶은 때에 편의점에서 한 벌 구해 화장실서 갈아입고 새 속옷이 담겨 있던 비닐에 벗은 것을 담아 쓰레기통에 버리곤 했다. 일주일씩 내리 신고 다닌 양말에서는 고린내가 맡아졌다. 머리는 자라 목덜미를 덮었고 손톱도 깎지 않아 그냥 뚝뚝 부러진 게 세 개나 되었다. 누구라도 남자에게서 부랑자가 풍기는 냄새를 맡았을 것이다. 남자는 돌아서서 여자의 뒷모습을 또 쳐다보다가 대웅전에서 나오는 아주머니의 이마를 어깨로 치받고 말았다. 젊은 사람이 앞은 안 보고 뭘 보고 다니냐는 질책을 들은 후에야 남자는 자꾸만 뒤돌아서 여자를 보는 일을 그만두고 고개를 떨구었다.

4

살인이 직업이라는 그 인간의 출현을 무기력하게 받아들일 수밖에 없는 자신의 처지에 남자는 절망했다. 어떻게 대응해야 할지 알 수가 없었다. 더이상 그 집에서는 살 수 없다는 것만 확실했다. 남자는 마치 마지막 의식을 치르는 사람처럼 힘겹게 정신을 가다듬어 조그만 빌라를 세얼었고, 그곳에 사무실에서 챙겨온 자신의 짐을 팽개치듯 부려놓고선 단 하룻밤도 묵지 않은 채 떠돌기 시작했다. 어디로 가겠다는 생각도 없었으므로 눈에 띄는 대로 아무 지역이나 표를 끊어 기차에 오르고 나서야 남자는 통장도 카드가 든 명함지갑도 이삿짐 속에 그냥 처박아두고 나왔다는 걸 깨달았다. 덜컹거리는 기차 안에서 지갑을 열어보니 십만원권 수표 몇 장과 만원짜리 지폐들이 포개져 있었다. 남자는 지갑을 닫으며 이 돈을 다 쓸 때까지만, 이라고 정했다. 그게 언제던가. 남자는 자신이 이 지방에 언제 도착했는지조차 정확히 모른다. 이 지방이 아니라 이 절에 당도하기 전까지 남자가 떠돌아다닌 곳은 그야말로 여기저기였다. 어디로 가고 싶다거나 뭘 하고 싶은 욕구가 전혀 없었으므로 남자는 그저 여기저기를 돌아다녔다. 처음 어느 기차역에서 내려 다시 기차를 타진 않았으니 남자가 떠돌아다닌 지역은 이 근처 어디쯤이기는 할 것이다. 어느 날인가는 끝도 없이 펼쳐지는 들판 앞에 서 있었고 어느 날인가는 호랑나무 군락지에서 정신이 들기도 했고 어느 날인가는 멀리 지평선을 보고 있는 자신을 발견했고 또 어느 날은 고인돌 떼무덤 앞에서 깨어났으며 어느 날인가 정신을 차리고 보면 검붉은 황토밭 앞에 앉아 있었고 어느 날인가는 아직도 수차가 돌아가고 있는 염전을 보고 서 있었다. 남자는 자신이 머물렀던 곳이 어디인지 누굴 만났는지 뭘 먹었는지 무엇도 기억하고 싶지 않았으므로 어디에 있었든 무엇을 했든 아무 의미 없는 일이었다. 남자는 아무 데서나 버스에 올라탔고 아무 음식이나 먹고 아무 곳에서나 잤다. 이 절 입구에 닿아서야 남자는 입장권 끊을 돈까지 바닥이 났다는 걸 깨달았다. 딱히 절 안으로 들어가야 할 이유도 없었으므로 돌아서려 했다. 수중에 단 몇천원도 없다는 것에 놀라긴 했으나 어떻게든 되겠지, 근거 없는 낙천적인 생각이 동시에 들었다. 오던 길로 돌아서려다가 남자로서는 별뜻도 없이 여자에게 입장권을 살 돈이 없다. 그냥 들어가면 안 되겠느냐 물었던 것이다. 뜻밖에 여자에

126

게 그렇게 하세요, 라는 대답을 들었기에 남자는 지금 터벅터벅 일주문 안으로 들어서고 있다.

5

처음에는 원한관계인 것 같다고 했다. 한 사람도 아니고 셋이나 되는 사람을 눈뜨고는 볼 수 없이 난도질을 해놓고는 정작 아무것도 훔쳐가지 않았기 때문이었다. 워낙 큰 사건이니 모든 추정이 다 동원될 수밖에 없었겠으나 원한관계로 선뜻 용의자가 떠오르지 않자 돈이 필요한 가족 중의 누군가의 소행일지도 모른다고 했다. 가족들은 모두 살해당하고 남자만 살아남았으므로 결국 남자를 두고 하는 말이었다. 남자는 때가 되면 다니던 금융회사를 정리할 생각이었다. 피아노를 중심으로 한 악기점을 열어보려는 게 남자의 꿈이었다. 남자는 다룰 줄 아는 악기는 없었으나 야릇하게 악기들에 매혹되곤 했다. 피아노가 가장 좋았고 양금이나 단소 첼로에도 이끌렸다. 악기와 함께라면 큰 이익을 보지 않아도 새벽마다 밝은 마음으로 잠자리에서 몸을 일으키며 인생을 꾸려갈 수 있을 것 같다. 남자의 그 꿈이 형사들로 하여금 그가 범행을 저질렀을지도 모른다는 혐의를 두게 하는 꼴이 되었다. 하필 남자가 본격적으로 악기점을 운영하기 위한 시장조사를 하던 무렵에 사건이 발생했다. 남자는 오로지 어디론가 숨고 싶었다. 아는 얼굴을 만나는 게 두려웠다. 어처구니없게 가족의 소행인지도 모른다는 말이 떠돈 후 형사들로부터 우회적으로 심문을 받은 다음날, 남자는 회사에 사표를 제출했다. 그러고는 창문 하나 남아 있지 않은 채 괴괴하게 서 있는 철거 직전의 시민아파트로 숨어들었다. 거기에는 아무도 없었으니까. 떨어진 문짝, 쌓여 있는 쓰레기들, 썩은 연탄재와 기를 쓰고 피를 빨아먹는 벌레들, 밤이면 음산하게 그림자를 드리우는 나무들뿐이었으니까. 아무도 살지 않는 철거 직전의 시민아파트는 아침마다 남자가 자동차를 몰고 회사로 출근할 때면 무심코 바라보던 건물이었다. 한적한 스카이웨이 주변 숲속에 한때 사람들이 복작거리며 살았을 시민아파트는 흉물이 되어 버려져 있었다. 문이란 문은 다 뜯긴 채로 골조만 남아 있었다. 아파트를 철거한 후에 그 터를 공원화시킬 계획인데 철거가 되지 않고 있는 건 보상 문제가 원만하게 타결되지 않아서였다. 사람이 살지 않는 그곳에서 남자는 숨어지냈다. 그러나 그곳에 오로지 숨어만 있을 수도 없었다. 범인이 잡히지 않고 있었을 때의 남자는 용의자이기도 했으므로 아예 연락을 끊으면 안 되는 처지였다. 이따금 휴대폰 건전지를 충전하기 위해 그리고 최소한의 식료품을 사기 위해 폐허의 건물에서 나오는 날, 용기를 내어 그 집에 가본 적이 있었다. 그 집이 있는 동네는 큰 산을 품고 있었다. 십오 분이면 시내로 나갈 수가 있는데도 도시에 있는 동네 같지 않게 한적하고 공기가 신선했다. 아파트는 없고 주택이 중심을 이루고 있는 동네이기도 했다. 남자네 집은 그 동네의 집들 중에서도 눈에 띄는 집이었다. 골목을 사이에 두고 바로 맞은편에 교회가 있어서 더 그랬다. 남자의 어머니는 마당에 나무를 심었고 겨울만 제외한 나머지 계절엔 항상 담장에 계절 꽃이 엉크러질 수 있게 관리를 했다. 담장이 꽃밭이기도 했으므로 주말에 교회에 예배를 보러 온 사람들은 자신들도 모르게 미소를 지으며 그 집을 바라다보곤 했다. 휴대폰 건전지를 충전하려고 폐허의 시민아파트에서 나와 그 집 앞을 찾아가보면 그 집은 이제 공포와 상처와 슬픔을 품고 괴괴하게 서 있었다. 꽃은커녕 불빛조차 끊긴 그 집의 담장 바깥에 서서 남자는 마치 남의 집을 바라보듯 가족들과 함께 살던 그 집을 올려다보았다. 엉뚱하게 꽃이 어우러졌던 담장이 너무 낮다는 생각이 들었다. 어머니는 그 집을 지을 때 당신의 어린 시절을 생각했다. 어머니가 어린 시절을 보냈던 집의 낮은 담장과 화단, 뒷마루, 항아리들이 놓여 있는 공간들을 고스란히 그 집에 옮겨놓았다. 어머니는 그 집에 우물을 파고 싶어하기조차 했다. 그 옛날 이젠 지상에서 사라지고 없는 어머니가 어린 시절을 보낸 집은 대문과 같은 라인에 화단이 펼쳐지고 그 끝에 우물이 있었다고 했다. 어머니는 집 안에 우물이 있으면 얼마나 좋겠는고, 아쉬워했다. 남자는 동의하지 않았다. 예전과 달리 이제 집 안의 우물이란 쓸모가 없다. 쓸모 없는 우물을 파느라 만만찮은 비용을 치러야 하는 건 어리석은 일이었다. 정서적으로도 남자는 어머니와는 달리 집 안에 우물이 있는 게 반갑게 느껴지기는커녕 을씨년스럽게 여겨졌다. 우물을 파는 것에 대해 남자가 반대하자 어머니는 우물이 있는 집에서 자라난 아이들은 뭐가 달라도 다르지 않겠느냐며 나중엔 호소를 했다. 아파트나 빌라같이 비슷비슷한 구조의 공간에서 아이들이 성장하는 건 좋은 일이 아니라면서. 남자가 형이나 나도 아파트에서 자랐고 게다가 이제 우리 집엔 성장할 아이들이 없잖아요, 했을 때 어머니는, 나는 처음부터 주택에서 너희를 기르고 싶었다. 그러지 못한 건 내 뜻이 아니었어, 라고 성을 내었다. 지금은 없지만 앞으로는 아이들도 생길 거 아니겠느냐, 했다. 남자는 더이상 아무 말도 하지 않았다. 아이들이라면 형의 아이들을 말하는 건 아닐 터였다. 형은 자폐였다. 형은 학교도 다니지 않았고 가족 이외의 다른 사람들과의 접촉이 거의 없었다. 집 바깥으로는 나가본 적이 거의 없으며 언제나 어머니의 손길이 필요한 사람이었다. 남자는 현실과는 동떨어진 집을 설계하는 어머니가 혹시 형을 처음부터 우물이나 마당이 있는 집에서 길렀으면 자폐가 되지 않았을지도 모른다는 생각을 하는 건 아닌가 싶어 서글픔을 느꼈다. 그 집을 짓는 과정에서 처음에 여러 가지 어머니와 다른 의견을 내다가 남자가 모든 걸 어머니 뜻대로 하기로 한 것은 그 때문이었다. 아버지가 돌아가신 후 모든 재산을 정리해 그 집을 지을 때, 어머니는 활기찼다. 미래가 어떻게 펼쳐질지도 모르는데 어머니는 그 집을 앞으로 계속 할머니와 형과 그리고 남자가 함께 사는 공간으로 설계했다. 남자가 아직 하지도 않은 결혼을 했을 경우와 생기지도 않은 미래의 아이들까지 그 집 안에 끌어들였다. 그랬으나 남자의 어머니는 우물을 파겠다는 뜻은 이루지 못했다. 남자가 반대해서가 아니었다. 수맥이 잡히지 않았다. 남자의 어머니는 여러 날 밤잠을 설치며 우물을 파지 못하는 것을 아쉬워했다. 우물을 들여다보며 아이들이 자라면 좋을 텐데, 하고.

6

뭘 먹고 싶어요?

남자는 딱히 뭘 먹고 싶은 생각도 없었다. 그런데도 배는 고팠다. 아침부터 아무것도 먹은 게 없었다.

석화죽 먹겠어요? 잘하는 데를 아는데.

여자가 앞장섰다. 남자는 속이 거의 비어 있는 배낭을 고쳐메고 여자의 뒤를 따랐다.

조금 걷기도 하고 버스도 타야 해요. 괜찮아요?

남자는 고개를 끄덕였다.

바닷가 앞 식당이 즐비한 곳에 도착할 때까지 그들은 아무 말도 하지 않았다. 여자가 버스비를 냈고 남자가 내릴 때까지 기다려주었고 저만큼 앞서 걷다가 남자가 뒤처지는 것 같으면 기다렸다가 다시 보조를 맞추어 걸었다. 여자는 뭘 묻지도 않았고 남자에게 특별히 친절하지도 않았다. 밥을 사주겠다고 약속을 했으므로 그 약속을 이행하는 사람의 성실한 태도를 보였다. 여자는 수많은 식당 중에서 선경식당이라는 붉은 간판이 붙은 집으로 들어갔다. 식당 주인 내외가 왜 이렇게 오랜만이냐며 여자를 반겨주었다.

배가 많이 고픈 사람을 데려왔어요. 죽 좀 맛있게 끓여주세요.

선경식당의 주인 내외는 남자를 한번 올려다보더니 의자가 있는 자리에 앉지 말고 신발을 벗고 온돌 위로 올라가라고 했다. 방바닥이 따뜻하다고. 남자는 그들이 시키는 대로 신발을 벗고 온돌에 차려진 테이블 한 자리를 차지하고 앉았다. 정말 방바닥이 따뜻했다.

남자는 자신도 모르게 발을 쭉 뻗었다.

쪼금 기다리라…… 죽 끓이는 데는 시간이 좀 걸리니께는.

선경식당의 여주인이 생글생글 웃으며 말했다. 처음 보는 사람인데 오랜만에 찾아온 친척에게나 하듯 말투가 친근했다. 여자는 남자와 함께 앉지 않았다. 대신 여자는 소매를 걷어올리더니 손님들이 먹고 나간 테이블의 그릇들을 차곡차곡 쌓아 주방 안으로 가져다놓고 행주를 들고 나와 식당 안의 식탁들을 닦았다. 식당 주인 내외가, 종일 일했을 텐데 쉬어라, 해도 여자는 그저 웃을 뿐 어느새 식탁들을 깨끗하게 닦아놓았다. 식탁을 다 닦은 여자는 안으로 들어가 설거지를 했다. 그릇 닦는 소리가 달그락 달그락 들렸다. 식당 저켠에 앉아서 해물탕을 먹던 사람들이 아줌마, 취나물 더 줘요! 외치니까 어느새 여자가 취나물이 담긴 접시를 들고 나와서는 손님들이 앉아 있는 테이블에 내려놓고 비어 있는 접시를 들고 다시 주방 안으로 들어갔다. 여자의 몸놀림이 재고 익숙해서 종업원 같았다. 좀 이따 여자가 쟁반에 가득 밑반찬을 담아와 남자가 앉아 있는 테이블에 내려놓았다. 갓김치, 곰취나물과 멸치볶음과 메추리알과 오이 길쭉하게 썬 것과 잔 고구마 삶은 것 들이 접시에 담겨 남자 앞에 놓여졌다. 잠시 후에 주인남자가 들고 와 내려놓은 것들을 남자는 멍하니 바라보았다. 멍게와 해삼이 반반씩 담긴 접시, 피문어 데친 것이 한 접시, 꿈틀꿈틀거리는 산 낙지가 한 접시, 껍질 벗긴 새우 한 접시, 게 삶은 것이 한 접시, 소라 삶은 것 한 접시가 나왔다. 탁자 위는 더이상 무엇을 올려놓을 수 없게 꽉 차버렸다. 다시 가운데에 모시조개로 끓인 조개탕이 놓였고 그 곁엔 꽁치구이가 올려졌으며 종내에는 회를 친 우럭이 소복이 담긴 접시가 나왔다. 남자는 멍하니 밥상을 바라보았다. 수저를 들 생각도 못 하고 밥상을 바라보고만 있자 주인여자가 석화죽은 아직 덜 되었으니께 고것들 먼저 어서 뜨시오잉, 하고는 새로 몰려드는 손님들을 향해 몸을 돌렸다. 남자는 멍하니 밥상을 바라보고 있다가 이제는 식당 바깥에서 생선 다듬는 것을 돕고 있는 여자를 쳐다보았다. 여자는 주인남자 곁에 쭈그리고 앉아 주인남자가 멍게를 다듬고 나면 멍게 껍질을 버리고 물을 부어주고 조개를 퍼다 날라주고 했다. 일을 하다가 여자가 남자 쪽을 쳐다보았다. 남자는 여자와 눈이 마주치자 손짓으로 여자를 불렀다. 여자가 잠시 응시하더니 일어서서는 젖은 손을 비비며 남자에게 다가왔다.

술도 마시고 싶은데 술도 한잔 사주겠소?

여자는 이번에는 그러지요, 라는 대답도 없이 주방 쪽으로 가더니 소주를 한 병 꺼내와 이거면 되겠어요? 물었다. 남자는 고개를 끄덕이며 소주를 받아들었다.

7

형은 자폐였으나 잘생긴 얼굴을 갖고 있었다. 할머니는 형의 코가 할아버지 코를 꼭 빼닮았다며 쭈글쭈글한 손으로 형의 코를 어루만지곤 했다. 몸에 다른 사람의 손이 닿는 것을 극도로 싫어했던 형은 할머니가 그럴 적에는 가만있었다. 형이 질색하기도 했지만 남자는 형의 손을 잡아본 적이 없다는 걸 그날 이후에야 깨달았다. 형을 껴안아본 적도 형의 얼굴을 만져본 적도 없다는 것을. 형은 무슨 생각에서인지 이따금 남자의 머리를 쓰다듬곤 했다. 한번 쓰다듬기 시작하면 삼십 분도 넘게 똑같은 행동을 반복했다. 종내에는 남자가 물을 뜨러 가는 척, 손을 씻으러 가는 척, 피하곤 했다. 형인 줄은 아는 게야, 할머니는 형이 남자의 머리를 쓰다듬으면 쭈글쭈글해진 눈꺼풀이 다 감기도록 웃으며 흐뭇해했다. 자꾸만 눈을 들여다보니라. 그러면 뭔가 통할 것이야. 너희는 형제니까는. 할머니가 말했어도 남자는 형의 눈을 들여다보지 못했다. 형의 눈을 들여다보면 형의 그 무구한 세계로 빨려들어갈 것 같았다. 남자는 대체 누가 왜 무슨 이유로 그 나약한 가족들에게 그런 엄청난 짓을 저질렀는지 계속 생각하고 있을 수가 없었다. 실감이 나질 않았다. 현실에서 벌어진 일이 아니라 모든 게 꿈이나 연극처럼 느껴졌다. 남자는 그 시간에 집에 없었다는 이유 하나만으로 혼자 살아남아 가족들이 살해된 현장을 맨 처음 목격해야 했다. 유난히 귀가가 늦은 날이라 어머니가 깰까봐 초인종을 누르지도 않고 대문을 열쇠로 따고 집 안으로 들어가던 밤이었다. 어머니는 잠을 잘 때도 집 안의 불을 다 끄는 법이 없었다. 그런데 그날 집 안의 불이 다 꺼져 있어 이상하다고는 생각했다. 먼저 대문을 열고 들어가 현관문을 열고 안으로 한 발짝 발을 디디며 남자는 자신의 코를 싸쥐었다. 피비린내라는 것을 바로 감지한 것도 아니었다. 한 손으론 코를 싸쥐고 한 손으로 거실의 불을 켜고 난 후에도 남자가 그 집에서 벌어진 상황을 인지하는 데는 시간이 한참 걸렸다. 어머니는 주방에, 형은 계단에 쓰러져 있었다. 집 안이 온통 핏물이 흥건히 고여 있거나 핏자국이 말라붙어 있었다. 안방에서 칼로 난도질되어 있는 할머니까지 보게 되었을 때 남자는 자신의 영혼이 빠져나가는 걸 느꼈다. 형사는 범인이 처음엔 주방에 있는 어머니를 칼로 찌른 것 같다고 추정했다. 다음엔 일층 안방이 거처인 할머니를 칼로 찔렀고 아래층의 소란에 이층에서 내려오던 형이 계단에서 칼을 맞은 것 같다고 했다. 형은 열일곱 군데나 칼에 찔렸다. 형. 아래층이 아무리 소란스러워도, 바로 옆에서 사람들이 고성을 내지르며 싸워도, 아무 소리도 들리지 않는 듯 혼자만의 세계에 빠져 있던 형이 왜 그때는 아래층으로 내려오려고 했을까.

8

잠잘 곳이 없는데 재워주겠소?

여자는 어둠 속에서 또다시 남자를 응시했다. 자신이 밥을 먹고 술을 마시는 동안 여자가 식당 일을 제 일처럼 하기에 남자는 잠시 식당 주인이 여자의 이모라도 되는가 생각했다. 그러나 여자는 식당에서 나오면서 남자가 추가해서 마신 소주 반병 값까지 바르게 셈해 계산을 했다.

우리 집에 가겠어요?

남자가 고개를 끄덕였다.

또 버스를 타고 가야 해요.

어둠 속에서 여자가 앞장섰다. 남자는 여자의 뒤를 따랐다. 어둠 속에서 바다 냄새가 훅 끼치자, 여자가 코로 바다 냄새를 들이마셨다가 후, 하고 내뱉었다. 여자의 뒤에서 남자도 바다 냄새를 훅 들이마셨다가 내뱉었다. 초승달이네, 어둠 속에서 여자가 달을 올려다보았다. 여자의 뒤에서 남자도 달을 올려다보았다.

어둠 속에서 여자가 흥얼흥얼 노래를 불렀다.

새야 새야 녹두새야

어둠 속에서 남자도 여자를 따라 노래를 불렀다.

새야 새야 파랑새야

남자가 노래를 한 소절 따라 불렀을 때야 여자가 남자에게 처음으로 먼저 말을 붙였다.

이쪽 태생이 아니군요.

……

이 노래를 들어보면 알죠. 여기 사람들은 새야 새야 녹두새야, 이렇게 부르거든요. 방금 그쪽은 파랑새야— 그랬잖아요.

내가 그랬나? 남자는 기억나지 않았다.

한번 마저 불러볼래요? 내가 알고 있는 노랫말이랑 맞춰보게—

남자는 노래를 부르는 게 아니라 웅얼웅얼거렸다.

새야 새야 파랑새야

녹두잎에 앉은 새야

녹두잎이 까닥하면

너 죽는 줄 왜 모르니

여자가 고개를 갸웃했다.

비교해볼 수가 없네. 나로서는 처음 듣는 가사네. 누구한테 배웠어요?

어머니였다. 어머니는 특히 형을 돌보고 있을 때는 늘상 새야 새야 파랑새야, 녹두잎에 앉은 새야……를 부르곤 했다. 무엇에도 의사 표시를 하지 않는 형마저 이따금 새야 새야 파랑새야……를 웅얼거리곤 했다.

어머니가 즐겨 부르던 거라 곁에서 듣다가 알게 되었소.

어머니 태생지가 어디?

북쪽……

아, 그럼 북쪽에서는 그 노래 가사가 그런 모양이네요. 이 노래는 지역마다 다 다르거든요. 대개 전국적으로는 새야 새야 파랑새야, 녹두밭에 앉지 마라, 녹두꽃이 떨어지면 청포장수 울고 간다…… 이렇구요.

이 지역 사람들은?

여기는…… 큼큼…… 제가 한번 불러볼까요? 들어볼래요?

남자는 여자의 뒤에서 고개를 끄덕였다. 남자의 끄덕임을 보지 못했을 텐데도 여자는 노래를 불렀다.

새야 새야 녹두새야
웃녘 새야 아랫녘 새야
전주 고부 녹두새야

9

세상은 알 수 없는 곳이다. 살인범이 잡힌 후에 인터넷에 그의 팬카페가 생겼다는 기사를 읽었다. 남자는 팬카페라니, 대체 무슨 일인가 당황스러워 검색을 해보았다. 팬카페 운영자는 살인범의 이름을 들먹여야 할 때는 성을 떼고 이름 뒤에 다정하게 '씨'자를 붙여놓고 있었다.

여긴 팬카페입니다. 말 그대로 팬카페. 나를 욕하고 싶은 사람은 다른 데 가서 떠드세요. 우상시하려는 거? 그거 아닙니다. 우리나라 법으로는 당연 범죄자죠. 하지만 아직 유죄로 확정된 것도 아니고 스무 명 이상이나 십 개월 동안 살해하면서 안 잡히는 거 이거 쉬운 일입니까? 정말 대단한 거 아닙니까? 더군다나 부자랑 창녀만 죽인 건데요. 그리고 돈이 필요해서 죽인 거라면 돈이랑 다른 사람 목숨이랑 바꾼 거니 욕먹을 수도 있겠지만 이건 다르잖아요. 사람 죽이면서 돈 뺏었나요? 정말 부자랑 창녀가 싫어서 죽인 거고, 부자랑 창녀가 죽도록 싫어지게 된 거는 국가랑 사회 책임 아닙니까? 왜 국가랑 사회 욕은 안 하고 그만 욕하는지 모르겠군요. 그가 태어날 때부터 악마였나요?

10

 일 년도 더 지나 밝혀진 살인범은 검은 모자와 푸른 마스크를 쓰고 있었다. 남자의 집에서 발생한 사건을 추적해서 잡은 게 아니었다. 이혼한 아내가 종사했던 직업인 안마사들 중 아내와 비슷한 체형의 여자들을 골라 살해하다가 꼬리가 잡힌 범인이 마치 자랑하듯 자백한 범행 속에 남자의 가족 살해 건이 포함되어 있었다. 이혼한 아내를 죽이지 않은 건 아들이 있기 때문이라고 했다. 그가 손수 만든 망치와 칼 사진이 신문에 실렸다. 그걸로 여자들을 살인하고 토막내 자루에 담아서 시내 한복판에 있는 절 입구에 땅을 파고 시체를 유기했다고 했다. 남자는 연쇄살인범이 잡혔다는 소식을 접했을 때만 해도 자신의 집에서 일어난 사건이 그 살인범의 소행일 줄은 미처 생각하지 못했다. 남자는 그 일 이후 어떤 생각도 삼 분 이상 지속할 수가 없었다. 갑자기 실어증 상태로 돌입하거나 사소한 일로 말도 안 되게 화를 내는 상태가 되곤 했다. 살인자는 남자네 집이 있던 동네 이름을 정확히 대며 그 집의 두 늙은이와 남자 한 사람을 죽인 이가 자신이라고 고백했다. 대체 왜? 그 집 앞에 교회가 있었기 때문이라고 했다. 그 집이 정원이 딸린 집이었기 때문이라고 했다. 그가 어린 시절을 보낸 마을에 교회 앞에 정원이 딸린 부잣집이 있었는데 그는 그 집을 증오하며 자랐다고 했다. 그것이 인생의 마지막 시절에 그토록 원하던 집을 지었던 어머니와 자폐인 형과 온몸이 쭈글쭈글한 주름으로 이루어진 할머니를 살해한 이유였다. 남자는 자신의 가족이 살해당한 이유를 들었을 때 자신에게

서 빠져나간 영혼이 다시는 돌아오지 않을 것이라 여겼다. 어머니가 하필 그 동네의 그곳에 집을 지은 여러 이유 중의 하나는 교회 앞이라는 것이었다. 교회 앞인데 누가 쉽게 넘보겠느냐는 마음이 있었을 것이고, 은연중 당신이 종교생활을 하지 않아도 무언가로부터 보호받고 있다는 느낌을 갖고 싶었을 것이다. 물론 바깥출입을 하지 않는 형이 지내기에는 공기가 더할나위없이 좋은 곳이라는 게 첫번째 이유였다. 그 집에 남자 외에는 노약자 둘과 자폐인 사람이 살고 있었음을 살인범이 알았더라면 범행을 저지르지 않았을까? 교회 바로 앞집을 범행장소로 택한 그의 심리는 신을 조롱하려는 것이었나? 신을 부정하는 것으로는 만족되지 않아 신 앞에서 사람을 죽여 승리감을 맛보고 싶었을까?

11

여자의 집은 버스에서 내려서도 한참을 걸어들어가야 했다. 여자가 대문을 열고 들어가자 맨 먼저 커다란 개 세 마리가 튀어나와 컹컹 짖어대며 여자를 향해 꼬리를 쳤다. 여러 마리의 강아지들도 여자의 발치로 모여들었다. 개들의 수선에 방문이 열리고 중학생쯤 되어 보이는 소년과 그보다 더 앳되어 보이는 소녀가 누나 왔네, 언니야— 하며 여자를 반겼다. 소녀는 언니야, 왜 이렇게 늦어? 투정이 이어지는데 소년은 약간 뜨악하게 남자를 올려다보았다.

엄마는?

여자가 물었다.

말도 마라. 엄마가 오늘은 언니가 늦는 줄 아는가벼. 저녁도 안 먹고 이부자리에 똥만 두 번이나 누었다니께.

그래…… 니가 치웠어?

아니…… 오빠가.

오빠 시험기간인데 니가 좀 하지 그랬어?

오빠야가 지가 한다고 해서.

말을 나누다 말고 여자는 남자를 잠깐 응시하다가 이리 오세요, 하더니 마루 끝의 방문을 열어주었다.

빈방이 따로 없어요. 내 방인데 여기서 자요. 난 어머니와 함께 잘 테니까. 세수하고 싶으면 마당에서 하면 돼요.

여자는 잠깐 다시 남자를 응시하더니 이내 총총 동생들에게로 갔다. 남자는 천천히 방 안으로 들어섰다. 앉은뱅이탁자가 하나 놓여 있을 뿐 단출했다. 앉은뱅이탁자 위에 여자 것인 듯 손수건이 네 장이나 개켜져 있고 그 곁엔 갓이 달린 스탠드가 놓여 있다. 여자가 출근할 때 입는 옷들일까? 옷 몇 벌이 벽걸이에 단정하게 걸려 있었다. 창틀 위에는 크고 작은 화장품들이 나란히 놓여 있고 샘플용 작은 로션과 스킨 병들이 키재기하듯 서 있다. 남자는 앉은뱅이탁자 옆에 남루한 배낭을 내려놓았다. 벽에 등을 기대었다. 따뜻한 방 안의 온기 때문이었을 것이다. 술기운과 피로가 동시에 밀려들었다. 남자는 방바닥으로 미끄러지며 바깥 마루 저편에서 들려오는 웃음소리를 들었다. 무슨 재미난 이야기들을 하는지 여자와 소년과 소녀의 웃음소리가 간간이 끊기다가 다시 이어지곤 했다.

12

점심으로 김치찌개를 시킨 뒤 음식이 나오길 기다리며 앉아 있던 그 식당은 어디쯤에 있었을까. 남자의 시선이 접혀 있는 신문에 우연히 닿았는데 살아 있는 게 지긋지긋하다는 문장이 눈에 띄었다. 그 문구에 이끌려 신문을 끌어당겼던 날이 있었다. 공교롭게도 살인범의 재판과정을 담은 기사의 제목이었다. 네번째 공판이 진행중이었다. 살아 있는 게 지긋지긋하다는 말은 유족들 십여 명이 증인으로 참석한 가운데 열린 공판에서 살인범이 내뱉은 말이었다. 유족들 중 누군가에게 검사가 처벌 유무를 묻자 유족은 처벌받길 원한다고 대답한 모양이었다. 살인범은 이렇게 끌려나와서 받는 재판이 무슨 재판이냐고 언성을 높였다, 고 씌어 있었다. 그러다가 곧 살인범은 유족들에게 잘못했다고 혈서를 쓰고 사죄하고 싶은 마음이 굴뚝같다고 상반된 말을 하고 있었다. 재판장이 재판 절차에 다른 증인들의 진술을 들어야 한다고 하자, 살인범은 자신이 자백하지 않았으면 대부분의 사건이 완전범죄로 묻힐 수 있었다면서 수사기관의 무능함을 성토하는 장면이 연출되기도 한 모양이었다. 그가 살인을 하고 나면 나른하고 피곤하여 숙면을 취할 수 있었다, 고 말한 기사가 이어지고 있었다. 소스라치듯 신문을 밀쳤으나 이미 다 읽어버린 후였다. 깊은 잠을 자고 나면 다시 살인을 하고 싶은 충동을 느꼈다고 씌어 있었다. 피해자의 시체를 매장하고 나면 하루 일을 보람 있게 끝낸 것 같은 만족감을 느꼈다고.

13

전나무 숲길이 끊기면 단풍나무 길이 이어졌다. 나무가 바뀌면서 길은 반듯하지 않고 약간씩 구부러들었다. 그 꺾임 때문에 여자를 보려고 뒤돌아보니 여자는 없고 멀리 일주문도 얼마간 비스듬히 보였다. 모든 게 비스듬해지자 전나무와 그 밑의 산죽과 이어지는 단풍나무 숲길이 매우 아늑해 보였다. 절은 야트막한 돌담으로 둘러싸여 있었다. 담이 얕아 이곳과 저곳이 다 들여다보였다. 서로를 끌어안고 있는 형국이었다. 절 어디도 갑자기 높아지거나 낮아지는 법이 없었다. 올라가는 곳은 낮은 축대와 서너 개 되는 계단이 여러 번 반복되면서 조금씩 높아졌고 낮아질 때도 그 과정을 그대로 밟고 있었다. 요사채들의 주춧돌들도 똑같은 게 없었다. 높은 것 낮은 것 짧은 것 긴 것 들이 섞여 있었다. 필요한 곳에 자연의 것들을 그대로 가져다놓아 그럴 것이다. 절 안에는 어떤 부인이 죽은 남편의 명복을 빌기 위해 글 한 자 쓰고 절 한 번 하는 일자 일배로 법화경을 완성했던 자리가 있었다. 그때 남편의 손이 부인의 머리카락을 쓰다듬었다고 했다. 남자는 자신의 머리를 쓰다듬던 형의 손길이 떠올라 잠시 그 자리에 서 있었다. 대웅보전 여덟 칸 문짝에 연꽃과 국화꽃이 가득이었다. 꽃들은 비바람에 씻긴 후에 단아하게 나뭇결만 남아 있었다. 남자는 아름다운 꽃살무늬 문짝에 지치고 피로한 몸을 기대었다. 햇살이 눈부시게 남자의 얼굴로 쏟아져내렸다. 남자는 꽃살무늬에 기대어 눈을 감았다. 할머니가 오고 어머니가 오고 형이 와서 남자를 사이에 두고 이쪽저쪽에 섰다. 햇살이 다사롭게 그들을 감싸안듯 비추었다. 꽃살무늬 앞에서 그들은 넷이 되었다. 어디선가 나타난 여자가 넷이 된 그들을 향해 카메라 셔터를 눌렀을 때 남자는 눈을 번쩍 떴다.

여자의 방 안이었다.

사방은 조용했다. 살해된 가족들이 남자의 꿈속에서 온전한 모습으로 등장하긴 처음이었다. 남자가 잠든 사이 여자가 들어왔다가 나갔는지 천장에 매달린 형광등이 꺼진 대신 앉은뱅이탁자 위의 스탠드가 켜져 있다. 남자의 몸 위에 이불이 덮여 있다. 이마와 목덜미엔 식은땀이 흥건했다. 남자는 앉은뱅이탁자 위에 놓여 있는 여자의 손수건을 집어 땀을 닦았다. 그날 이후 꿈속에서 만난 할머니나 형이나 어머니의 모습은 늘 칼에 찔려 피 흘리고 있었다. 피를 흘리며 꿈틀거리고 있었다. 남자는 그들을 만나지 않기 위해 잠을 자지 않으려고 애썼다. 여자의 손수건을 쥔 채 어둠 속에 앉아 있던 남자는 방문을 열고 마루로 나갔다. 개들이 남자의 기척에 킁킁거리더니 다시 잠잠해졌다. 바람이 불 적마다 마당 어딘가에 서 있는 감나무 잎들이 우수수 떨어지는 모양이었다. 감잎들이 휘휘 마당을 휘젓고 다녔다. 마루에 서서 남자는 연한 불빛이 흘러나오는 방문을 슬몃 밀어보았다. 어제는 두 번이나 똥을 쌌다는 여자의 어머니가 방 안 가운데에 잠들어 있다. 그 곁에 여자가 어머니와 얼굴을 마주 보고 잠이 들어 있고 소년과 소녀는 각각 양편에서 어머니와 여자의 팔을 하나씩 차지하고, 넷은 그렇게 엉킨 채 잠들어 있다. 남자는 소리 안 나게 방문을 닫고는 신발을 꿰신고 마당으로 나왔다. 마루 밑에서 바람을 피해 자고 있던 개들이 다시 킁킁거리다가 잠잠해졌다. 우물인가? 마당을 이리저리 거닐던 남자는 마당 한구석에서 우물을 발견했다. 어머니가 그 집을 지을 때 그토록 파고 싶어했던 우물을 여자네 집은 아무것도 아닌 듯 자연스럽게 지니고 있었다. 여자와 소년과 소녀는 우물을 들여다보며 어린 시절을 보냈겠구나. 무엇에도 동요하지 않을 것 같던 남자의 감정이 미미하게 흔들렸다. 남자는 우물 앞에 우두커니 서 있다가 몸을 반쯤 구부렸다. 그러고는 가만히 우물 안을 들여다보았다. 짙은 어둠뿐이다. 아무것도 보이지 않는다. 남자는 아예 우물 앞에 앉아 우물 턱에 팔을 내려놓았다. 팔 위에 얼굴을 얹고 우물 안을 다시 들여다보았다. 짙은 어둠뿐이다. 아무것도 보이지 않는다. 얼마쯤 지나서 남자는 우물 속으로 얼굴을 밀어넣었다. 물 위로 그 집의 헛간이 떠올랐다. 우물을 파지 못하게 된 후 어머니는 그렇다면 헛간을 지어야겠다고 했다. 헛간이라니요? 어머니는 아이들도 숨고 싶을 때가 있으니 그들이 숨을 공간을 집 안에 짓겠다고 했다. 지하실이 있잖아요, 남자가 반박했으나 어머니는 지하실로는 만족할 수 없는 모양이었다. 어머니는 기어이 마당 한편에 태어나지도 않은 아이들을 위해 헛간을 지었다. 어머니의 뜻에 따라 지어진 헛간은 마른 짚까지 필요로 했다. 어머니가 어린 시절을 보낸 집에 있던 헛간의 모양이었을 것이다. 알을 낳을 닭도 없는데 어머니는 헛간에 닭이 밑알을 품고 새 알을 낳을 수 있는 자리까지 만들었으니까. 그 헛간에 닭이 아니라 가끔 형이 앉아 있곤 했다. 형이 헛간에 있으면 할머니가 형 곁에 가서 앉았고 곧 고구마나 콩 삶은 것을 챙겨간 어머니가 할머니 곁에 앉았다. 남자는 그들을 물끄러미 보기만 했다. 별로 섞이고 싶지 않은 풍경이었으나 그날 이후 그 집을 생각할 때면 사무치게 맨 먼저 떠오르는 풍경이었다. 우물을 들여다보고 있던 남자의 눈자위로 뜨거운 물기가 몰렸다. 울고 싶어도 울 수 없이 메말랐던 남자는 우물을 들여다보며 울기 시작했다. 나직이 시작된 남자의 오열이 차츰 격해졌다.

14

감기 안 들었어요? 왜 우물가에서 잠을 자요?

여자의 근심 어린 목소리에 남자는 웃었다.

어…… 웃을 줄도 아시네.

여자의 말에 남자는 또 웃었다. 방 안에서 자다가 우물가에서 나머지 잠을 잤어도 남자는 아주 깊은 잠을 잤다. 추운 줄도 몰랐다. 새벽에 여자가 흔들어 깨우지 않았으면 아마도 해가 중천에 뜰 때까지 거기서 잤을 것이다. 마당에서 자라고 있는 배추를 뽑아 다듬는 것으로 시작된 여자의 아침은 매우 분주했다. 여자네 집 한쪽 마당은 텃밭이었다. 거기에 청배추와 무와 가을 시금치와 아욱 들이 자라고 있었다. 어제쯤 아욱을 베어다가 된장국을 끓여 먹었는지 아욱잎들엔 칼자국이 나 있었다. 베어진 자리에 이슬이 촘촘히 내려앉았다. 여자는 아침을 지을 때 아예 저녁까지 지어놓는 모양으로 꽤 많은 양의 쌀을 씻었다. 아침밥을 짓고 도시락을 싸고 누워 있는 어머니 몫의 죽을 끓이는 일을 여자는 동시에 해내었다. 상이 차려지기 전에 먼저 여자는 몸을 가누지 못하는 어머니의 상체를 일으켜세운 다음 벽에 기대게 하고 끓여서 식힌 죽을 한 숟갈 한 숟갈 떠먹였다. 여자의 어머니는 마치 여자의 다섯 살배기 딸이나 되는 듯 여자가 떠먹이는 죽을 받아먹었다. 여자가 어머니를 다시 자리에 눕히고 일어나다 마루에 서 있는 남자와 눈이 마주치자 싱긋 웃었다. 새벽부터 내내 분주하게 움직인 여자의 뺨은 발그레하게 상기되어 있다. 남자는 문득 여자의 뺨에 손바닥을 대보고 싶은 충동을 느꼈다. 다시 부엌으로 들어간 여자가 바쁘게 움직여 차린 아침 밥상 앞에 그들 식구들이 모여 앉았다. 아침 밥상 앞의 여자는 언제 그리 분주했었느냐는 듯 나른해 보일 정도로 여유가 있어 보였다. 앉으세요. 서 있는 남자를 향해 여자가 말했다. 떠돌아다니는 동안 대개 아침을 건너뛴 그는 아침 밥상이 낯설었다. 새벽에 뽑은 배추로 끓인 것일까. 상 위의 밥그릇들 옆에는 파란 배추된장국이 한 그릇씩 놓여 있었다. 파를 종종 썰어넣어 무친 생굴에서 참기름 냄새가 맡아졌다. 큼직한 깍두기, 멸치볶음, 깻잎, 계란찜. 언제 만들었는지 숭늉이 담긴 큰 양푼이 밥상 아래 놓여 있다. 앉으세요. 여자가 한번 더 권했을 때야 남자는 그들 식구들 속에 끼어 앉았다. 남자는 그들과 한식구처럼 밥을 먹었다. 소년이 생굴무침을 더운 밥 위에 떠다 얹은 뒤 싹싹 비비기에 남자도 그리했다. 소녀가 배춧국이 든 대접을 들고 국물을 후루룩 마시기에 남자도 그리했다. 밥을 먹는 동안 여자는 동생들에게 둘 중 한 사람은 학교 끝나면 일찍 집에 돌아와 어머니를 돌보아야 한다고 말했다. 소녀가 입가에 굴무침에 들어 있던 파를 붙인 채 자기가 일찍 올 수 있다고 대답했다. 아침밥을 다 먹은 후 여자가 출근 준비를 하는 동안 소녀가 설거지를 하고 소년이 개밥을 주었다. 집을 나서기 전 여자는 담장 너머의 옆집 아주머니에게, 점심 무렵에 건너와 여자의 어머니에게 죽을 좀 떠먹여달라는 부탁을 했다. 죽은 끓여놨다고. 얼굴은 보이지 않는데 담장 저편에서, 그거는 걱정 말고 어여들 학교 가고 출근해라잉, 하는 투박한 목소리가 건너왔다. 남자는 배낭을 가지러 여자의 방에 들어갔다가 앉은뱅이탁자 위에 놓여 있는 여자의 손수건을 집어 주머니에 넣었다. 무엇이든 여자의 것을 하나만 지니고 싶었다. 그들 넷은 나란히 대문을 나서 버스정류장까지 걸어나왔다. 아침 공기가 신선하게 스쳐갔다. 그들 넷은 또 나란히 버스를 탔다. 버스에 오른 후 남자는 떠돌기 시작한 후 처음으로 차창 바깥을 유심히 내다보았다. 소년과 소녀가 먼저 내리고 남자와 여자가 버스에 남았다. 어디쯤에선가 버스는 바닷길이 펼쳐지는 도로를 내달렸다. 길이 구부러질 때면 남자의 몸이 여자 쪽으로 기울어지곤 했다. 여자에게서 로션 냄새가 향긋하게 맡아졌다. 이따금 평온하고 때때로 환상적으로 보이는 아늑한 어촌 풍경이 이어지기도 했다. 남자는 문득 자신의 자동차가 어디에 처박혀 있는지를 생각했다. 사건이 터진 후 남자는 단 오 분도 운전대를 잡고 앉아 있을 수가 없었다. 자동차는 그 집의 주차장에 처박혀 있는가. 아니면 사표를 쓰고 나온 회사의 주차장에? 어쩌면 어느 도로의 가로수 밑에 두고 와버렸는지도 모를 일이다. 자동차를 찾게 되면 언젠가 이 길을 다시 와보리라, 남자는 희미하게 생각했다. 이 길들을 기억해두려면 정신을 바짝 차려야 한다는 생각이 들어 남자는 두 눈을 부릅떴다.

15

오늘도 절 안에 또 들어가게요?

남자는 고개를 저었다.

그럼?

돌아갈 차비가 없소.

여자는 잠시 남자를 응시하더니 지갑 안에서 만원짜리 지폐 두 장을 꺼내 내밀었다. 떠나온 곳으로 돌아가는 고속버스를 타는 데는 만원짜리 한 장이면 충분하다. 남자는 한 장만 받고 나머지 한 장은 다시 내밀었다. 여자가 싱긋 웃으며 지폐를 받아 지갑 안에 넣었다. 남자가 무슨 말로 작별을 해야 될지 몰라 잠시 머뭇거리고 서 있을 때 여자가 먼저 그럼, 남자를 향해 정중히 목례를 하더니 매표소 안으로 총총 사라졌다. 남자는 여자의 뒷모습이 아예 사라진 후에도 한참을 그 자리에 서 있었다. 고개를 떨구던 남자는 자신의 신발이 이제는 걷기가 불편할 만큼 해져 있는 걸 발견했다. 남자는 그 집이 있는 도시로 돌아가면 맨 먼저 새 신을 마련해야겠다는 생각을 했다. 남자는 연이어 밀려오는 어떤 생각에 밀리지 않으려는 듯 이마를 찌푸렸다. 한참 후에야 여자가 사라진 매표소를 등지고 남자가 천천히 걸음을 옮겼다. 그 신발을 신고…… 결국 남자는 생각에 떠밀렸다. 새 신발을 신고…… 그 집에 가보리라. 남자는 숨을 깊이 들이마셨다. 그 집에 돌아가 살 수는 없겠으나 형과 어머니와 할머니가 쓰던 물건들을 옮겨놓기라도 해야 하리라. 남자는 그 일이 발생한 후 이 년의 시간이 지나는 동안 단 한 번도 그 집의 대문 안으로 들어가지 않았다. 들어갈 수가 없었다. 아침 햇살이 남자의 수북하게 자란 뒷머리에 쏟아졌다. 몇 발짝 걷다가 남자는 뒤돌아보았다. 여자 대신 점점 멀어지는 매표소가 보였다. 매표소 뒤로 아름드리 전나무 숲이 보였다. 그 뒤로는 단풍나무 길이 이어질 것이고 또 그 길은 꽃살무늬가 화사한 대웅보전으로 이어질 것이다. 남자는 자꾸만 뒤돌아보다 앞에서 오는 자동차의 경적 소리를 들은 후에야 고개를 떨구었다. 그날 이후 남자는 그 무엇도 눈여겨보지 않았다. 사람이든 사물이든 시선이 부딪치는 순간이 힘겨웠다. 아무것도 눈에 담을 수가 없었다. 그러나 이제 살아가려면 그 집을 더이상 피하지 말아야 한다는 걸 깨닫는 남자의 뒷목이 무거워졌다. 버스에서 내려 여자와 함께 걸어온 만큼 되걸어가면 다시 버스를 탈 수 있을 것이다. 그리고 다시 고속버스로 바꿔타야 그 집으로 돌아갈 수 있다. 문득 여자에게 고맙다는 인사 한마디 건네지 않았다는 데 생각이 미쳤다. 남자는 다시 한번 매표소 쪽을 돌아다보았다.

성문 앞 보리수

엄마가 장독대에서 고추장을 푸느라고 항아리에 얼굴을 두고 엎드려 있는데 용 한 마리가 엄마 등을 할퀴고 하늘로 올라갔다는군. 어렸을 때 새들이 새집을 짓고 알을 낳는 봄날에, 어찌 새만 알을 낳고 있었겠니. 산수유에 복숭아나무에 배나무에 살빛 꽃들이 흐드러지게 핀 그런 봄날이었어. 마을로 넝마장수가 들어왔는데 그의 행색에 이끌려 타박타박 따라갔어. 처음 보는 그 누추한 사람이 나를 어디로든 데려다줄 것 같았거든. 기차처럼 말이야. 자유롭고 낯선 냄새가 나는 그 사람이 좋아 보였어. 그러니 그리 졸랑졸랑 따라다녔겠지. 빈 병이며 헌 옷이며 망태에 주워담아 길을 떠나는 넝마장수가 뒤돌아보더니 버려진 낡은 신발을 집게로 집어올리듯이 한순간 나를 들어올려 망태 위에 태웠어. 그렇게 태어난 마을을 처음 떠나봤지. 떠난다는 게 무엇인지도 모른 채 말이야. 며칠인가 망태에 실려 물오르고 꽃 오른 봄세상을 떠돌아다녔지. 어디쯤에선가 동네 어른이 망태에 실려다니는 나를 발견하고는 다시 집으로 데려다줬어. 조금도 무섭지 않았어. 무섭긴 애, 사람들 마을들 산들 물들 구경하고 다니느라 정신없었지. 요즘 가끔 그때 생각을 해. 그때 마을 어른 눈에 띄지 않아 영영 집에 못 돌아왔으면 난 지금 어디 있을까? 집에선 나를 잃어버리고 야단이 났지. 동네 어른 손에 끌려오듯 돌아왔을 때 엄마가 나에게 달려들며 짓던 표정을 어찌 잊겠니. 죽지 않을 만큼 얻어맞았어. 또 누군갈 따라갈 거냐? 따라갈 참야? 하면서. 하지만 너도 알듯이 태어난 곳에서 생이 계속될 순 없잖아. 결국은 누구나 떠나게 되어 있잖아. 그전에 이런저런 떠남을 반복하다가. 십 년 전에 내가 여기로 간다고 했을 때 엄마가 푸념하듯 태몽 얘기를 하며 그러더라. 나는 네가 언젠가는 내 등을 할퀴고 떠날 줄 알았다고.

*

비행기에서 내려 입국 심사를 통과한 뒤에 수하물수취소 표시대로 트렁크를 찾으러 가는 길은 복잡했다. 복도를 지나고 에스컬레이터로 일층까지 내려와 한참을 걷다가 다시 지층으로 내려가는 동안 S는 트렁크를 찾을 수나 있을까 하는 불안에 휩싸였다. 혼자인 것도 아니고 일행이 앞뒤로 있는데도 그랬다. 불안과는 달리 S는 무사히 컨베이어에 실려나오는 트렁크를 끌어내렸다. 긴 한숨이 새나왔다. 트렁크를 끌고 세관을 거쳐 바깥으로 나오니 인파 속에서 누군가 S를 불렀다. 경이었다. 그 짧은 순간에도 키가 작은 경은 키가 큰 사람들에게 자주 가렸다. 검은색 트렌치코트 안에 붉은 스웨터를 입고 있었다. 인파 속에서 서로 얼굴을 마주 보게 되었을 때 얼른 손을 잡아야 마땅할 텐데 S도 경도 잠깐 멀거니 서로의 눈을 쳐다봤다. 이게 몇 년 만이지? 어디 봐, 키는 그대로고 살은 조금 찐 것 같고…… 그러곤 그대로네. 그때야 S는 경의 손을 잡았다. S의 큰 손에 경의 작은 손이 쏙 들어왔다. S에게 손이 잡힌 채 경은 동행한 시인과 소설가 중 시인을 알아보고 인사를 했다. 경이 서울에 왔을 때가 몇 년 전이더라, 기억해보려 했으나 허사였다. 사오 년은 지났을 것이다. 그때 경은 긴 머리를 하고 있었다. 경의 긴 머리를 S는 처음 보았다. 경은 미장원에 안 가고 그냥 내버려두었더니 머리칼이 자랐어, 라고 했었다. 지금 경은 서울을 떠나기 전의 짧은 커트 머리로 돌아와 있다. 머리 스타일 때문인가. S에겐 경이 전혀 변하지 않은 것처럼 여겨졌다. 경이 피곤하지? 물었지만 S는 피곤하지 않았다. 회사 동료가 공항에 늦게 도착하는 바람에 비행기 좌석을 늦게 배정받았는데, 이코노미석이 만석이었는지 비즈니스석으로 업그레이드를 시켜준 탓이었다. 경에게 그 말을 했더니 경은 그런 법도 있어? 하며 눈을 동그랗게 떴다. 그런 법이 있었다. 비즈니스석은 이코노미석보다 누릴 게 셀 수 없이 많았으나 뭣보다도 좌석이 넓어 거의 누워도 되었다. 항상 비행기를 열 시간 정도 타고 나면 다리가 퉁퉁 부어 내릴 때 벗어놓은 신발에 발이 들어가지 않을 지경이었는데, 이번엔 내릴 때 신발을 신으니 발이 쑥 들어갔다. 박람회장 부스에서 사용할 플래카드를 깜박 잊고 공항으로 향하다가 다시 집으로 되돌아가 챙겨오느라 약속시간보다 삼십 분쯤 늦게 나타난 회사 동료는 얼굴을 붉히며 미안해하다가 상황이 그렇게 바뀌자 자기 덕분이라고 어깨를 폈다. 그의 건망증이 일행을 도리어 편하게 해준 셈이다.

공항을 빠져나와 일행과 함께 숙소가 있는 작센하우젠으로 옮겨갈 때야 옆자리에 앉아 있던 경이 S의 귓가에 대고 너, 그대로다, 속삭였다. 경의 말을 듣자마자 S가 웃음을 터뜨렸다. 경이 왜? 하는 표정을 짓다가 진짜야, 그대로야, 덧보탰다.

"네 말을 들으니 갑자기 유선생 말씀이 생각나잖아…… 너도 알지? 유선생! 그분이 올해 연세가 어떻게 되더라. 칠순은 훨씬 넘으신 것 같은데…… 그분이 어느 날 한낮에 지하철을 탔는데, 바로 옆자리에 앉은 할머니 한 분이 자꾸만 맞은편 할머니를 쳐다보더래. 가만히 보니 두 할머니가 서로를 유심히 관찰을 하고 있더래. 그러다가 동시에 너 너, 맞지, 하면서 여학교 이름을 대더라는군. 그러니까 두 할머니는 여학교 친구였던 거야. 유선생 옆에 앉아 있던 할머니가 자리를 옮겨가고 두 할머니는 서로 반가워서 어쩔 줄 모르다가 서로의 얼굴을 그윽이 들여다보더니 한 할머니가 애, 너는 어쩌면 그때하고 똑같니, 하니까 또 한 할머니도 애, 너한테만 세월이 비켜갔나봐. 너도 변한 게 없구나, 하더래. 유선생이 좀 신랄한 데가 있으시잖아. 두 사람 다 머리는 흰 산이요 얼굴은 주름투성이요 등은 굽어서 제대로 펴지도 못하는 할망구가 분명하더구만, 그냥 서로 여학생 때하고 똑같다고 어찌나 수다들을 떠는지 쯧쯧, 하시더라. 갑자기 유선생 혀 차는 소리가 들리는 것 같았어. 사실 나도 너 보고 전혀 변한 게 없네…… 똑같네…… 생각했었거든."

훅, 하고 웃는 경을 보며 S는 웃는 것도 십 년 전이랑 똑같네, 하고 생각했다.

매년 시월이면 프랑크푸르트에서는 국제도서전이 열렸다. 지난여름 S가 근무하는 재단이 프랑크푸르트 측의 초청을 받아 박람회장에 부스를 내게 되었다. 재단의 지원으로 해외에서 출간된 도서들과 재단 홍보물 등을 전시할 계획을 세웠다. 문화사업팀의 팀장은 내년에 서울에서 열릴 국제포럼을 준비하느라 여념이 없어 S와 동료 두 명이 함께 준비를 했다. 국내 소설가 한 명과 시인 한 명이 프랑크푸르트 박람회장과 또 헤센 주 주변의 학교와 도서관에서 작품 낭독회를 가질 예정이었다. 그들의 비행기표와 숙식 등을 재단에서 지원하기로 했다. 그들과 함께 도서전에 다녀오라는 지시를 받았을 때 S는 오랜만에 경을 볼 수 있겠구나, 생각했다. 어차피 함께 동행하게 된 동료 둘 다 남자이니 숙소는 S 혼자 쓰게 될 것이란 계산이었다. 프랑크푸르트에 머무는 동안 숙소를 친구와 함께 쓰겠다고 말해두었다. 곧 슈투트가르트의 경에게 박람회 기간 동안 프랑크푸르트에서 함께 지낼 수 있는지 묻는 메일을 보냈다. 경이 이제 결혼을 했으므로 일주일이라는 시간을 빼낼 수 있을지 염려가 되어 좀 간절히 썼다. 경에게서 그렇게 하겠다는 답장이 왔고 그사이 계절이 바뀌었고 오늘이다.

"저기 그 술집이네!"

택시가 작센하우젠 거리로 들어섰을 때 S는 용케도 옛날 생각을 해냈다. 칠팔 년 전에도 여러 사람과 함께 프랑크푸르트에 왔었다. 경이 독일에 가고 삼 년쯤 지난 해였다. S로서는 프랑크푸르트가 그때 처음이었다. 숙소가 어디쯤이었는지는 기억나지 않는다. 숙소에서 십 분쯤 걸어야 지하철을 탈 수 있었고 또 이십 분쯤 지하철을 타야 시내가 나왔었다. S에게 지금도 잊히지 않는 일은 첫날 저녁을 먹은 후에 생겼다. 가볍게 맥주나 한잔씩 하려고 숙소에서 가까운 맥줏집에 갔는데, 맥줏집 주인은 영어를 단 한마디도 알아듣지 못했다. 일행 중에 서툴게 독일어를 할 줄 아는 한 사람이 의견을 모아 주문한 내용은 각자 맥주 한 잔씩과 탁자 중앙에 놓고 함께 먹을 수 있는 감자로 된 안주였다. 우리 중 독일어를 할 줄 아는 이가 있다는 것에 안도했다. 게다가 그는 맥줏집 주방장과도 긴히 얘기를 주고받는 것 같았다. 그런데 막상 일행 앞으로 나온 것은 손바닥 두 개를 펼쳐놓은 것보다 더 커다란 돈가스와 옆에 감자튀김이 수북한 접시였고, 그것도 한 사람 앞에 한 접시씩이었다. 이미 식사를 마친 터라 일행은 한숨만 쉬며 음식이 담긴 접시를 내려다보았다. 주방장은 친절하기까지 해서 일행이 남긴 음식들을 하나하나 포장해주었다. 누군가는 숙소로 돌아가다가 쓰레기통에 버리는 것 같았고 누군가는 기어이 맥줏집에 놓고 오는 것 같았다. 이러지도 저러지도 못했던 S는 숙소까지 가지고 올라와 시차 때문에 잠을 못 이루던 시간에 바삭바삭함을 다 잃어버린 감자튀김을 꾸역꾸역 집어먹었다. 이틀 후에, 그때는 마르부르크에 있던 경이 프랑크푸르트로 와

158

서 합류를 했다. 그제야 독일어 소통이 편안하게 되었다. 일행 중 누군가가 프랑크푸르트에 왔으면 사과술과 돼지고기를 먹어봐야 한다고 해서 경의 안내로 택시를 나눠 타고 어딘가로 갔고, 그곳에서 삶은 돼지고기와 소시지를 안주로 해서 사과술을 마셨다. 그 집에 커다란 보리수가 한 그루 있었고 그 아래 나무의자들이 놓여 있었다는 기억만 어렴풋이 남아 있었는데 이렇게 생각이 나다니. 경은 이 거리가 작센하우젠이며 좀 전에 S가 기억해냈던 맥줏집은 몇 년 전에 그들이 왔던 그 집이 맞다고 일러주었다. 그 집 이름이 린덴바움, 우리말로 보리수라고 했다.

호텔은 보리수에서 두 블록 아래에 있었다. 로비와 식당을 같이 쓰는 작은 호텔이었다. S와 경이 묵을 호텔 객실은 712호였다. 시인과 소설가가 먼저 배정받은 객실로 올라간 후 712호로 가기 위해 탄 엘리베이터 안은 상당히 좁았다. S가 트렁크를 엘리베이터 가운데에 세워놓고 경과 함께 양쪽에 서니 다른 사람이 더 들어설 공간이 없었다. 엘리베이터가 육층까지밖에 운행되지 않아 S와 경은 육층에서 내려 한 층을 걸어서 올라갔다. 앞으로 일주일 동안 함께 묵을 712호는 칠층에서도 맨 끝 방이었다. 열쇠를 들고 있던 경이 방문에 열쇠를 꽂았다. 낯선 곳의 방문이 열린 후 가방을 안으로 들여놓기 전에 S는 마치 곧장 다시 나갈 수도 있는 사람처럼 얼굴만 디밀고는 안을 살펴보았다. 객실이 반듯하질 않고 양 벽면이 각이 진데다 천장이 낮았다. 바로 눈앞에 신발을 벗을 수 있는 공간, 그 옆에 달린 문은 화장실, 그 뒤로 펼쳐진 객실 안은 간단했다. 양편으로 싱글침대 두 개가 나란히 놓여 있고 침대 사이에 스탠드가 놓여 있는 탁자. 그 위로 삼각형 창이 있었다. 왜 창이 삼각형이지? 생각하다가 S는 그때야 이 호텔의 칠층이 옥탑방이라는 걸 알았다.

"너 옛날에 서울에서 살던 방 같다."

S의 말에 같은 생각을 하고 있었는지 경이 미소지었다. 경이 살았던 서울의 그 방에서처럼 삼각형 창문엔 흰 커튼이 드리워져 있었다. 경이 먼저 가방을 밀어넣고 안으로 들어서서 삼각형 창문에 드리워져 있는 커튼을 젖혔다. 작센하우젠 거리에 줄지어 서 있는 칠층 이하의 건물 지붕들이 다닥다닥 붙어 있는 게 내다보였다.

"전망이라곤 전혀 없네."

실망하는 S에게 경이 아니야, 강이 있어, 속삭였다. 강이라는 말에 솔깃해진 S가 어디? 하고 눈을 가늘게 뜨고 내다봤으나 S의 눈엔 강이 보이질 않았다.

"저기…… 저게 마인 강이야."

S는 강을 보려고 눈을 홉떴으나 S의 눈엔 지붕들뿐이었다. 안경을 꺼내 쓰고 보았더니 건물과 건물 사이의 좁은 틈으로 희미하게 강물이 보이는 듯했다. 여전히 그곳이 강가인지 도로변인지 분명하게 구분되지는 않았으나 어쨌든 호텔 주변에 강이 있다고 생각하니 기분이 좋아졌다.

"서울 소식은 듣니?"

"그들은 잘 지내."

S의 질문에 경이 짧게 대답했다. S와 경은 강인지 지붕인지를 내다보며 서 있다가 S가 먼저 창가에서 물러나 트렁크를 열고 맨 먼저 예의를 지켜야 할 때 입을 생각으로 챙겨온 옷을 꺼내 구김이 덜 가

도록 옷장 안에 걸었다.

호텔 방에서는 잘 보이지 않았던 마인 강은 호텔에서 나와 십여 분만 걸어가면 있었다. 강가에는 나무들이 우거져 있고 강물엔 백조들이 떠다녔다. S와 경은 이틀 연속 아침에는 마인 강변으로 산책을 나가고 박람회장에서 돌아온 저녁에는 호텔 옆 보리수에서 사과술과 돼지고기로 저녁을 대신했다. 시인과 소설가는 언제나 사람들이 와자하게 몰려들어 큰 소리로 떠들어대는 보리수보다는 보리수 옆집 지하에 있는 포르투갈인이 경영하는 술집을 선호해 그곳으로 내려가 밤시간을 보냈다.

사흘째 되는 날이었다. 예정대로라면 S와 경은 벤스하임 고등학교에 있거나 거기에서 낭독회를 마친 작가들과 함께 이동중이어야 했다. 프랑크푸르트가 속해 있는 헤센 주로부터 행사의 진행을 위임받은 프리랜서 기획자의 이름은 라이만이었다. 전날 S와 동료 직원은 라이만이 지정한 한국음식점인 신라 레스토랑에서 그를 만나 낭독회장까지 시인과 작가가 이용할 차량 문제와 낭독회 진행방식 등을 상의했다. 라이만은 숙소에서 벤스하임 고등학교까지는 사십분이 걸리는데 아침 열시까지 차량을 숙소 앞에 대기시키겠다고 했다. 낭독회가 잡힌 시인과 작가와 로비에서 아홉시 사십분에 만나기로 하고 S와 경도 그 시간에 맞추느라 아침에 마인 강변으로 나가던 산책을 나가지 않았다. S는 시차 때문에 꼭 새벽 두시쯤이면 잠을 깼고 그러고는 뒤척거리다가 다섯시쯤 다시 잠이 들어 여덟시나 되어야 일어나곤 했다. 늦을세라 부산하게 준비를 하고 일행과 함께 차량을 기다리고 있는데 그들을 데려갈 차는 오질 않고 갑자기 낭독회가 취소되었다는 전화가 통역자에게로 걸려왔다. 이유도 말하지 않고 그저 취소되었다고만 했다. 낭독회가 취소된 이유가 무엇인지 통역자에게 물어달랬더니 그 이유가 황당했다. 독일어로 낭독하기로 한 학교 선생이 몸이 아파서 낭독을 할 수 없게 된 탓이라고 했다. S는 저도 모르게 벤스하임 고등학교에서 낭독할 예정이었던 시인과 소설가를 쳐다보았다. 뒷전에서 행사가 제대로 치러질 수 있게 관리해주는 자신이 들어도 어처구니가 없는 이유인데 귀한 시간을 내서 비행기를 타고 열몇 시간을 날아온 시인과 소설가는 기분이 어떻겠는가 싶었다. 시인은 일어나서 호텔 문을 열고 바깥으로 나갔고 소설가는 앞섶을 여며놓은 회색 재킷 주머니에 두 손을 푹 집어넣더니 고개를 숙여버렸다. 라이만은 학생들이 매우 기대에 차 있으며 낭독회 준비도 오래전부터 해왔다고 말했었다. 작품 중에서 낭독될 부분을 복사해서 학생들에게 미리 나누어주었다고까지 했다. 낭독회가 끝나면 학생들과 대화하는 시간이 있고 그다음에 학교 측에서 점심식사 자리를 마련한다고 했었다. 호텔 밖으로 나간 시인은 이미 보이질 않고 묵묵히 앉아 있던 소설가가 그럼 오늘은 자유시간이겠네, 하고선 객실로 올라가버렸다. 소설가와 시인이 화를 냈으면 인솔자 격인 S의 마음이 편했을지도 모른다. S는 어떻게든 다시 수습해보려는 마음에 통역자에게 다시 라이만에게 전화를 걸어보라고 했다. 통역자가 몇 번이나 다시 전화를 걸었으나 라이만은 받지 않았다. 라이만이 전화를 받아 납득이 될 만한 이유를 설명했다면 S가 경을 데리고 벤스하임 고등학교에 가보는 일은 없었을 것이다. 어수선하게 서 있는 사이 객실로 올라갔던 소설가가 옷을 갈아입고 나와서 그들 쪽은 쳐다보지도 않고 호텔 문을 밀고 나갔다. S와 함께 재단에서 나온 동료도 박람회장의 부스에 가보겠다며 통역자와 함께 떠났다. S는 경에게 벤스하임 고등학교에 가보자고 했다. 경이 그래서 어쩌자는 건데? 하는 표정을 지었다. S가 이건 말이 안 되잖아…… 하니, 경은 그래, 가보기는 하자, 며 동의했다. 택시를 타고 학교에 도착해서 경이 알아낸 것은 갑자기 낭독회가 취소되어 학교 측도 어이없어하고 있다는 것이었다. 라이만이 오늘 아침에 학교로 전화를 걸어 한국에서 아직 작가들이 도착하지 않은 관계로 낭독회를 할 수 없게 되었다고 했다는 것이다. 그러니까 라이만이 이쪽에는 낭독을 하게 되어 있는 학교 선생이 아파서, 저쪽에는 한국에서 아직 작가들이 오지 않아서, 라는 각각의 이유를 만들어 낭독회를 무산시킨 셈이었다. 그런데 왜?

S는 박람회장에 나가 있는 통역자에게 상황을 알리고 라이만에게 전화를 걸어 왜 그랬는지 알아봐달라고 했다. 계속해 라이만이 전화를 받지 않는다는 답변이 왔다. 그런데 그가 왜 그랬을까요? 통역자는 S나 경이 뭘 잘못 알지 않았는가 싶은 모양이었다. 아니, 잘못 알았기를 바라는 목소리였다. S가 학교에서는 학생들이 기다리고 있었다, 독일어로 낭독할 선생도 학교에 나와 있더라, 고 하자 그때야 통역자도 정말 알 수 없는 일이네요, 했다. 이번 일정에는 작품 낭독회가 세 번 계획되어 있었다. 첫 낭독회는 도착한 다음날 프랑크푸르트 암 마인 도서관에서 있었는데 별탈 없이 진행되었다. 이번 일정의 메인 낭독회라고 할 수 있는 박람회장에서의 낭독회는 이틀 뒤에 있었다. 그때는 시인이 한 사람 더 합류할 것이었다. 박

람회장에서 있을 낭독회의 프랑크푸르트 측 진행자도 라이만이었다. 지금 당장 전화를 피한다고 끝날 일이 아니었다. 오늘은 아니어도 내일 만날 수밖에 없게 되어 있질 않은가. 작가들에게 지급될 낭독회 참가비도 라이만이 정산하게 되어 있었다. 이해할 수 없는 상황에 맥이 빠져 있다가 통역자에게 다시 전화를 걸어보니 그때서야 라이만과 연락이 되었다고 했다. 그런데 이어서 하는 말은 더 이해할 수 없었다. S와 경이 학교를 다녀간 뒤 학교 측에서 라이만에게 전화를 걸어본 모양이었다. 학교 측에서도 이상했을 테니 당연한 확인이었을 것이다. 라이만이 뭐라고 하더냐 물으니 통역자에게 도리어 화를 냈다고 했다. 왜 자기 말을 안 믿고 학교까지 찾아갔느냐면서. 통역자가 라이만의 말을 전하다가 어이가 없다는 듯 쓴웃음을 지었다. 낭독회 참가비는 한 번 하나 두 번 하나 원래 계획대로 지급할 텐데 일을 복잡하게 만든다고 투덜대더군요. S는 곁에 시인이나 소설가가 있기나 한 것처럼 소리를 낮추어 라이만을 비난했다. 아니, 무슨 그런 사람이 다 있대요? 누가 낭독회 참가비 받으려고 비행기를 열몇 시간씩 타고 여기까지 온 줄 안대요? 기 넘어갈 일이네. 그러게요. 수화기 건너편의 통역자가 한숨을 푹 내쉬었다. 이 행사는 갑자기 계획된 일이 아니었다. 게다가 이쪽에서 요구해서 진행된 일도 아니었다. 프랑크푸르트 쪽에서 요청이 있어 S가 속해 있는 재단이 작가들 경비를 지원한 것이었다. S는 이 일로 인해 지난여름부터 라이만과 서툰 영어로 메일을 수없이 주고받았다. 날짜와 장소를 자세히 알기 위해 질문을 보냈을 때 갑자기 메일이 끊긴 적은 있었다. 한 달쯤 지나 날아온 답변에는 여름휴가를 보내고 왔다고 씌어 있었다. 프랑크푸르트에 와서 상의해도 되니 낭독회 과정에 대해서는 아무런 걱정을 하지 말라고 했다. 계속 통역자만 붙들고 있어봐야 의문이 풀리는 건 아니었다. 저도 이런 경우는 처음이네요. 여기 사람들, 일은 철저하게 하는 편인데…… 어쨌든 이쪽에서 라이만을 만나보고 연락할게요. 통화를 마치고도 라이만의 행동에 대한 의문이 풀리질 않아 학교에서 호텔로 돌아오는 동안 S가 계속, 대체 왜 그랬지? 를 연발하자 경이 혼잣말처럼 중얼거렸다. 늦잠이라도 잤나보지.

호텔 근처의 지하철역에서 내려 경은 또 길을 헤맸다. 동료들과 함께일 때는 지하철역에서 십여 분만 걸으면 되었던 호텔까지의 거리가 경과 둘일 때는 삼십여 분은 걸렸다. 나흘째 똑같이 반복되는 일이었다. 같은 지하철역에서 내리는데도 S와 경은 매번 다른 출구로 나왔고 긴 계단을 다 올라와 지상으로 나와서는 매번 호텔이 어느 방향에 있나? 막연히 서 있곤 했다. 나는 그렇다 치고 너는 왜 그러니? 하는 S의 눈길을 경이 모를 리가 없었다. 길을 잃고 막연히 서 있게 될 때마다 경이 작은 손을 뻗어 S의 큰 손을 잡곤 했다.

"내가 사는 곳이 원체 시골이라서 말이야. 나도 지금 도시 구경 나온 거라니까. 시골에서 살다가 서울에 온 거와 같다고. 글씨만 읽을 수 있을 뿐 나도 모르는 도시야."

헤매지 않고 곧바로 호텔을 찾게 될 때쯤이면 S는 서울로 경은 슈투트가르트로 돌아가야 할 것이었다.

"경아, 나 이제 물어볼래. 그래야 나도 너에게 무슨 얘기인가를 해줄 수 있을 것 같아. 너 십 년 전에 왜 갑자기 이곳으로 온 거야?"

S의 느닷없는 단호한 질문에 경이 주춤했다. 길을 잃고 있는 중에 나눌 대화는 아니었다.

"말해줘."

"모든 게 공허했어."

"그뿐이야?"

"……"

"널 못 견디게 했던 것, 그게 뭐냐고!"

"……"

호텔을 찾느라 세 갈래로 갈라지는 길을 이리저리 터벅터벅 걷다 보면 거리에서 뜻밖에 분수들을 만나곤 했다. 알고 보니 작센하우젠은 분수의 거리이기도 했다. 클라퍼가세 분수를 시작으로 십여 개의 분수들이 거리에 서 있었다. 한여름인 팔월에는 분수축제도 열린다고 했다. 호텔로 가는 방향을 도저히 못 잡겠는지 S의 손을 잡고 있던 경이 걸음을 멈췄다. S도 덩달아 섰다. 경이 아래쪽에서 걸어오는 남자를 향해 호텔 이름을 대며 길을 물었다. 독일어를 발음하고 있는 경을 S는 먹먹한 기분으로 바라봤다. S로서는 알아들을 수도 읽어낼 수도 없는 해독이 불가능한 언어들. 그사이에 경이 서울을 떠나보낸 십여 년의 세월이 놓여 있을 것이었다. 독일인치고는 키가 작은 편인 남자는 대머리였다. 그는 눈을 둥그렇게 뜨고 행여 경이 못 알아들을세라 세심히 길을 설명해주었다. 검은 양복 속에 흰 와이셔츠를 제대로 받쳐입은 남자의 구두가 반짝반짝 윤이 났다. 당케. 경이 정중하게 감사인사를 했다. 남자가 안 보일 때쯤 경이 고개를 갸우뚱거렸다.

"아까 그 남자의 양복 가슴에 헝겊이 붙어 있었는데, 거기에 쓰인 문구가 '나는 실업자입니다. 부끄럽지 않습니까' 야. 실업자여서 부끄럽다는 것인지 아니면 그걸 읽고 있는 내가 부끄럽지 않느냐는 말인지 모르겠어서 말이야."

"그 사람이 실업자인데 네가 부끄러울 게 뭐 있어?"

"그러게 말야, 나도 실업자라서 스스로 찔렸나봐, 자격지심."

"그러게 회사를 왜 그만뒀어?"

"그러지 않으면 그 사람이 살고 있는 곳으로 갈 수 없었어."

경이 씨익, 웃자 경의 뺨 아래쪽으로 조그맣게 볼우물이 파였다. 저것도 여전하군, S는 경의 볼우물에 잠시 손바닥을 대보았다.

"실업자치고는 차림이 깔끔하네."

"시위하는 중인지도 모르겠다. 요즘 여기도 일인 시위를 많이 하거든. 경제사정이 조금 심각해. 여기 사는 십 년 동안 지금이 가장 그래. 서독 쪽 사람들 불만이 팽배해 있어. 이쪽 돈이 동독 쪽으로 많이 빠져나가면서 이쪽 사람들 생활이 통일 전보다 힘들어졌거든."

"너도 느껴?"

"응, 실업자도 많아지고 인심도 각박해지고 누가 건들기만 해봐라…… 벼르며 지내는 사람들도 많아졌어."

지하철 입구에서부터 점점 호텔로 멀어지는 방향으로 갔던 모양이었다. '나는 실업자입니다. 부끄럽지 않습니까'를 가슴에 달고 다니는 남자가 가르쳐준 대로 길을 잡고 이십여 분을 걸어서야 겨우 호텔이 보이는 길로 들어섰다. 보리수의 간판이 보이는 지점만큼 왔을 때, 아침에 오늘의 낭독회가 무산된 소식을 접하고 묵묵히 호텔 문을 열고 나갔던 시인을 만났다. 그의 손에는 오래된 검은 타자기가 들려 있었다. S와 경이 인사를 하며 웬 타자기냐고 묻자 마인 강 쪽으로 나갔는데 거기에 선 벼룩시장을 구경하다가 마음에 들어 샀다고 했다. 그걸 어떻게 가지고 가시려고요? S가 묻자 시인 자신도 대책이 없다는 표정을 지었다. S가 정말 미안하게 되었어요, 하자 시인은 뭐…… 나는 어차피 여행 삼아 왔으니까…… 했다. 시인이 타자기를 가져다놓기 위해 호텔 안으로 들어간 뒤에 경이 S의 팔을 끌었다.

"호텔로 들어가봐야 별 할 일도 없는데 벼룩시장에나 가보지 뭐."

"또 길을 잃어버리면 어떡하고?"

경이 피식 웃었다. 강으로 가는 길은 잃어버리고 싶어도 잃어버릴 수 없는 길이었다. 호텔 뒤편으로 나가 블록 하나만 지나면 우선 강둑으로 올라가는 길이 눈에 들어왔다.

"그러면 호텔로 들어갈래?"

"아니, 가보자."

S와 경은 이번엔 강을 향해 걸었다. 의혹과 실망과 낙담을 번갈아 겪어낸 다음이라서일까. S는 벼룩시장엔 별 호기심이 일지 않았다. 그래도 아직 정오도 되지 않은 시간에 호텔에 들어가 있기도 그래서 경의 발걸음을 따랐다. 강둑에 올라섰으나 벼룩시장이 어디서 열리고 있는지는 얼른 눈에 들어오지 않았다. 어디? S가 물었으나 경이라고 알 리가 없었다. 경이 S에게 저쪽으로 걸어보자, 하며 팔을 이끄는데, 키가 큰 금발의 젊은 청년이 귀에 이어폰을 꽂고 앞서 걸어갔다. 저이에게 한번 물어봐, S의 말에 경이 망설였다.

"길 좀 물어봐. 잘생겼는데, 덕분에 얼굴이나 좀 보게."

할 수 없다는 표정으로 경이 청년을 뒤따랐다. 보폭이 작은 경은 거의 뛰다시피 했다. 그러기는 S도 마찬가지였다. 경이 이어폰을 꽂고 있는 청년의 옆에 서서 청년을 올려다보며 뭐라뭐라 하자 청년은 그제야 이어폰을 뺐다. 푸른 눈이다. 독일인은 아니다. 경이 청년과 말을 섞어보더니 S에게, 이이도 벼룩시장에 가는 길이래, 오후 두시면 끝이 나니까 서둘러야 된대, 라고 전했다. 경은 청년과 말을 섞은 후에 다시 S에게 통역하기를 계속했다. 운이 좋으면 좋은 물건을 만날 수 있대. 이 사람은 마땅한 스피커가 있나 보러 가는 길이래. 그리스 출신이래. 법학을 전공한대. 여기에 온 지는 사 년 되었대. 지금 자기 방 안에 있는 가전제품이며 의자 들도 다 벼룩시장에서 구했대.

한참 후에 경이 S에게 물었다.

"벼룩시장에서 특별히 찾고 싶은 게 있느냐 묻네. 뭐 있니?"

S는 무심코 시계, 라고 대답했다.

"시계? 시계 사고 싶으니?"

"아니."

경이 눈을 흘기면서도 그리스 청년에게 친구가 시계를 사고 싶어한다고 하자, 청년은 시계에 대해서는 아는 바가 없는지 별다른 말이 없었다.

마인 강을 사이에 두고 강 이편과 저편의 거리 풍경은 완전히 달랐다. 강 저편에는 이 도시가 이 나라의 상업과 금융의 중심 도시라는 것을 증명해주듯 고층건물들이 빼곡히 들어차 있었다. 대개가 이 나라 유수의 은행 본점들과 외국의 대규모 은행 지점들이 입점해 있는 건물들이었다. 유로화를 총괄하는 유럽 중앙은행도 그곳에 있다. 어느 날 아침 강변으로 산책 나온 S가 경에게 강 저편으로 건너가보자고 했더니, 경은 저편은 은행들뿐인데…… 그랬다. 그쪽으로 나갔다가는 길을 완전히 잃고 말았을지도 모를 일이다. 벼룩시장은 강 저편 고층건물들 속으로 건너갈 수 있는 다리를 지나 십여 분 더 걸어간 곳에 펼쳐져 있었다. 강 이편엔 수공예박물관, 제3세계 문화물품을 전시해놓은 민족학박물관, 원시시대의 집짓기부터 고층건물 건축까지의 자료를 전시해놓은 건축박물관 등이 줄을 잇고 있는 박물관 거리였다. S와 경은 벼룩시장이 시작되는 어귀에서 그리스 청년과 작별을 했다. 청년은 귀에 이어폰을 다시 꽂고 성큼 앞서 나갔다. S와 경은 벼룩시장 안을 한들한들 걸어다녔다. 주방기구에서부터 꽃병, 카펫, 가전제품을 비롯해 없는 게 없는 듯이 보였다. 허접해 보이는가 하면 독특해 보이는 물건들이 즐비한 시장 안을 걷다가 S와 경은 아프리카 물건들이 잔뜩 쌓여 있는 가게 앞에 서서 오래된 나무문짝에 조각된 짐승들과 사냥하는 사람들을 한참 구경했다. 진짜 아프리카에서 온 물건들인가? S가 물었으나 경도 잘 모르는지 고개만 갸우뚱했다. S가 문짝에 조각된 아프리카 사냥꾼들을 오래 들여다보자 경이 갖고 싶니? 물었다. 갖고 싶대도 뭐…… 이걸 어떻게 운반해? 꼭 갖고 싶으면 방법이 있지 않겠어. 비행기에 싣고 가든가, 아니면 배로 부치든가. S는 피식 웃었다. 설령 가지고 갈 수 있다고 한들 가져가서 어떻게 할 것인가. 현관에 기대놓을 것인가. 방 벽에 걸어둘 것인가. 추장이 낮잠을 자는 침상도 있었다. 호위병들일까. 통나무를 파낸 앞면에 상체를 드러낸 채 창을 든 남자들이 조각되어 있었다. S가 이건 관인가봐, 하니 경이 위쪽을 가리켰다. 침상 위 머리 쪽에 십오 센티미터가량의 목침이 조각되어 있었다. 벼룩시장 안의 상인들은 대개 이방인이다. 간혹 얼굴이 흰 여자들이 수공예품을 진열해놓고 있긴 하나 흑인이나 아랍인이 대부분이다. 저기 시계 있다. 경의 손에 이끌려 가보니 값싼 시계들이 가득 진열되어 있었다. 시계는 하나 사렴, 운반하기도 쉬운데…… 경이 싱긋 웃었다. 시계를 들여다보자 시계를 파는 남자가 일본인이냐 물었다. 경이 한국인이라고 대답했다. 시계를 파는 남자가 S와 경을 보더니 경에게 북한에서 왔느냐고 물었다. 경이 남쪽에서 왔다고 하자 시계를 파는 남자는 경에게 북쪽 사람 같다고 했다. 경이 소리내어 웃었다. 그러는 당신은? 시계를 파는 남자는 자기는 아프가니스탄에서 왔다고 했다. 아프가니스탄. 텔레비전에서 미국의 폭격을 맞고 있는 아프가니스탄을 본 기억이 떠올랐다. 사방이 너무 황량해 무엇을 파괴하려 폭격을 하는지 의문이 들곤 했었다. 그리스인 청년은 법학을 공부하러 오고 아프가니스탄 남자는 시계를 팔러 왔구나, S는 생각했다. 진열장 안의 시계들은 일괄적으로 사 유로라고 값이 씌어 있다. 진열장 유리문 위의 시계 네 개에만 팔 유로라고 적혀 있다. 진열장을 사이에 두고 안에 있는 것이나 바깥에 있는 것이나 시곗줄이 색색일 뿐 별달라 보이진 않는다. 경이 진열장 위에 놓여 있는 시계들을 가리키며 왜 이 시계들만 비싸냐고 묻자 아프가니스탄 남자는 그 시계들이 가장 좋은 것이라고 대답했다. 경이 갑자기 깔깔대고 웃었다. S가 왜? 하고 묻자 경이 대답했다.

"나는 가난해서 팔 유로 주고 시계를 살 수 없으니 좀 깎아달라고 했더니 저이가 그러네. 너는 가난해 보이나 네 친구는 부자 같아 보이니 친구에게 사라고 하라고."

"네 친구 누구? 나?"

"그래, 너."

둘은 허공에 대고 크게 웃었다. 아프가니스탄 남자의 눈에 부자로 보이는 S가 노랑과 보라가 섞인 시곗줄의 시계를 팔 유로를 주고 샀다.

벼룩시장에서 나와 박물관 사이를 걷다가 둘은 동시에 뒤를 돌아보았다. 시민 마라톤대회가 있는 모양이다. 머리에 띠를 두르고 운동화를 신고 짧은 반바지를 입은 사람들이 줄을 지어 뛰어오고 있었다. S와 경은 한쪽으로 비켜섰다. 마라톤 행렬 속에는 아이도 있고 소년도 있고 노인도 있고 청년도 있고 젊은 여자들도 있다. 트레이닝복들도 다양해 온갖 색들의 총집합이었다. 저들은 어디서부터 달려왔나. 연인으로 보이는 한 쌍은 달리는 게 아니라 팔을 내저으며 빠르게 걸어오고 있다. S와 경은 한쪽으로 비켜서서 마라톤 행렬을 구경했다. 행렬은 끊길 듯하다가 이어지고 다시 끊길 듯하다가 이어졌다. 태연하게 힘이 전혀 들지 않는다는 듯이 뛰는 사람도 있고 흰 트레이닝복 상의가 벌써 땀에 흠뻑 젖은 사람도 있었다. 잠시 행렬이 끊기는가 싶다가 곧 한 무리의 마라토너들이 몰려왔을 때 한쪽으로 비켜서 있던 경이 S의 팔을 끌었다.

"우리도 뛰자."

S의 대답도 기다리지 않고 경이 마라톤 무리 속에 섞였다. 얼떨결에 S도 경과 함께 뛰기 시작했다. S와 경은 마라톤 행렬을 따라 박물관들이 즐비한 거리를 지나 아이제르너 다리를 건넜다. 경이 길을 잃을까 두려워하며 건너지 않던 다리다. 다리를 반쯤 지났을 때 S의 등은 땀으로 범벅이 되었다. 경의 뺨으로도 땀이 줄줄 흘러내렸다.

"실감이 안 나, 경아."

"뭐가?"

"네가 여기 살고 있는 거…… 네가 여기 사람과 결혼한 거…… 모두."

"나도 안 나는데 네가 나겠니…… 근데 말이야, 최근에 이런 거 만들었어."

경이 달리면서 호주머니에서 뭔가를 꺼내 보여줬다. 경의 사진이 붙어 있고 S로선 해독되지 않는 독일어가 빼곡히 씌어 있었다.

"남편에게 무슨 일이 생기면 내가 알아서 한다는 보증서 같은 거야. 남편도 갖고 있어. 나에게 무슨 일이 생기면 남편이 알아서 한다는……"

"당연한 거 아냐? 그것에 무슨 증서가 필요해?"

"난 한국인이고 그는 독일인이잖아. 여기 가족관계가 좀 복잡해. 게다가 그이 나이가 많으니까 언제 무슨 일이 생길지 모르잖아. 서로의 예금통장을 사용할 수 있는 권리까지 포함되어 있어. 나야 뭐, 예금이라고 해봤자 얼마 없지만. 이젠 너한테 밥을 사줄 수도 있어."

"그래서 안심이 돼?"

"조금 덜 쓸쓸해."

S가 웃었다. 경이 독일에 온 후 S는 이런 식으로 경을 두 번쯤 독일에서 만났다. 경을 만나는 순간들은 좋은데 헤어질 때가 문제였다. 함부르크에서 만났을 때는 기차역에서, 쾰른에서 만났을 때는 길거리에서 작별을 했다.

"나 갈게."

"그래."

이게 그들의 작별인사였다. 저만큼 걸어가다가 S가 돌아가서 주머니를 뒤져 남아 있는, 그때는 마르크였던 독일 돈을 경의 손바닥 위에 올려놓았다. 그때마다 경의 손이 참 작다고 S는 생각했다.

마라톤의 행렬은 역사박물관과 실론미술관 앞을 거쳐 신성로마제국 황제의 대관식이 거행되던 대성당 앞을 지났다. S와 경은 숨을 헉헉 몰아쉬었다. 나중엔 달리는 게 아니라 걸었는데도 그랬다. 시월인데도 온몸에서 땀이 솟구쳤다. 그들 앞에서 달리던 사람들 중 머리에 붉은 모자를 쓰고 있던 남자가 무리에서 슬몃 빠져나와 대성당 쪽으로 빠지더니 나무를 붙잡고 섰다. 유대인기념관쯤에서 경이 멈추었다. S도 멈추었다. 숨을 고르는데 심장이 터질 듯했다. S와 경은 아무 말도 하지 않고 마라톤 행렬에서 비켜섰다. 앞을 향해 천천히 걸었다.

"유대인 묘지야."

어디쯤에서 경이 말했다. S가 고개를 들어보니 성벽을 따라 길게 게토가 이어지고 있었다. 나치가 파괴한 것을 복원했다고 경이 말했다. 건물의 벽에 새겨진 독일어와 영어는 강제수용소에서 희생된 사람들의 이름이라고 했다. 올해가 아우슈비츠 수용소 해방 육십 주년이라고도. S도 영화 〈쉰들러 리스트〉에서 수용소장 아몬 괴트 역으로 출연했던 배우의 사진이 실려 있는 신문을 지난여름에 읽었다. 실제 아몬 괴트 딸인 모니카 괴트가 아버지의 죄를 씻기 위해 폴란드에서 고행의 순례를 하고 있다는 내용이었다. 1942년 6월 폴란드 아우슈비츠 부근에 세워진 푸아쇼프 집단수용소에는 한때 이만 명 이상의 유대인이 수용되어 있었으나 1945년 1월 소련군이 왔을 때는 육백 명만이 생존해 있었다고 했다.

"아버지는 매일 아침 수용소가 내려다보이는 저택 발코니에 나와 유대인을 향해 사냥용 소총을 난사했어요. 하루를 시작하는 일과였죠. 그러고는 어머니가 누워 있는 침대 속으로 다시 들어갔습니다."

딸이 고백하는 아버지의 죄상 때문에 지난 여름날 어느 아침의 S는 뽑아놓은 커피를 마실 수가 없었다.

"아침마다 그런 식으로 아버지가 직접 죽인 유대인만 해도 오백 명이 넘습니다."

아몬 괴트는 전범재판에서 성서 속의 사탄이 현대에 육화했다는 판결을 받고 처형되었다고 씌어 있었다. 그리고 남겨진 사람, 그의 아내와 딸. 그의 아내는 1983년에 영국의 한 TV 방송국과 처음이자 마지막 회견을 하고 자살했다고 신문은 전하고 있었다. 유모차를 타고 다니던 시절부터 수용소 생존자에게 칼부림을 당하곤 했던 딸은 어머니에게 나치 시절 아버지는 무슨 일을 했어요? 라고 물었다가 어머니에게 채찍으로 마구 얻어맞았다고 했다. 모니카는 생존자에게 직접 용서를 구하는 일을 숙명으로 여기며 살고 있는 모양이었다. 생존자들을 힘들게 찾아가도 결코 만나주지 않는 경우가 허다하고, 모니카가 수용소장의 딸이라는 걸 알게 되는 순간 고함을 지르며 덤벼들거나 솟구치는 분노와 흥분을 가누지 못해 말 한마디 못 하고 토하는 사람도 있었다고 했다. 그런 속에서 열일곱 명에게 용서를 받았다고.

갑자기 달리기를 한 게 무리였을까. 둘은 몸을 가누기가 버거울 정도로 몰려오는 피로로 인해 희생된 유대인들의 이름이 새겨진 성벽에 몸을 기대고 앉아 있다가 택시를 타고 호텔로 돌아와 신발도 벗지 않은 채 각자의 침대에 상체를 털썩 눕혔다.

사방은 고요했다. 복도에 누구 한 사람 지나다니는 기척이 없다. 갑자기 텅 빈 시간들을 시인과 소설가는 어떻게 보내고 있을까. 오후 세시 무렵인데도 날이 흐려 호텔 방은 어둑어둑했다. 마인 강을 향해 나 있는 삼각형 창을 통해 바깥 빛이 흘러들어오지 않았다면 밤과 같았을 것이다. 사방이 조용하니 칠층까지는 올라오지도 않는 엘리베이터가 멈추거나 작동을 시작할 때면 댕, 하는 소리가 S와 경이 지쳐 누워 있는 712호까지 들렸다. 경이 손바닥을 맞잡아 깍지를 끼었다. 뒷머리를 받친 채 가만히 천장을 보고 누웠다. 일 분쯤 흘렀을까. 경이 손깍지를 풀고 다시 몸을 일으키더니 방에 들어서자마자 버리듯 침대 한켠에 던져놓은 가방을 열고 담뱃갑을 꺼냈다. 한 개비 꺼내 손가락 사이에 끼우고는 물끄러미 담배를 내려다보던 경이 라이터를 켜서 담배에 불을 붙였다.

"너, 왜 이제 노래 안 부르니?"

S의 말에 경이 노래? 하더니 담배연기를 길게 내뿜었다.

"서울에선 노래를 입에 달고 살았잖아."

"십 년 동안 안 불렀더니 이제 다 잊어버렸어."

"우리 어머닌 오십 년 전에 배운 노래를 지금도 부른다. 십 년 가지고 무슨……"

"무슨 노래?"

"사랑은 눈물의 씨앗."

"사랑이 무어냐고 물으신다면 눈물의 씨앗이라고 말하겠어요…… 이렇게 시작되는 거?"

"그래."

경이 담배를 손가락에 끼운 채 입술을 달싹였다. 어느 날 당신이 나를 버리지 않겠지요.

"잘 부르네…… 뭐."

세월이 흘러가면 마음이 괴로워서 울 테니까요. 〈사랑은 눈물의 씨앗〉을 시작으로 S와 경은 생각나는 노래들을 하나 둘 꺼내 부르기 시작했다. 노래를 배우기 위해 라디오를 참 열심히 들었던 때가 있었다. 항상 곁에 라디오를 켜놓았다. 라디오에서 흘러나오는 노래를 듣고 진행자가 하는 말을 듣고 뉴스를 들었다. 카세트라는 기계가 생기기 전까지 S는 라디오의 가요 프로그램을 통해 노래를 배웠다. 배우고 싶은 노래가 흘러나오면 얼른 노트를 펴고 따라 적었다. 한 번에 다 받아적지는 못했다. 첫 번에는 띄엄띄엄 적어놓았다가 다음에 또 듣게 되면 못 적은 부분을 채워넣고 하는 식이었다. 세 번쯤은 들어야 가사를 다 받아적을 수 있었다. 그렇게 배운 노래는 지금도 잊히지 않는다. S는 가끔 혼자서 자신도 모르게, 나 어떻해

너 갑자기 가버리면…… 흥얼거리다가 이 노래를 어떻게 다 외우지? 놀랄 때가 있었다. 받아쓰기하듯 라디오에서 흘러나오는 노래를 받아적어가며 배운 덕분인가보다 생각했다.

"나도 노래를 다 잊어버렸어. 김건모, 신승훈, 그다음에 누구더라, 김경호…… 거기까지는 따라 불렀는데 이젠 요즘 가수들 노래를 따라 부를 수가 없어. 리듬이 너무 빠르고 가사를 외울 수가 없으니 자연 노래가 나오는 쇼 프로그램 같은 건 안 보게 되더라. 음반도 사지 않게 되고 점점 새로운 노래를 만나면 난관에 부딪힌 것 같은 기분이 들어. 유행하는 노래를 따라 부를 수 없다는 것도 울적한 일이야. 그때그때 히트곡들을 배우려고 라디오를 귀 기울여 들으며 가사를 받아적고 시도 때도 없이 노래 연습을 하던 그 열정이 그리울 때도 있고. 누가 그러더라. 그때그때 유행하는 노래로부터 소외당하기 시작하면 나이먹는 거라고."

"맞는 말 같네."

경이 담배 한 모금을 길게 내뿜었다. 객실 안에 담배 냄새가 흘러다녔다.

S는 저번 추석 다음날 밤에 텔레비전을 켰다가 우연히 〈추억의 빅콘서트〉란 프로그램을 보던 때가 생각나 혼자 웃었다. 우연히 돌린 채널이었다. 지난날 S가 불렀던 노래들이 연이어 흘러나왔다. 미세한 흥분을 느꼈다. 상실된 무엇을 되찾은 것 같았다. 구창모가 〈어쩌다 마주친 그대〉를 부를 때, 김창완이 〈아니 벌써〉를 부를 때, S는 그 옛날이 생각나서 마음이 풍성하고 흡족해졌다. 자신도 모르게 흥얼흥얼 노래들을 따라 부르며 발을 굴렀다. 로커스트가 〈하늘색

꿈〉을 열창할 때는 가슴이 벅차 손바닥을 가슴에 두기까지 했다. 꽃들이 저기 있네, 생각했다. 그러다가 카메라가 방청석에 앉아 있는 사람들을 향했을 때 S는 따라 부르던 노래를 멈추었다. 방청석에 앉아 있는 이들은 죄다 중년에 이른 사람들이었다. 머리가 벗어지고 입가에 주름이 자글거렸다. S는 순간 자신의 나이를 실감했다.

당신은 무슨 일로 그리합니까. 홀로 이 개여울에 나와 앉아서……
S가 운을 떼자 경이 '나와 앉아서'가 아니라 '주저앉아서'라고 했다. S는 '나와 앉아서'라고 우겼다. S는 '개여울에 나와 앉아서'라 하고 경은 '개여울에 주저앉아서'라고 따로 불렀다. 파릇한 풀포기가 돋아나오고 잔물이 봄바람에 헤적일 때에 가도 아주 가지는 않노라시던 그런 약속이 있었겠지요. 날마다 개여울에 나와 앉아서 하염없이 무엇을 생각합니다. 경이 갑자기 노래를 멈추고 골똘해졌다.

"왜?"

"하염없이 무엇을 생각했을까?"

노래가 끊긴 틈이었다. 경이 불쑥 물었다.

"수미는 잘 있니?"

S는 갑자기 벌에 쏘인 사람처럼 얼굴이 화끈거렸다. 성문 앞 우물가에 서 있는 보리수. 경이 슈베르트의 가곡을 웅얼거렸다. 지나치게 음치였던 수미가 좋아하던 노래였다. 수미. 수미는 경과는 달리 노래를 불러야 하는 상황이 발생하면 얼굴까지 빨개지며 곤혹스러워했다. 그러면서도 나는 그 그늘 아래 단꿈을 보았네, 라며 〈보리수〉를 불렀다. S와 경과 수미는 서울에서 서로 걸어서 십 분 거리에 살았다. 셋은 인왕산 밑의 활터에서 활쏘기를 배우고 초파일이면

구파발에 있는 절집에도 갔으며 밤거리의 은행나무 밑을 한도 끝도 없이 걸어다니기도 했다. 골목길에서 하수구로 흘러가는 물소리에 귀 기울이다 웃음을 터뜨리기도 했다. 독립문 교도소 자리의 사형터가 공개되었을 때 그곳을 찾아갔다가 지금은 기억조차 나지 않는 일로 다시는 안 볼 사람처럼 진탕 싸우기도 했다. 햇감자를 깎아넣은 갈치조림을 만들어놓고 화해의 자리를 마련하는 건 수미였다. 셋 중에서 김밥을 싸거나 참나물을 무치거나 시래깃국 따위를 정성 들여 끓여 밥상을 차려내는 건 수미 혼자였다. 수미는 손이 많이 가는 음식을 느릿느릿 만들어냈다. 한 상 가득 잘 차린 밥상을 수미로부터 받았던 그런 날들이 있었다. 그런 날에는 셋이 밤이 깊도록 노래를 부르고 얘기를 하고 술을 마셨다. 수미. 누구에게든 따뜻한 음식을 끊임없이 먹이려 들었던 수미. 정작 자신은 조금 먹으면서 앞에 앉은 사람 앞에 끊임없이 먹을 것을 밀어놓곤 했다. 맛이 아니라 먹는 행위 자체가 이렇게 그리운 순간과 환치되기도 한다는 것에 S는 흠칫 놀랐다. S의 침묵에 경이 다시 담배를 꺼내 입에 물었다.

"경아."

S는 경이 응, 대답하고 난 뒤에도 경아, 다시 한번 불렀다. 경이 다시 응, 대답했다.

"수미는…… 죽었어."

가지에 희망의 말 새겨놓고서…… 노래를 시키면 난처한 얼굴로 그러나 음정을 틀려가며 끝까지 수미가 부르던 〈보리수〉는 경이 수미에게 가르쳐준 유일한 노래이기도 했다.

"남편하고 아이하고 저녁을 잘 먹은 후에…… 수미가 얼마나 열심히 살았는지는 너도 알겠지. 우리 셋 중에서 그래도 현실감각이 있는 애였는데…… 한국에서 살려면 우선 집이 있어야 된다는 게 수미 주장이었잖아. 존재의 근거라고. 집을 마련할 때까지 수미가 부렸던 억척은 대단했는데…… 새 아파트를 분양받아서 입주했었어. 집 탁자에 꽃도 사다가 꽂아놓고 커튼도 정성껏 달고 그랬는데…… 입주하던 날 남편이랑 딸이랑 저녁밥을 잘 먹었대. 수미가 음식 잘하잖아. 아이가 노래도 부르고 즐거웠다는데 자정 무렵이었다더라. 아이는 졸려서 먼저 방에 들어갔고 남편하고 포도주를 마시고 있었다고 했어. 결혼하고 수미 손으로 포도주를 산 건 그때가 처음이었다더라. 반쯤 담긴 포도주 잔을 든 수미가 일어나 베란다 쪽으로 가더니 남편을 향해 여보, 나 갈래요…… 말릴 틈도 없이."

"……"

S는 침대에 눕힌 상체를 뒤집어 엎드렸다. 언젠가는 경에게 수미 이야기를 해야지, 생각했다. 어쩌면 시월에 이곳에 온다는 게 확정된 지난여름 그때부터, 이번에는 경에게 수미 이야기를 하고 와야지, 생각했던 것도 같았다. 그런데 이렇게 갑자기 수미 얘길 하게 될 줄이야. 경이 이따금 수미의 안부를 물어올 때마다 S는 잘 있다고만 했다. 수미가 정신을 차릴 수 없이 바쁘게 살고 있다고만. 경에게 어떻게 수미 소식을 전해야 할지 몰라 전전긍긍했던 것에 비하면 너무나 쉽게 얘기해버린 셈이다. 얘기를 하고 나니 그리 어려웠던 것도 아니란 생각이 들어 S는 공허해졌다.

"나는 다 몰라…… 네가 왜 독일에 왔는지도…… 수미가 왜 그랬는지도……"

십 년 전 서울에서 어느 날 경이 독일에 가야겠다고 했을 때는 수미가 곁에 있었다. S와 수미는 동시에 뭐, 어디? 라고 물었다. 그만큼 경의 독일행 발언은 생소했다. 경은 거의 혼잣말처럼 회사에서 독일로 발령이 났다고 했다. 나중에야 알았다. 경이 그곳으로 발령을 받기 위해 얼마나 애를 썼는지를. 경이 일 년 동안 연애하던 남자와 결혼한 지 삼 년째 되던 해였다.

"아이는? 남편은?"

연달아 묻는 S와 수미의 질문에 경은 아이 할머니가 있잖아, 라고만 대답했다. 그렇게 이곳으로 온 지 사 년이 지난 후에 경은 이혼을 했다.

경의 침묵에 S가 다시 상체를 뒤집었다.

"너는 알고 있니? 수미가 왜 그랬는지?"

"……"

"알고 있구나."

"아니…… 몰라. 이런 식은 아니지만 수미에게 무슨 일이 생겼구나…… 짐작은 했어. 꿈에 자꾸 바다를 봤거든. 그 속초 바다 말이야."

바다.

십 년 전에 S와 수미는 출국을 앞두고 있는 경에게 무엇이 하고 싶은가, 물었다. 경은 바다에 가본 적이 없다며 속초에 가고 싶다고 했다. 자동차가 흔하지 않던 때였다. 그들은 짐을 꾸리고 터미널에 나가 고속버스를 타고 속초로 떠났다. 낙산사에서 속초 사이의 바닷길이 좋아서 그들은 버스를 바꿔타며 두 번인가 세 번을 왔다갔다했다. 파도가 눈 아래까지 쳐들어와 넘실거리곤 했다. S 또한 바다를 그렇게 가까이 보는 건 처음이었다. 바닷가 어디쯤의 여관에서 하룻밤을 보냈다. 낯선 방 안으로 쳐들어오는 것 같은 파도소리에 잠이 깨어보면 조그만 경이 창가에 서서 밤바다 쪽을 내다보며 담배를 피우고 있곤 했다. 다음날은 밀짚모자를 사서 셋이 똑같이 쓰고 종일 낙산사 경내를 헤매고 돌아다녔다. 대나무 줄기로 짜놓은 울타리 안엔 꽃들이 가득 피었고 하늘 높이 치솟은 소나무들은 청정했다. 숲속 나무벤치에서나 대웅전에서나 해수관음상 앞에서나 홍련암에서나…… 어디에서나 경은 말없이 고개를 숙였다. S와 수미는 그저 경의 뒤에서 조용히 있었다. 서울로 돌아가는 고속버스표를 미리 끊어뒀는데 시간이 남아 경에게 남은 시간에 무엇을 할까? 물었더니 경은 속초에서 가장 높은 곳에 올라가서 차를 마시자고 했다. 택시를 타고는 속초에서 가장 높은 곳에 있는 커피집에 데려다달라고 했더니 속초 관광호텔에 내려줬다. 셋은 거기 스카이라운지로 올라가서 바다를 우두커니 내다보고 앉아 있었다. 한 시간 반 동안 그들은 서로 아무 말도 하지 않고 바다만 바라봤었다.

경이 담배 한 개비를 또 꺼내 입에 물었다.

"아이를 낳고 나서야 남편에게 그때까지 헤어지지 못한 첫사랑이 있다는 걸 알았어. 어머니가 반대했나봐. 여자가 먼저 결혼을 했는데 이혼하고 돌아왔나봐. 서로 잊을 수가 없었던가봐. 그것만이 이유는 아니었어. 나는 아내로서 할 일도 엄마로서 할 일도 없었어. 아이 할머니가 다 하셨지. 일찍 혼자 되신 외롭고 쓸쓸한 분이셨어. 내 속옷까지 빨아주셨지. 내가 할 일을 그분이 다 해줬으니까 밥 먹고 회사에 출근했다가 퇴근하면 되었어. 남들은 그런 분이 어딨느냐고 했지만 나는 공허했어. 일상생활의 모든 부분에 정성을 다하는 분이었어. 수건도 다려서 쓸 정도로. 그만두라고도 할 수 없었어. 그분에겐 그게 인생이었거든. 지금의 나라면 그걸 인정하고 다른 식으로 내 자리를 찾을 수 있었을지도 몰라. 그런데 십 년 전의 나는 가슴이 텅텅거리고 공허하기만 했어. 남편한테 물었지. 그 여자와 함께 살고 싶으냐고. 그렇다고 하더라. 그래도 도피하듯 떠나오지는 말았어야 했다는 생각을 뒤늦게 했지. 떠나오니…… 떠나오고 보니 점점 돌아갈 자리가 없어졌어. 어머니가 받아들이지 않아서 그 사람은 아직 그 여자와 함께 살진 못하고 있는 것 같더라. 하지만 S야. 나도 그들 가족 속으로 끼어들 자리는 없었어. 가끔 가면 오히려 그들의 균형이 깨지는 듯한 느낌이었거든. 여기 오고 사 년쯤 지나서였나. 아이를 이쪽에서 공부시켜볼까 하고 데려왔다가 육 개월 만에 돌려보냈지. 아이가 나에게 적응을 못 하더라. 그 이후론 그쪽에서 일어나는 모든 일들에서 물러섰어. 돌아가지 않는 건 나인데 계속 아내라는 이름으로 있을 수도 없어서 헤어졌어. 말이란 이렇게 간단하구나. 내가 떠돈 십 년이 이렇게 간단히 정리되네.”

S는 경의 말을 귀 기울여 들으려고 애를 썼으나 피로 때문에 자꾸만 눈이 감겼다. 박람회장에 나가봐야 되는데, 통역자에게 전화를 걸어봐야 하는데, 다시 오늘 같은 일이 없게 라이만을 만나봐야 되는데…… 밀려왔다 밀려가는 물결처럼 두서없이 이 생각 저 생각들이 S의 마음속으로 들락날락거렸다. S는 물처럼 출렁거리며 경이 제 침대에서 상체를 일으켜 마인 강 쪽으로 난 창가로 가는 기척을

느꼈다. S가 피로한 눈을 슬몃 떠서 경을 응시했다. 창가에 선 경이 어깨에서 두 팔을 위로 쑥 뽑아올린 채 반듯하게 서 있었다. 경의 두 팔은 양쪽 귀를 지나 머리 위로 높이 뽑아올려진 채 합장을 하고 있었다. 팔만이 아니다. 들어올린 왼쪽다리의 발바닥이 오른쪽 허벅지 안쪽을 받치고 있었다. 잠시 경이 흔들리는 것 같더니 곧 균형을 되찾았다. 기쁠 때나 슬플 때나 찾아온 나무 밑. 찾아온 나무 밑. 노래를 부르는 경의 목소리가 떨렸다. 두 팔을 뽑아올리고 다리 한쪽을 들고도 흔들리지 않는 경은 한 그루의 나무 같았다.

*

잘 돌아갔니? 비행기를 타야 할 사람한테 꽃뿌리를 안겨줘서 귀찮았지. 십 년 전에 이곳으로 떠나올 때는 일 년 정도만 있다가 돌아가리라, 생각했어. 일 년 정도만 지나면 돌아갈 마음이 생기리라, 여겼지. 일 년이 지났을 때 수미가 안 돌아오니? 물었지. 이 년이 지났을 때도 똑같이 안 돌아오니? 물었지. 그만 들어와, 너, 거기서 뭐하니, 나를 부르던 수미의 목소리가 생생하구나. 삼 년이 지났을 때는 왜 안 오냐면서 화까지 냈었는데. 수미가 나에게 돌아오라는 말을 더이상 하지 않기 시작한 건 내가 여기에서 오 년을 보내고 난 뒤부터였던 것 같다. 돌아오라고, 거기에서 뭐하고 있느냐, 는 수미의 목소리를 더이상 들을 수 없다나…… 며칠을 이리저리 걸어다녔어. 나는 어렴풋이 수미가 그리된 걸 알고 있었던 것도 같아. 꿈속에서 우리 셋이 바다를 보고 앉아 있는데 수미가 자꾸 바다 속으로 들어갔어. 아무리 불러도 뒤돌아보지도 대답도 하지 않았어. 네가 가서 끌고 나와도 다시 들어가고 내가 가서 끌고 나와도 다시 들어가곤 했어. 같은 꿈을 이태째 계속 꾸고 있었거든.

가끔 지금 왜 내가 여기에 있나, 생경해서 자다가 벌떡 일어날 때가 있어. 내가 왜 여기 있나. 지금 내 옆에서 자고 있는 이 사람은 누구인가. 이런 말들을 하면서 살아야 했었는데…… 그동안 아무 말도 하지 않아서 미안. 수미도 나도 너를 외롭게 했겠다는 생각. 십 년쯤 마음속의 얘기를 안 하고 살다보니 나중엔 어떻게 말해야 할지 모르게 되더라. 수미도 그랬겠지. 그렇게 되더라. 헤어질 때 네게 줬던 그 꽃뿌리는 백합 구근이야. 하나하나 세어봤더니 열다섯 뿌리더라. 작년 시월에 여기 마당에 서너 뿌리 심어뒀더니 번져서 캐간 거였어. 수미가 집을 마련했다기에 수미네 가져다주라고 하려던 거였는데. 그거 네가 심어둬라. 매년 곱으로 퍼질 거야. 그리고 S야, 부탁이 있는데 너 사는 곳 근처에 값싼 집이 있으면 연락해주겠니? 방은 하나만 있어도 되는데…… 방이 하나 있는 집은 없을까? 방은 하나여도 괜찮은데 마당이 좀 있었으면 좋겠구나. 여력이 생기면 너 있는 근처에 집을 사놓고 싶어. 이제는 그쪽에 아무 삶이 없다고 해도 돌아갈 수 있겠다고 생각하고 있었는데, 여기에 이렇게 다른 삶이 생겼네. 인생이 그래서 만만한 게 아닌 거겠지. 나중에 혼자가 되면 그곳으로 돌아가 너 가까이에서 예전처럼 살고 싶어. 백합을 잘 키웠다가 그때 좀 나눠줘.

숨어 있는 눈

당신이 A를 찾아다니고 있다는 얘기는 전해들었습니다. A가 갈
만한 곳은 이미 다 뒤졌겠지요. 이제 당신은 A의 이야기를 듣기 위
해 A가 알고 지내던 사람들을 찾아다니고 있다는 말도 들었어요.
내가 아는 이들 중 몇몇도 당신을 만난 모양이더군요. 그래서 어쩌
면 당신이 나도 찾아오겠구나, 생각했습니다. 그래, 뭔가를 알아냈
나요? A가 드나들던 세탁소나 옷가게, 동물병원에서는 A에 대해서
뭐라고 하던가요? 아, 놀라지 마세요. 고양이 발소리예요. 그 흰 고
양이와 회색 새끼고양이는 내가 데려왔어요. 어쩌면 두 놈 다 당신
을 알아볼지도 모르겠군요. 지금은 창밖 그림자하고 놀고 있어요.

저들은 그림자를 살아 있는 물체로 여긴답니다. 나무 그림자나 빛의 반점을 무슨 나비나 나방이 같은 것으로 알아요. 어떻게든 잡아서 먹어보려고 밤마다 저리 서성댄다니까요. 짐작대로 당신이 나까지 찾아온 걸 보면 아직 A가 집에 돌아오지 않은 모양이죠? 벌써한 달이 다 되어가는데. 글쎄, A는 대체 어디 있을까요? 그런데 나는 A의 행방에 대해서 아는 게 없습니다. 알고 있었으면 당신이 찾아오기 전에 내가 먼저 연락했을 텐데. 저녁 안 먹었으면 홍차에 우유라도 부어드릴까요? 아, 먹었다고요. 다행이에요. 냉장고 좀 보세요. 손님에게 대접할 과일 한 조각이 없군요. 그날 밤의 얘기를 듣고 싶다고요? 어느 밤 말인가요. 내가 A의 연락을 받고 A를 찾아갔던 그 무더웠던 밤, 내가 A를 마지막으로 봤던 그 밤 말이군요. 원하면 얘기는 해드리죠. 기억나는 대로 세세하게 말할게요. 그런데 내 얘기가 A를 찾는 데 도움이 될는지요.

지난여름은 생각만 해도 눈이 감길 정도로 더웠죠. 여름 날씨가 다 그렇지만 올여름은 대단했어요. 이십 년 만에 찾아온 무더위였다고 하더군요. 태풍과 함께 장마가 지나가자마자 쏟아지던 그 땡볕을 생각하니 얼굴이 화끈거립니다. 지난여름에는 새벽 네시가 좀 지나면 매미들이 울어댔어요. 그런 날이 가장 더웠답니다. 매미가 새벽 네시에 우느냐, 다섯시에 우느냐에 따라 그날 더위가 어느 정도일지 짐작이 되곤 했죠. 난을 전문으로 길러서 화원에 내다 팔던 분들은 어느 날인가 난 화분들을 트럭에 실어서 산으로 피신시키고 있더군요. 연일 열대야가 이어졌어요. 가만히 앉아 있어도 숨이 턱턱 막히는 무더위가 계속되고 있던 팔월의 어느 오후에 고양이 한 마리를 더 데려가지 않겠느냐는 A의 전화를 받았어요. 나는 그때 방구석에서 땀을 뻘뻘 흘리며 공무원시험 공부를 하고 있던 참이었답니다. 무릎 밑이며 발가락 사이에 끈끈하게 땀이 맺혀 있었죠. A와 통화를 하면서 수화기를 든 채로 이 여섯 평짜리 원룸을 마치 다른 사람이 기거하고 있는 방을 살펴보듯이 휘휘 둘러봤네요. 이미 먼저 데리고 온 흰 고양이 때문에 내 방은 엉망이었어요. 거기다가 일 인용 침대 위에 아무렇게나 던져진 채 겹쳐 있는 옷가지들, 개수대에 며칠째 쌓여 있는 설거지할 그릇들, 구석에 세워져 있는 줄 끊어진 기타. 여기저기 몇 권씩 쌓여 있는 취직시험 준비를 위해 사들인 책들. 말라비틀어진 채 바닥에 떨어져 있는 포도 껍질. 반평도 안 되는 베란다에 놓여 있는 흰 고양이 화장실과 밥그릇. 여기에 고양이를 한 마리 더 들이면? 겨우 누워서 자고 있는 내 자리까지 없어지겠구나. 고양이도 한 뭉치의 먼지인지 생명체인지 못 알아보게 될 것이다. 생각했어요. 그러나 A에게 고양이를 더 데려올 처지가 못 된다고 말하지 못했어요. 그건 이미 A도 알고 있거든요. 고양이 때문에 당신과 A에게 생긴 일들을 내가 알고 있듯이 말이죠. 오죽했으면 A가 나에게 전화를 했을까, 싶었습니다. 이미 A의 목소리에서 거절할 수 없는 절박함을 전달받기도 했죠. 고양이 얘기를 할 때면 간절해지는 A의 목소리. 누군들 A의 그 목소리를 듣고도 고양이에 대해 나쁜 얘기를 할 수 있었을까요. 처음부터 A로 하여금 저 흰 고양이를 기르지 못하게 하지 그랬어요, 네? 그럴 틈도 없었어요? 왜요? 분양받은 거 아니었나요? 네? 어느 날 아침에 출근하려는데 흰 새끼고양이 한 마리가 자동차 밑으로 기어들어온 거였다고요? 온몸이 나뭇잎에 덮인 채 다리를 절고? 저런. 고양이로서도 다급했던 모양이군요. 사람을 피하는 게 고양이의 습성인데 아픈 다리를 하고 스스로 기어들었다니 말이에요. 그렇다면 저 흰 고양이는 어디서 왔을까요? 멋모르고 집을 나와 헤매고 있던 애완 고양이였나 보군요. 처음엔 주인을 찾아주려고 아파트 벽에 주차장에 전단지를 붙이기도 했다고요? 그랬군요. 나는 그동안 내가 보아온 고양이 같지 않게 귀티가 나고 윤기가 흘러서 분양을 받은 줄 알았습니다. 근데 저 흰 고양이는 페르시아 종은 아닌 것 같아요. A는 페르시아 종이라고 하던데, 글쎄요, 페르시아 종들은 대개 코가 눌려 있던데 저놈은 반듯하잖아요. 저놈이 하는 짓을 보면 A가 고양이에 빠지게 된 이유를 알 것 같기도 해요. 사뿐사뿐 걸어다니고, 웬만큼 거리를 두고는 엉겨붙지도 않고, 기분이 좋으면 나를 툭툭 발로 차고는 슬쩍 외면한답니다. 날마다 앞발에 침을 묻혀 자기 얼굴을 스스로 단장하는 데 여념이 없고 똥을 누고는 모래로 덮어놓아 눈에 띄지 않게 하지요. 또 먹을 것에 집착하지도 않아요. 밥그릇에 사료를 부어놓으면 먹을 만큼만 딱 먹고 말아요. 짐승에게 어디 그 절제가 쉬운 일인가요. 게다가 자고 깨어났을 때 허리를 둥글게 말았다가 쭉 펴면서 스트레칭하는 모습은 또 얼마나…… 이런, 내가 고양이 얘기를 이렇게 속살거리다니. A와 다를 바가 없군요.

당신도 알다시피 저 흰 고양이를 집에 두기 시작한 후 A는 지나치게 저 흰 고양이에게 집착하더군요. 처음부터 그런 건 아니었어요? 길을 잃고 상처를 입은 고양이를 데리고 동물병원에 갔고 고양

이가 먹을 사료도 사러 다니고 고양이 화장실을 구하기 위해 백화
점에 가는 정도였다고요? 하긴 그 정도는 누구나 할 수 있는 일이
죠. 물론 고양이가 싼 똥이나 오줌을 치워주는 것조차 끔찍하게 여
기는 사람도 있지만은요. 그러면 언제부터 A가 고양이에게 그렇게
집착을 보인 거예요? 언제부터라는 경계가 없는지도 모르죠. 경계
가 분명한 일이 글쎄 몇 가지나 있을는지요. 당신이 아니라 누구라
해도 나중에는 견딜 수가 없었을 거예요. 그나마 당신이니까 그 정
도라도 견뎠을지 모르죠. 흰 고양이를 기르기 시작한 뒤로 A는 세
상에 존재하는 모든 고양이들에게 관심을 가지기 시작했죠. 함께
길을 가다가도 어디서 고양이를 만나면 막 쫓아가서 머리를 쓰다듬
어주었어요. 배고파 보이면 빵을 사와서 잘게잘게 쪼개 뿌려주고
불쌍하다고 하염없이 앉아 있곤 해서 옆에 있는 사람을 난처하게
하곤 했죠. 한번은 여기 왔다가 가는 길이었는데요. 올라오면서 혹
시 보셨어요? 저 아래 등산복 파는 가게 옆에 작은 슈퍼 있잖아요.
거기에는 큰 얼룩고양이가 산답니다. 덩치가 얼마나 큰지 가끔 그
앞을 지나다가 그 고양이를 보면 호랑이를 만난 것같이 다리가 후
들후들 떨리곤 했어요. 기형일 정도로 덩치가 커요. 그날은 주인이
슈퍼 앞에 내다놓고 야채를 기르는 나무상자 앞에 그 고양이가 앉
아 있었어요. 어디서 다쳤는지 얼굴에 피가 흐르고 있었죠. 덩치가
눈에 띄게 클 뿐 아니라 생김도 험한 편이고 게다가 피까지 흘리고
있었으니. 나는 얼른 외면해버렸는데 A는 서슴없이 얼룩고양이에
게 다가가더니 가방에서 손수건을 꺼내 피를 닦아주고 목덜미를 쓰
다듬어주더군요. 그때 A의 모습을 생각하면 내가 나쁜 사람 같아

요. 그날 나는 얼룩고양이를 만진 A의 손이 나에게 닿을까봐 거리를 두기까지 했거든요.

A가 저 흰 고양이를 시작으로 해서 골목이나 거리를 헤매고 다니는 어린 고양이들을 한 마리 두 마리 집 안에 들이기 시작했을 때 늘 당신의 얼굴이 먼저 떠올랐어요. A는 자기가 좋아서 그런다지만 갑자기 고양이떼와 살게 된 당신은 어떨지 궁금했죠. 저 흰 고양이를 시작으로 해서 고양이가 일곱 마리로 늘었을 때 당신이 불같이 화를 냈다는 얘기도 전해들었어요. 이게 마지막이다, 앞으로 한 마리라도 더 들여놓으면 그때는 내가 집을 나간다, 고 했다면서요. 그러지 않을 수가 없었다고요. 집에서 온통 고양이 냄새가 나기 시작했고 길에서 데리고 온 고양이들이 대개는 피부병을 앓고 있어 병원에 다녀야 하는 일도 만만치 않았고 무엇보다도 피부병이 다 나을 때까지 고양이를 격리시켜야 하는데 A가 간호를 핑계로 한사코 고양이들에게 다가갔다고요. 나중엔 피부병이 옮아 A도 치료를 받아야 했다죠. 각각 집으로 데리고 들어온 시기가 달라 매번 소란이 그치질 않았겠군요. 책상 위나 식탁 위 물건이란 물건은 죄다 바닥에 떨어뜨리는 놈, 벽지나 바닥이나 북북 긁어놓는 놈, 한사코 침대 속에 들어와 자려고 하는 놈, 난리도 아니었겠어요. 네? 쉴 새 없이 빠지는 고양이털 때문에 숨도 못 쉴 지경이었다고요? 힘들었겠어요. 이름은 잊었지만 누군가한테 들은 얘긴데요, 고양이를 키우던 집으로 이사 가던 날 기겁했다고 해요. 목욕탕이며 세탁실이며 베란다며 어디에나 고양이털이 있었대요. 손바닥으로 밀면 털이 수북수북 만져지더래요. 오로지 고양이털을 없애느라 사흘 동안이나 열

수 있는 문은 죄다 열어두고 쓸고 닦고 했는데도 식탁에서 밥을 먹을라치면 고양이털이 국 위에 떠 있곤 했다더군요. 당신이 그렇게 엄포를 놓았으나 A가 집으로 데리고 들어오는 고양이 수는 점점 늘었지요. 고양이가 열 마리가 되었을 때 당신은 A가 보는 앞에서 가방을 쌌다고 하더군요. 당신은 충분히 그럴 만했어요. 고양이가 들어와 살기 시작하면서 당신 집에는 그야말로 성한 게 없더군요. 소파와 거실 바닥은 고양이 발톱에 긁혀 금이 가고 찢겨 있었고, 방석은 뜯겨서 솜이 비어져나오고, 커튼 또한 고양이들이 얼마나 타고 다녔는지 늘어지고 끊어지고, 책은 박박 긁어놓아 종잇장이 날아다니고…… 예전의 A라면 도저히 두고 볼 수 없는 풍경들이죠. A가 유난히 깔끔하잖아요. A는 옷에 잔뜩 고양이털을 묻히고 다니면서도 아랑곳하지 않았어요. 이게 사람 사는 집이에요? 고양이 소굴이지, 해도 A는 그냥 웃고 말았어요. 그런 A가 당신에겐 졌지요. 당신이 집에 들어오지 않으니 어쩌겠어요. 당신의 자동차 밑으로 뛰어들었다는 흰 고양이는 그때 내가 데려왔어요. 나머지 길거리에서 데리고 들어온 고양이는 A의 친가가 있는 시골로 보냈다는 것도 알아요. 틈이 나면 시골집으로 고양이를 보러 가긴 했어도 그런대로 A는 잘 견디는 것 같았는데 왜 다시 길에서 A가 고양이들을 데려오기 시작한 거예요? 그날 내가 고양이 한 마리를 더 데려갈 수 있겠느냐는 A의 전화를 받고 집에 갔을 때 머리에 두건을 쓴 A가 현관문을 열어주었어요. 고양이 냄새가 코를 찔렀어요. 저 회색 새끼고양이가 오줌을 꼭 현관 앞에 싸서 그렇다고 하더군요. 두건 밑으로 드러난 A의 화장기 없는 얼굴 때문이었을까요. A는 어디가 아픈 사람처럼 보였어요. 집이 너무 지저분했던지 간접 조명을 켜놓았더군요. 불 좀 환하게 켜봐요, 하려는데 여자아이 하나가 끝에 흰 털이 달린 장난감 플라스틱대를 들고 공기청정기 옆에 서서 안녕하세요? 인사를 했어요. 머리에 쓰고 있는 두건이 A의 것과 디자인이 똑같았어요. 고양이로 인해 황폐해진 거실 분위기 속에 새하얀 공기청정기는 홀로 서 있는 듯이 돋보였습니다. 당신이 산 거였군요. 여자애가 인사를 하느라 고개를 숙이는 사이 플라스틱대 끝에 달린 흰 털을 낚아채려고 저 회색 새끼고양이가 껑충 뛰어올랐어요. 여자애 이름이 나은이라고 하더군요. 아랫집 여자아이인데 고양이와 놀려고 온 거라 했어요. 어딘지 모르게 고양이같이 생긴 아이였어요. 여자애는 웃음을 터뜨리며 플라스틱대를 허공으로 치켜들고 달아났지요. A가 데려가달라고 했던 고양이는 바로 그 회색 새끼고양이였어요. 회색이 섞인 얼룩고양이들은 많이 봤지만 온몸이 모두 회색 털로 덮인 고양이는 처음 봤어요. 태어난 지 한 달도 안 된 것 같았어요. 물어보나마나 길에서 데리고 온 거겠죠. 회색 새끼고양이는 여자애 뒤를 졸졸 따라다녔어요. 여자애가 쓴 두건과 회색 새끼고양이의 꼬리가 함께 흔들렸어요. A가 싱긋 웃었던 것 같네요. 그런데 지금 생각하니 참 이상해요. 아랫집 아이라는데 옷을 마치 엄마와 딸이 부러 맞춰 입은 것처럼 입고 있었거든요. 앞가슴 쪽이 파인 흰 민소매 셔츠에 겨자색 카디건을 걸치고 자연스럽게 구김이 진 크림색 면치마를 입고 발목을 덮는 흰 양말을 신고 있는 A와, 멜빵이 달린 초록색 면치마에 역시 목이 파인 흰색 셔츠를 넣어입고 있는 여자애는 영락없는 모녀지간으로 보였어요. 똑같이 두건까지 쓰고 있었으니까요. 하여간 A와 여자애와, 귀를 쫑긋 세우고 소리를 내지 않고 눈을 반짝이며 흰 털을 낚아채려고 빙빙 돌고 있는 새끼고양이 사이엔 친밀감이 넘쳐흘렀어요. 마치 한 가족 같았죠. A가 집 찾기 힘들었냐고 물었어요. 힘이 들긴 들었죠. 아파트와 오피스텔과 상가 들이 줄을 이어서 풍경을 이루고 있는 그 신도시에 그런 깊은 골목과 그런 연립주택이 있는 줄 나는 처음 알았거든요. 호수공원 앞에 있던 아파트는 어쩌고 그리 이사 간 거예요? 아 참, A가 고양이들을 보내고 아파트 팔아 연립주택으로 이사한 뒤 그 차액으로 샌드위치가게를 냈었죠. 깜박 잊었습니다. 그러고 보면 당신도 참 무던하네요. A가 그 가게에서 적자만 내고 문을 닫았을 때도 그것 때문에 당신이 A를 다그쳤다는 얘긴 못 들었으니. 그렇구나. A가 다시 고양이를 집에 들이기 시작한 게 그 가게를 닫은 이후였군요. 샌드위치가게 문을 닫았을 때는 오히려 A가 편안해했다고요? 그랬어요? 그러면 언제부터 다시 고양이를 들이기 시작한 거예요? 병원에 다녀온 후라고요? 지금 생각해보니 자꾸만 구토증세를 느껴 임신인 줄 알고 병원에 갔다가 자궁 내막이 두꺼워져 아이를 갖기는 힘들겠다는 말을 듣고 오는 길에 고양이를 한 마리 데리고 들어왔던 것 같다고요? 워낙 A가 상심한 것 같아 A에게 신경을 쓰느라 다시 데리고 온 고양이에겐 잠깐 방심했다고요. 머리에 총알이 박힌지도 모르고 끝없는 두통에 팔 년을 시달리다가 일본에서 수술을 받게 된 아프가니스탄 소녀에 대한 기사를 읽던 날도 고양이 두 마리를 데리고 들어온 것 같다고요. 탈레반 전투세력이 카불을 점령하기 위해 총격전을 벌일 때 맞은 총탄이라지요. 소녀의 나이는 겨우 열세 살이었죠? 팔 년 동안이나 두통에 시달리다 시력까지 잃었다는 퉁퉁 부은 소녀의 얼굴은 나도 봤어요. 그날 A가 내온 홍찻잔을 손에 든 채 A를 물끄러미 봤어요. A는 나의 시선이 자신의 부은 눈을 보고 있다고 느꼈는지 손바닥을 펴서 가라앉질 않네, 중얼거리며 눈자위를 쓱쓱 문지르더군요. 새끼고양이는 여자애가 흔들어대는 플라스틱대를 좇아 소파 뒤로 식탁 뒤로 현관문 쪽으로 정신없이 따라다니고 있었어요. 한 마리뿐이었냐고요? 내가 갔을 때는 한 마리뿐이었는데 더 있었나요? 네? 열두 마리요? 지난번 스물몇 명이나 되는 여자들과 노인들을 죽인 연쇄살인범이 잡혀 현장검증하는 과정이 보도되던 무렵에 매일 한 마리씩 데리고 들어왔어요? 그랬군요. 그러면 다른 고양이들은 어딘가로 미리 보낸 모양이네요. 내가 갔을 땐 회색 얼룩고양이 한 마리뿐이었어요. 당신도 기가 막혔겠군요. 지난번에 일곱 마리를 보냈는데 이번에는 열두 마리라니. 뭐라고요? 크게 말해보세요. 저 회색 새끼고양이는 어린 딸을 성폭행한 의붓아버지가 증거불충분으로 감옥에서 나왔을 때 그의 어머니가 항의 표시로 손가락을 잘라 경찰서에 보냈다는 날 데리고 들어온 거였다고요? A는 그냥 당신이 이제는 단 하루도 고양이를 건디지 않는다고 했어요. 이미 그때 당신은 두번째 가출을 한 상태였죠. A는 화가 치민 당신이 집어던진 접시에 얻어맞았다고도 했어요. 근데 접시를 던진 건 너무한 거 아녜요? 예? 저 회색 새끼고양이에게 던졌는데 A가 막아서서 생긴 일이었어요? A가 처음 당신 자동차 밑으로 뛰어든 고양이를 키우기 시작한 게 벌써 일 년 전이죠. 그 무렵 내가 A를 방문했을 때의 저 흰 고양이는 흰 털실을 뭉

처 던져놓은 것같이 작았어요. 수줍음이 많아 사람 앞에 반듯이 앉
지도 못하고 구석으로만 숨어다녔죠. A는 위로 수고양이 셋을 두고
태어난 암고양이라서 그런다고 했어요. 오빠들 등쌀에 기를 못 펴
고 섞여 살아서 다른 고양이들보다 얌전한 것이라고요. 그런데 저
흰 고양이도 길에서 만난 거라면 그게 다 A의 추리였군요. A는 내
가 묻지도 않았는데 페르시아 종인 것 같아, 라고도 했죠. 페르시아
종은 두 눈의 색깔이 달라야 좋은 고양이라더군요. 눈 색깔이 다른
페르시아 종은 값도 비싸다면서요? 눈 색깔이 각기 다른 짝눈 고양
이라. 글쎄, 나는 아직 그런 고양이를 본 적이 없네요. 얼핏 생각하
기엔 눈 색깔이 짝짝이면 이상할 것 같은데. 한쪽은 황금빛, 한쪽은
에메랄드빛 눈동자를 가진 고양이가 존재하긴 하는군요. 나는 고양
이에 대해서는 무지해요. 저 고양이를 데려오기 전에는 여태 고양
이를 길러본 적이 없어요. 근데 일 년 전에 그 신도시의 A네 집에
내가 무슨 일로 갔더라? 겨우 일 년 전을 생각하는데 수첩 속에 지
워진 전화번호를 들여다보는 심정이에요. 아, 꽃박람회. 지난해 봄,
꽃박람회에서 우연히 A를 다시 만나게 되었어요. 나는 그때 박람회
장에서 꽃을 산 사람들의 화분을 차에 옮겨 실어주는 아르바이트를
하고 있었어요. 학교 때 통기타 동아리에서 함께 활동을 했으나 내
가 입학했을 때 A는 사학년이었어요. 일 년 후에 A는 졸업을 해서
함께했던 시간이 그리 많지는 않았어요. 친해질 기회도 없어서 A를
따로 만나는 일도 없었죠. 그날 꽃박람회에서 A와 재회한 것도 삼
년 만이었어요. 마침 아르바이트가 끝날 무렵이어서 A는 나를 집으
로 데려갔어요. A의 아파트 창문에서는 신도시의 호수가 내다보였죠.

그 창틀에 희디흰, 그때는 새끼였던 저 흰 고양이가 등을 보이고 앉아 있었어요. 호수 앞의 도로를 질주하는 자동차들을 응시하면서요. 자동차가 이쪽에서 오면 이쪽으로 고개를 돌리고 저쪽에서 오면 저쪽으로 고개를 돌리던 모습이 얼마나 사랑스럽던지요. 지치지도 않고 하염없이 창틀에 앉아 바깥을 내다보던 저 흰 고양이는 창틀에서 내려온 후로는 구석으로만 살금살금 숨어다녔어요. 그날 나도 모르게 고양이를 따라다녔어요. A가 당신과 함께 살고 있는 아파트 실내의 평온하고 다정한 분위기가 낯설어서였죠. 거실의 모든 것은 서로 조화를 이루며 아늑했죠. 소파와 쿠션과 창문과 블라인드와 벽에 걸려 있는 그림과 식탁과 그 앞의 의자들. 베란다 창에 달려 있는 풍경이나 화분들. 모든 게 튀는 것 없이 서로 어울렸어요. 네? A와 당신이 처음 가진 아파트였다고요? 그 아파트를 마련하기 위해 A와 당신은 쉰 적 없이 일을 했다고요? A가 그전에 일을 했었나요? 무슨 일요? 파티플래너요? 파티플래너라. A한테 어울리는 일이었네요. 그 옛날 통기타 동아리에서도 모임 때마다 프로그램을 짜고 장소를 알아내고 음식을 마련하는 일을 A가 나서서 했었거든요. 네? A가 회사도 운영했다고요? 파티를 기획하고 연출하는 회사요? 회사를 차릴 만큼 사람들이 파티를 그렇게 많이 벌이나? 하긴 요즘 파티에 대한 개념이 달라지긴 했더군요. 와인만 있어도 되는 파티도 있고. 책 읽는 모임이 주선하는 파티, 춤추기 좋아하는 십대 아이들이 벌이는 댄스파티. 어머니와 자녀만 사는 가정이 주최하는 어린이집 파티도 있고, 노인들끼리 하는 실버파티도 있고 주부들이 모이는 수다파티도 있다는 얘기를 들은 것 같은데 그런 모임도 파

200

티라고 부르나요? A는 파티를 벌이기에 적당한 장소만 섭외해주기도 했고 알맞은 음식만 만들어줄 때도 있었다고요. 그런데 파티 후에 돈을 떼먹고 시치미 떼는 사람들도 있었어요? 실내에 바위를 들이고 그 위에 이끼를 키우는 분의 스튜디오를 파티장으로 주선한 적이 있는데 어떤 사람이 그만 바위의 이끼 위에 올라가 춤을 추는 바람에 이끼가 다 망가져 곤욕을 치른 적도 있었다고요. 그랬어요? A가 파티를 준비하느라 동에 번쩍 서에 번쩍 하는 삶을 살았다고요? 쉴 새가 없었어요? 아이들 모임을 위해 풍선을 불고 있거나 손이 모자라 직접 음식을 만들고 있거나 언제나 일을 했었어요? 그랬군요. 쉬지 않고 일을 해서 마련한 아파트였군요. 언젠가 A가 했던 말이 떠오르네요. 자신은 어디에서나 난간만 보면 감전된 것같이 몸이 굳고 긴장이 된다고요. 무슨 일엔가 깊이 빠져 있을 때만 난간을 잊는다고요. 그래서 한시도 쉬지 않고 일을 했던 걸까요? 우습네요. 난간만 보면 몸을 움직이지도 못하게 긴장이 되곤 했다는 A가 난간을 가장 잘 타고 다니는 고양이에게 빠지다니. 그런데 그렇게 어렵게 구한 아파트를 팔고 연립주택으로 이사까지 하면서 샌드위치가게를 냈어요? 일을 하고 싶었으면 파티플래너 일을 다시 할 수도 있었을 텐데요. A가 그 일은 다시 하고 싶어하지 않았다고요? 조용히 샌드위치가게를 하면서 아이를 낳고 싶어했어요? 아, A가 아이를 낳고 싶어했어요? 어쨌든 내가 처음 가본 그 아파트는 어느 구석이나 단정하게 정돈이 되어 있어 깔끔했어요. 그 사이를 흰 꼬리를 보일 듯 말 듯 하며 소리없이 걸어다니는 새끼고양이. 왜 그랬을까요. 그때 나는 선인장이나 식탁 밑을 유영하듯 가볍게, 몸을 숨길 듯 드러내며 걸어다니는 고양이를 답삭 들어서 품에 안고 달아나고 싶은 욕망에 잠시 귀를 붉혔지요. 새끼고양이는 하얀 털실을 뭉쳐놓은 것같이 작아 주머니에 넣어도 들키지 않을 것 같았어요. 그때만 해도 보는 이로 하여금 평화로움과 아늑함을 주던 당신과 A의 집이었는데. 한 달 전 그날 밤 A에게서 특별히 이상한 낌새는 없었습니다. 눈을 내리깔고 손톱을 만지작거리기는 했지만 좀 우울한가보다 생각했어요. A는 리모컨으로 텔레비전을 켜주고는 고양이 물품들을 챙기러 갔었죠. 그사이에 고양이 화장실이며 밥그릇이며 물그릇 따위들이 다시 불어나 있더군요. 이동장을 챙기는 동안 나는 A가 내온 도자기 볼에 담긴 반으로 잘린 골든키위 속을 작은 나무스푼으로 파먹으며 뉴스에 시선을 주었어요. 서울대공원에서 포천시 국립수목원으로 옮겨지던 늑대 한 마리가 달아나 경찰과 대공원 직원들이 수색작업을 벌이고 있습니다. 생각 없이 화면을 응시하고 있던 내가 늑대가? 싶어 손에 들고 있던 키위를 내려놓았던 기억이 나요. 오늘 오후 두시경 서울대공원 동물병원 우회도로에서 일 톤 트럭에 실려 국립수목원으로 옮겨지던 암수 늑대 한 쌍 중 수컷이 나무우리를 물어뜯고 인근 청계산으로 달아났습니다. 늑대는 국립수목원에 분양하려고 이송하던 중이었는데, 아나운서는 도망친 늑대는 사육사에 의해 키워졌기 때문에 사람에게 피해를 줄 가능성은 적다고 말했지요. 늑대가 아닌 고양이도 새벽녘이면 그 옛날 사냥하던 습성 때문에 저도 모르게 발톱을 세우고 뛰어다니는 법인데. 아무리 사육사에 길이 들여졌다 하나 늑대는 맹수잖아요. 극한 상황에 처하면 어떻게 돌변할지는 아무도 모를 일이죠. 고양이 뒤

202

를 쫓아다니던 여자애가 화면 속의 늑대를 쳐다보던 기억도 나네요. 여자애는 아줌마, 늑대가 개같이 생겼어요, 라고 말했죠. 여자애에겐 도망친 늑대를 찾기 위해 풀어놓은 사냥개와 평소 우리에 갇혀 있던 늑대가 같아 보이는 모양이었어요. 그때 A가 화면 속의 늑대를 바라봤어요. 그러더니 나를 향해 밤길 조심해야겠는데? 라고 말했죠. 나는 동물원 쪽이면 과천이에요. 여기하고는 거리가 멀어요. 그랬죠. 그랬더니 A가 그래도 모르지…… 늑대라면야 과천에서 여기쯤이야 단숨에 오고 말걸, 그러는 거예요. 밤길 가야 하는 사람한테…… 내가 퉁을 주었죠. 겁먹었어? A가 내 등을 손바닥으로 두들기며 장난스럽게 웃었던 기억도 나요. 골든키위는 내가 지금껏 알고 있던 키위보다 속이 누런빛을 띠고 있더군요. 혀에 닿는 과육이 부드럽고 뒤끝에 남는 단맛이 깔끔했어요. 나는 키위 속을 손가락에 묻혀 고양이에게 내밀어보았죠. 내가 데려가야 할 회색 새끼고양이가 귀를 뒤로 젖히더니 냄새를 맡을 요량으로 코를 내 손끝에 갖다대었을 때, A가 사람 먹는 건 주지 마, 하면서 내 손을 탁 쳤던 기억도 나요. 내 검지손가락 끝에 붙어 있던 키위 속은 바닥으로 떨어졌죠. 사료를 먹이도록 해. 그게 좋아. 영양도 골고루고 배변도 잘되고…… 자꾸 사람 먹는 거 먹이면 나중엔 식탁에 뛰어올라. 식탁? 보시다시피 나는 식탁이 따로 없어요. 밥그릇과 반찬그릇을 쟁반에 담아 책상 위에 올려놓고 밥을 먹거나, 아니면 밥그릇은 손에 든 채 김치가 담긴 접시를 싱크대 위에 올려놓고 그냥 서서 먹지요. A는 냉정한 표정으로 고양이한테 너무 잘해주지 마, 라고 말했습니다. 인간을 별로 좋아하지 않아. 그러나 주인을 좋아하게 되면 충성심을 보여야겠다고 굳게 마음먹어. 나도 들은 얘긴데, 어떤 이가 기르는 고양이는 주인이 아프니까 어떻게든 주인을 위로해 줘야겠다는 생각을 한 거야. 세상에 요즘 아파트에 쥐가 어딨니? 그런데 어디에선지 쥐를 잡아와서 주인 침대맡에 올려놓았더래. 그러고는 침대 밑에서 의기양양하게 주인이 눈을 뜰 때를 기다리고 있었대. 주인으로선 기절초풍할 일이지만 고양이로선 아픈 주인에게 자기가 가장 잘하는 일을 보여주고 싶었던 거야. A가 말을 하는 동안에 고양이는 귀를 세우고 A 옆에 엎드려 있었어요. A는 능숙하게 고양이를 안아 이동장에 넣었죠. 그러고는 여자애에게 플라스틱대를 나에게 주라고 했어요. 내 방으로 가는 동안 고양이가 이동장 안에서 소란을 피울 것을 염려했던 거죠. 회색 새끼고양이는 흰 고양이와는 다르다고 했어요. 돌아가는 동안 고양이가 울거나 소란을 피우면 플라스틱대에 달린 흰 털을 이동장 틈으로 밀어넣고 흔들어 주라고 했어요. 그러면 그걸 잡거나 빨아대느라 조용해질 거라고요. 여자애는 얼굴을 심술궂게 일그러뜨리며 플라스틱대를 뒤로 감추었어요. 입을 삐죽거리면서요. 내가 회색 새끼고양이를 데려가려는 것을 그때야 알게 된 것 같았어요. 화가 잔뜩 나 있었죠. A가 여자애에게 다시 한번 플라스틱대를 나에게 주라고 하자 여자애는 팩 집어던지며 아줌마, 나빠! 소리치고는 현관문을 밀고 나가버렸어요. A가 불쑥 그러더군요. 나는 그곳이 별로 좋지 않았어. 어딜 가나 풍경은 무척 좋았지. 숲과 호수로 이루어진 곳이어서 어디나 그림엽서 같았어. 너무나 아름다워서 답답했어. 숲의 나무들이 사람들이었으면 싶었고 잔잔한 호수가 어물전이 펼쳐진 시장이었으면 했지.

나는 A가 말하는 '그곳'이 어디인지 몰랐지만 그냥 잠자코 귀를 기울였어요. 이상한 일이지. 더이상 여기에서 하루도 견딜 수 없을 만큼 사람들에 치이고, 노여움인지 분노인지 그런 것들이 목에까지 치받혀 떠났던 것인데도 숲과 호수가 있는 조용함도 별 도움이 되질 못했어. 기억나는 건 버림받은 고양이야. 그곳에선 고양이를 기르려면 서류를 준비해서 등록을 해야 했어. 내가 살던 아파트 뒤에 긴 숲길이 있었는데 아침이면 그곳으로 산책을 나가곤 했어. 그때마다 고양이 한 마리가 내 앞으로 튀어나와 뒤집어지는 거야. 네발을 허공으로 치켜들고 뒹굴고 애처롭게 바라보고 몸을 둥글게 말았다가 펴 보이고…… 내 앞에서만 그러는 게 아니라 숲길에 사람이 나타나기만 하면 그러더군. 나중에 알고 보니 어떤 이가 아파트에서 그 고양이를 기르다가 이사를 가면서 몰래 숲에 버리고 간 거래. 집 안에서 자란 놈이라 숲에 가서도 안락함을 그리워한 걸까. 사람들이 지나가면 숲에서 튀어나와 몸을 뒤집고 아양을 떨었던 건 자기를 데려가달라는 뜻이었던 거야. 사람들은 고양이가 먹을 생선 같은 걸 들고 나와 던져주긴 했지만 집으로 데려가진 않았어. 나도 마찬가지였지. 불쌍히 여겨져서 잠깐 집으로 데려갈까 하는 마음도 들었지만 이미 다른 사람 앞으로 등록된 고양이를 데려다 기르면 절도에 해당된다고 하더군. 합당한 절차를 밟을 수 있었겠지만 그런 성의를 보이기란 쉽지 않은 일이었어. 그런데 어느 날 아침에 보니 고양이가 자동차에 치여 죽어 널브러져 있더라. 얼굴과 발은 형체조차 알아볼 수가 없었지. 그런데 A가 말했던 '그곳에서 살 때'의 그곳이 어디인가요? 시애틀요? A가 시애틀에서 살았었나요? 네?

A의 전남편이 시애틀에 있어요? 전남편이라니요? A는 당신과 재혼한 건가요? 그것도 나는 몰랐네요. A가 지칭하는 그곳이 어딘지 궁금했으나 더위에 지쳐 그저 키위 한 조각을 마저 파먹었어요. 네? A가 파리에서도 산 적이 있고 밴쿠버에서 산 적도 있어요? 리마에서 몇 개월 머물렀던 것까지 합하면 국경 바깥 나라의 다섯 도시에서 살았다고요? 아, A는 그동안 참 여러 군데를 옮겨다니며 살았군요. 대학 삼 년 선배이니 겨우 세 살 더 많을 뿐인데 A가 할머니처럼 여겨지네요. 그런데 A는 왜 돌아왔죠? 더이상 외국 생활을 견디기 힘들어서요? 전남편이 뭐하는 사람이었는데 그렇게 돌아다니며 산 거예요? 그러고 보니 나는 당신 직업도 아직 모르는군요. 당신은 뭐하는 사람이죠? 세무서요? 그렇군요. A의 남편인 당신이 세무서 직원이었군요.

자정이 지난 신도시는 지독한 안개에 뒤덮여 있었어요. 근처에 호수가 있어 안개가 더 짙었던 모양입니다. 안경을 A네 집에 두고 나온 것을 길을 잃고 나서야 알아챘죠. A의 집을 찾아갈 때도 별 어려움 없이 찾아갔으니 온 길을 돌아가는 일이야 뭐 어렵겠는가 싶어 집 쪽으로 돌아가는 방향을 자세히 설명하는 A의 말을 허투루 들은 게 불찰이었어요. 어쩌면 하나백화점 앞에서 우회전을 하라는 것을 백화점이 보이는 블록에서 미리 우회전을 해버린 게 방향감각을 잃게 된 시작이었는지도 모르겠어요. 구파발 방향이라고 여기며 길을 잡고 운전을 하다보니 어디쯤에선가 도로 바닥에 자유로라는 큰 글씨가 보였습니다. 자유로로 들어서기 전에 유턴을 해서 다시

구파발을 향해 간다고 가고 있는데 어느새 다시 A의 연립주택으로 올라가는 골목 앞에 돌아와 있더군요. 이정표의 글씨가 보이질 않아 감으로 우회전, 좌회전을 연거푸 하다가 신도시를 빠져나가는 출구가 어디인지 아예 감을 잃고 말았어요. 차를 멈추고 보면 끝도 없이 시야를 가리는 아파트 단지 입구이거나 다시 차를 세우고 보면 안이 전혀 들여다보이지 않는 대형 마트 앞이곤 했죠. 처음 와보는 길도 아닌데 나는 방향감각을 아예 잃어버렸어요. 안개 속에서 눈을 부릅뜨고 이정표의 글씨를 읽는 데만 정신이 팔려 있다가 뒤에서 클랙슨 소리가 들리면 다시 핸들을 잡곤 했어요. 그 거리는 이전에 논과 밭이었다고 하더군요. 논과 밭, 평지에 세워진 고층 아파트와 대형 마트와 빌딩 들이 방향감각을 잃고 헤매는 나를, 내려다보고 있었어요. 옆좌석 이동장에 갇혀 있던 고양이가 소리를 질러대기 시작했어요. 발을 내밀 수 있는 틈마다 발톱을 세워 내밀고는 박박 긁어댔어요. 가뜩이나 신경이 예민해져 있는 나의 귀에 회색 새끼고양이의 울음소리와 긁는 소리는 천둥소리마냥 크게 들렸죠. 내가 무심코 고양이를 달랠 양으로 손을 내밀었을 때 고양이는 발톱을 세우며 내 손등을 할퀴어버렸어요. 어찌나 순식간에 일어난 일인지요. 당하고 나서야 A가 고양이가 귀찮게 굴면 플라스틱대를 틈 안으로 밀어넣어 흔들어주라던 말이 생각났습니다. 그런데 이건 귀찮게 구는 정도가 아니라 공포스러웠어요. 손등에선 금세 피가 새빨갛게 배어나왔죠. 대체 여기가 어디쯤인가, 싶어 나는 손등의 피를 휴지로 닦아내며 차창 바깥을 내다보았어요. 국립암센터. 도로 건너편에서 반짝이는 불빛 중에서 가장 선명한 불빛은 암병동 불빛이더군요. 모골이 송연해져 있던 나는 한밤중에 기차를 타고 가다가 산자락 밑의 어느 집에 켜져 있는 불빛을 바라보는 양 암병동에 켜진 불빛을 무연히 바라보았어요. 내 얘기 좀 해도 되나요? 위암을 앓던 어머니는 쉰이 되던 해에 암병동에서 생을 마쳤죠. 아버지는 어머니가 생전에 새옷 입는 걸 보지 못했다면서 수의를 마련하려 했어요. 삼베 수의를 마련하는 돈이 수월치 않다는 걸 알게 된 어머니는 수의를 준비하려는 아버지에게 화를 벌컥 냈어요. 수의를 입을 일이 없을 거라고요. 꼭 병을 이겨서 건강한 몸으로 집으로 돌아갈 생각이므로 수의는 칠순이나 되면 마련하겠노라고요. 결국 어머니의 수의는 평소에 즐겨 입던 한복이 대신했죠. 어머니의 서랍에서는 나와 오빠 앞으로 각각 부은 삼천만원짜리 적금통장이 나왔어요. 자그마치 이십 년을 부은 적금통장이었지요. 어머니가 죽고 일 년 만에 재혼을 한 아버지는 나에게 이 원룸을 얻어주었어요. 대학을 졸업하던 해에는 어머니가 마련해두었던 통장도 내게 주었어요. 이미 이 세상에 안 계신 어머니가 모아놓은 돈이었죠. 오빠는 결혼을 하면서 총각 시절 자신이 몰던 자동차를 내 명의로 옮겨주었어요. 내 식구들은 각자의 방식대로 나를 떼어놓거나 떠나면서 그렇게 한 가지씩 남겨주었습니다. 통장을, 원룸을, 중고 자동차를. 나는 여태껏 그 원룸에서 그 통장에 있는 돈을 찾아 쓰며, 그날 밤 사고가 나기 전까지 그 자동차를 몰며 살았어요. 이야기가 엇길로 샜군요. 어디로 가야 할지 방향을 잡지 못한 채 빌딩과 아파트 사이를 헤매는 동안 이동장 속의 회색 고양이는 잠시도 가만있질 않았어요. 그 좁은 공간에서 날뛰는 고양이 때문에 정신을 똑바로 차릴 수가 없었어요. 운전대를 잡고 있는 손에 힘이 갔습니다. 고양이가 튀어나올 것만 같아 등이 곧추세워지곤 했어요. 어느 순간 저는 그만 급브레이크를 밟기도 했죠. 동물원을 탈출했다는, 화면 속에서 본 늑대가 앞 차창으로 뛰어오르는 것만 같았거든요. 이마와 목덜미에 식은땀이 흘렀습니다. 급브레이크를 밟았을 때 이동장이 앞으로 쏠려 뒤집어지고 그 바람에 문이 열려 고양이가 튀어나왔어요. 흥분한 고양이는 잽싸게 이동장을 박차고 나와 뒷자리로 튀었습니다. 낭패스러웠어요. 겨우 회색빛 나는 새끼고양이 한 마리를 안전하게 데리고 가지 못하고 한밤중 길을 헤매는구나, 싶으니 맥이 빠지고 우울해졌습니다. 불안하고 초조해졌어요. 그동안 이백 장은 더 썼을 내 이력서와 자기소개서 들. 내가 신고 다닌 뒤축이 닳은 신발들. 아침에 잠에서 깨어날 때마다 오늘은 어째야 하나, 싶어 꾹 감고 있던 눈. 더위 때문이었을까요? 내가 신도시의 거리가 아니라 한번 발을 잘못 디디면 몸까지 쑥 빨려드는 늪 속에 서 있는 기분이었어요. 이동장에서 빠져나간 회색고양이는 겁을 먹고는 자동차 안을 여기저기 옮겨다녔습니다. 그 행동이 어찌나 잽싼지 움직일 때마다 고양이 입에서 회색 안개가 토해져나오는 것 같았어요. 겁을 먹은 채 회색고양이의 동선을 따라 눈동자만 굴렸습니다. 그때였어요. 내 차가 멈춰선 곳은 중앙선에 분리대들이 쭉 세워져 있는 도로였어요. 그런데 갑자기 어둠 저편에서 두 줄기 벌건 불빛이 내 차를 향해서 빠른 속도로 다가오고 있지 않겠어요. 나는 처음엔 설마 그게 자동차이리라고는 생각을 못 하고 저게 뭔가 하고 한참을 바라봤죠. 웬 짐승이 눈을 벌겋게 뜨고 달려오는 것 같았거든요. 늑대인가? 나는 눈을 비벼봤어요. 내 차를 향해 달려오는 게 그냥 불빛이 아니라 역주행해오는 자동차 헤드라이트라는 것을 깨달았을 땐 어떻게 피해볼 도리가 없는 상황이었어요. 아세요? 자동차가 맞은편에서 나를 향해 질주해오는데 피할 수도 없이 그저 바라보고 있는 그 심정을요. 어어, 하는 사이 마주 달려오던 자동차는 내 차 운전석 옆자리, 방금 전까지 고양이가 들어 있던 이동장이 있던 옆좌석을 세게 들이받고는 내처 달려가더군요. 오빠에게 물려받은 내 중고차는 늑대의 습격을 받은 것처럼 조수석 부분이 형편없이 부서졌답니다. 나는 도로 한복판에 차를 멈춘 채 운전대에 손을 올리고 한동안 멍하니 있었어요. 온몸이 덜덜 떨리고 있었어요. 마치 누군가의 나쁜 꿈 속에 불려들어간 느낌이었죠. 다행히 내 몸에 이상은 없는 것 같더군요. 사지도 멀쩡했고 머리도 어디 부딪히거나 하지 않았어요. 회색 새끼고양이도 얼이 빠진 듯 뒷자리에 가만히 있다가 내가 뒤돌아보자 야옹, 하고 짧게 울었습니다. 역주행하던 자동차는 그대로 삼 킬로쯤 더 달리다가 경찰에 붙잡혔어요. 근처의 파출소 입구에서 보게 된 운전자는 서른쯤 되어 보이는 야윈 남자였는데, 약물중독자 같더군요. 얼굴은 형광등 불빛처럼 창백했는데 자꾸만 입으로 거품을 토해냈습니다. 눈도 흰자위만 보였어요. 제정신이라고는 할 수 없는 사람이 큰 덩치의 차를 끌고 밤거리를 멋대로 누비고 다닌 거죠. 마누라가 자기를 버리고 갔다고, 집에 병든 노모가 기다리고 있다고 횡설수설해대더군요. 결국 나는 A에게 다시 돌아갔어요. 내 차는 보험회사에서 나와 끌어가고 전화를 받고 온 A가 나와 회색 새끼고양이를 데리고 다시 연립주택으로 갔답니다. 그날, 잠깐 당신을 만났잖아요. 아, 내가 회색고양이를 데려갔다고 하자 당신이 돌아온 거로군요. A가 현관문을 열자마자 회색고양이는 거실로 톡 뛰어내리더니 금세 소파로 뛰어올랐어요. 마치 집으로 돌아온 듯이요. 잠옷 바람으로 방문 앞에 서 있던 당신은 곧 방 안으로 들어가서 옷을 갈아입더니 그길로 다시 나가버렸죠. A는 체념한 듯이 집을 나가는 당신을 붙잡지도 못하더군요. 그때 왜 그렇게 매정했어요? 그렇게 다시 고양이를 들이기 시작하면 열두 마리 되는 건 시간문제였다고요? 당신이 나간 뒤에 우리는 소파에 앉아 있는 고양이를 보며 침묵 속에 오랫동안 있었어요. 얼마 후에 A가 그러더군요. 처음엔 당신도 고양이를 사랑했다고요. 그랬나요? A가 처음 흰 고양이 한 마리만 기를 줄 알았다고요? 그러게요. A는 왜 그렇게 고양이에 빠져들었을까요. A는 처음 흰 고양이가 집을 나갔을 때 당신이 정신없이 흰 고양이를 찾으러 다니던 모습을 아주 그리워하듯 말했어요. 비가 내렸는데 아파트 주차장의 자동차 밑을 일일이 플래시로 비쳐가며 흰 고양이를 찾으러 다녔다면서요? 흰 고양이가 집을 나간 지 세 시간이 지난 후에도 찾지 못하자 낙담하던 당신 모습을 A는 아주 그리워하며 말했어요. 새벽녘에 흰 고양이 울음소리를 듣고 화다닥 일어나 뛰쳐나가던 당신 모습을요. 고양이 이름도 당신이 지어주었다고 하던데…… 나는 그냥 흰 고양이라고 부른답니다. 흰 고양아, 이렇게요. 살다보면 자신도 모르게 무슨 짓인가를 하고 있는 때가 종종 있는데 지금 저 고양이들과 살고 있는 내가 그래요. A도 마찬가지였겠죠. A는 저 흰 고양이를 만나기 전에는 고양이를 좋아하지 않았다고 했거든요. 싫어한 것까진 아니었으나 고양이가 우는 소리를 들으면 기분이 별로였고 밤거리에서 어쩌다 집 없는 도둑고양이라도 만나게 되면 슬슬 피하곤 했대요. 아주 오래전 일인데, A가 시골집에 갔더니 담장 위나 장독대 위의 고양이들이 눈에 띄더래요. 불쌍하다고 A의 어머니가 자꾸 먹을 것을 주니까 동네에 떠돌아다니던 고양이들이 집에 살기 시작했어요. 여름이어서 발을 쳐놓고 A가 방 안에서 책을 읽고 있는데 자꾸만 고양이 한 마리가 안으로 들어오려고 발을 긁어댔대요. 귀찮은 생각에 읽던 책을 홱 집어던졌더니 달아났다고 하더군요. 설핏 낮잠에 들었다 깨어나보니 고양이가 A의 머리맡에다 똥을 싸놓고 갔더래요. 그 이후 고양이에 대해 좋은 생각을 해본 적이 없었는데 자신도 어떻게 된 건지 모르겠다고 하더군요. 나도 A를 만나 고양이를 가까이에서 보기 전까지는 선입견이 있었죠. 어렸을 때 내가 자란 고장에서는 집 안에서 물건이 없어지면 절에 가서 우선 기름을 얻어왔죠. 그걸 고양이에게 붓고는 불을 붙였어요. 살아 있는 고양이한테 말이에요. 고양이가 불에 타는 동안 물건을 훔친 사람이 고양이로 변한다고 했어요. 끔찍한 일이죠. 뼈에 사무치게 원한을 가진 사람의 집에 고양이 간을 묻어놓으면 그 사람 간이 썩는다는 얘기도 떠돌았지요. 고양이가 사람이 자는 이불 속에까지 들어오게 된 이야기는 아세요? 바닷속 용왕의 아들이 너무 심심해서 하루는 잉어로 변신해서 바깥으로 나왔대요. 그 잉어를 낚은 어부는 잉어를 다시 바다에 놓아주었어요. 용왕이 준 여의주로 어부는 부자가 되죠. 여의주를 탐낸 방물장수가 여의주를 훔쳐가요. 그래서 어부 집의 개와 고양이가 강을 건너 여의주를 찾으러 가지요. 개는 망을 보고 고양이는 쥐왕을 볼모로 잡고서는 쥐떼를 조종해 여의주를 찾아내어 입에 물고 개의 등을 타고 강을 건너오다가 그만 여의주를 물속에 빠뜨립니다. 개는 그냥 여의주를 포기했지만 고양이는 어부가 그물로 잡아온 물고기 중에서 죽었다고 내다버린 물고기를 다 뒤져요. 여의주를 먹은 물고기는 죽었을 거라고 여긴 거죠. 죽은 물고기 뱃속에서 끝내 여의주를 찾아낸 고양이는 그걸 어부에게 갖다줘요. 그때부터였대요. 고양이를 어여삐 여긴 어부는 이부자리 속에까지 고양이가 들어오는 걸 허락했다는군요. A가 길에서 데리고 들어오는 고양이들은 다 귀머거리였어요. 당신 눈이 휘둥그레지는 걸 보니 몰랐던 모양이군요. 저 흰 고양이도 회색 새끼고양이도 다 귀머거리입니다. A가 저 흰 고양이가 귀머거리일지도 모르겠다고 생각한 것은 아무리 불러도 고양이가 뒤를 돌아보지 않아서였대요. 비가 내릴 때나 눈이 내릴 때 혹은 바람이 불 때면 끝도 없이 창가에 앉아 바깥을 내다보고 있는 그 고양이 옆으로 바싹 다가가서 귀 가까이에 대고 손뼉을 쳐도 고양이는 돌아보질 않았다고 했어요. 그러다가 뒤에 서 있는 A를 발견하고는 깜짝 놀랐다고 했어요. 고양이가 귀머거리구나, 깨달은 것은 작은 구슬을 가지고 놀기 시작한 뒤였대요. 집에 놀러 온 아이가 작은 구슬을 두고 갔는데 고양이가 그 구슬에 비상한 관심을 보이더니 세면장 타일 바닥에서 발로 탁탁 치며 놀기 시작했다고 했어요. 그 조그만 구슬을 발로 어르고 잡아채고 밀어내는 고양이를 보고 있으면 구슬을 가지고 노는 것이 아니라 구슬을 즐기고 있는가보네, 싶은 생각이 들 정도였다고 했어요. 어느 카페에 갔더니 마침 거기 유리병에 구슬이 가득 들어 있어서 한줌 집어와 바구니에 담아놓고 고양이한테 하나씩 던져주곤 했는데, 어느 날 구슬에 몰입해 있는 고양이를 보고 있자니 소리나는 쪽의 반대방향에서 구슬을 찾느라 정신이 없더라네요. 가만 보니 매번 고양이는 구슬을 소리로 찾지 못하고 눈으로만 찾아다니더래요. 안타까운 마음에 얼른 세면장의 불을 켜주었다고 했어요. 소리를 듣지 못하는 고양이는 구슬을 자주 잃어버렸대요. 구슬을 잃어버리고 나면 귀와 코가 빨개진 채 야옹야옹거리며 A에게 왔다는군요. 구슬을 잃어버렸으니 찾아달라는 칭얼거림이었겠죠. A가 세면장에 가보면 구슬은 경사진 곳에서 떼구르르 굴러다니며 그때껏 소리를 내고 있었대요. 소리를 듣지 못하는 흰 고양이는 구슬을 못 찾은 거죠. A가 어두운 곳에 빠져 있는 구슬을 집어내 다시 던져주면 고양이는 또 정신없이 구슬하고 놀았다네요. 귀머거리 고양이들과 지내다보니 이따금 소리를 전혀 듣지 못하는 귀들을 생각하게 돼요. 어쩌면 A가 길거리의 고양이들을 집으로 들이기 시작한 건 귀머거리 고양이들이 많았기 때문이 아닐까요? 소리를 듣지 못하는 귀들을 생각하고 있으면 너무 막막하고 곧 안절부절못하게 됩니다. 적막이 마음 안에 쌓이고 쌓여 비명을 지르고 싶어져요. 어느 때는 귓구멍을 손으로 막고 가만히 있어볼 때도 있죠. 그런데 소리를 듣지 못하는 고양이들은 움직이는 것이나 흔들리는 것에는 아주 민감하게 반응하더군요. 바람결에 무엇인가 흔들리면 혼절하도록 그 움직임을 따라다녀요. 방에 어쩌다 개미가 지나가면 방바닥의 조그만 개미를 주시하며 사뿐사뿐 따라다니다가 기어이 개미를 발로 차기도 해요. 창밖 나무 위에 새가 날아와 앉으면 창문에 달라붙어 새의 움직임을 끝도 없이 지켜보곤 하죠. A를 다시 보게 되면 말해주고 싶어요. 저 귀머거리 고양이들이 소리를 못 듣는 대신 움직임에 민감한 것에 대해 말이에요. 매사가 그런 이치라면 좋겠어요. 한구석이 모자란 대신 다른 구석이 풍성하다면 살아 있는 것들의 균형은 저절로 이루어질 텐데. A는 저 흰 고양이를 내게 보내면서 유독 구슬을 많이 챙겨줬지요. 그날 밤. 내가 다시 A에게 돌아갔던 그날 밤, A와 나는 잠을 이루지 못하고 폐허가 되어가고 있는 당신 집에 앉아 있었어요. 우리가 앉아 있는 거실은 어디 한 군데 고양이가 긁어놓지 않은 데가 없더군요. 당신이 이해가 갔습니다. 당신은 그대로 더 두고 보다가는 폐허가 되는 건 시간문제라고 했지만, 이미 폐허 같았거든요. 무더위 때문이기도 했겠지요. 고양이 때문에 집을 폐허로 만들어가고 있는 여자와 벌써 몇 년째 이젠 회사에 이력서를 낼 염도 못 내고 공무원 시험 공부를 하고 있는 여자가 함께 보내는 밤은 어둡고 길고 우울했어요. 눈을 감으면 그 밤, 동물원에서 탈출한 늑대가 선연하게 떠올랐지요. 어미늑대는 새끼늑대가 태어난 지 한 달쯤 되면 씹었던 고기를 뱉어 새끼에게 먹이면서 육식을 가르친다더군요. 새끼늑대는 이 세상에 나온 지 사십 일이 넘으면 고양이뼈 따위 단숨에 으스러뜨릴 수 있을 만큼 이빨이 강해진다면서요. 이때부터 어미는 노루나 염소를 잡아다가 그들의 숨을 끊어서 먹어치우는 방법을 가르친다는군요. 식욕이 엄청나게 왕성해서 산양이나 멧돼지 따위는 앉은자리에서 단숨에 먹어치운대요. 그런가 하면 일주일씩 아무것도 먹지 않고 견디기도 한다는군요. 열대야의 밤, 우리를 탈출한 늑대 생각이 잦아들면 곧이어 역주행을 해오던 자동차가 나를 향해 돌진

해오던 순간의 공포가 되살아났어요. 침묵 속에 있던 A가 갑자기 뭘 발견했는지 나 좀 봐, 했어요. A는 발톱을 내밀었어요. 엄지발가락의 발톱만 짧게 깎여 있었습니다. A는 어제 발톱을 다 깎은 줄 알았는데 엄지발톱 하나만 깎고는 다 깎았다고 생각하고 있었지 뭐야, 혼잣말하듯 웅얼거렸어요. 그럴 수 있는 일이죠. A도 별뜻 없이 웅얼거렸을 거예요. 그런데 참 이상하죠. 그날 밤에는요. 갑자기 그 말이 왜 그렇게 고통을 주든지요. 어렸을 때 들었던, 무서워서 혼자서는 넘지 못한다는 늑대고개에 A와 내가 서 있는 것 같은 기분이었어요. 불빛이 휘황한 신도시의 실내가 아니라 축축한 바위틈이나 쉴 새 없이 물방울이 떨어져내리는 어둑한 동굴 속에 갇혀 있는 것 같은 느낌이었습니다. 어느 화가가 그린 그림 속의 여자들이 생각났습니다. 그들은 팔 한쪽이 땅에 닿을 만큼 길었어요. 그림 속 여자들의 육체는 대개가 어느 한쪽이 불균형스럽게 툭 튀어나오거나 끝도 없이 성장을 계속해 상상을 초월할 정도로 한 군데가 풍요롭거나 아니면 절단기로 잘라낸 것처럼 뚝 잘려 있었어요. 어느 여자의 몸은 조각보처럼 덕지덕지 기워져 있더군요. 슬며시 A를 끌어안았습니다. 그 무더운 열대의 밤에 A와 나는 서로 껴안고 오한에 떨었습니다. 내 가슴에 와 닿던 떨리는 A의 가슴뼈의 감촉이 그대로 생각나는군요. A는 너무도 야위었더군요. 이마는 거칠었고 입술은 메마르고 목덜미엔 주름이 깊었고 탄력을 잃은 가슴 또한 젤리처럼 말랑해 쥘 것도 없었습니다. 등뼈는 튀어나와 있었고 종아리는 어린아이 것 같았으며 발가락 또한 가늘다 못해 휘어질 지경이었어요. A에겐 내가 그랬던 모양이더군요. 거친 내 이마 때문에 애무하는

A의 입술이 아픈 모양이었고 메마른 내 입술 때문에 A의 혀는 찔리는 듯한 고통을 느끼는 것 같았습니다. A는 불균형스럽게 솟아 있는 내 배를 쓰다듬었고 근육이 울퉁불퉁한 내 종아리를 어루만졌습니다. 야위고 거칠고 휘어진 우리의 몸은 너무도 비슷해 거울에 서로 비춰보는 듯했어요. 무엇인가로부터 쫓기는 듯한 공포 때문이었어요. A와 나는 서로의 황폐한 몸을 깊이 껴안았네요. 그러고는 놓질 않았어요. A가 울었던 것 같아요. 끅끅거리는 A의 울음소리가 내 귓전에 이렇게 남아 있는 것을 보면은요. 누가 먼저 잠이 들었는지는 모르겠군요. 꿈을 꾸었던 것 같습니다. 꿈에 고성 같은 집에서 수십 마리의 고양이들과 함께 살고 있는 A를 본 것도 같고, 아무도 없는 신도시의 반듯하게 정비된 도로에서 맨발로 서 있는 나를 내가 쳐다보고 있기도 했어요. 언젠가 들었던 인디언의 노래가 어렴풋이 들리는 것도 같았어요. 내 앞도 아름답고 내 뒤도 아름답네. 내 오른편도 아름답고 내 왼편도 아름답네. 내 위도 아름답고 내 아래도 아름답네…… 나는 꽃가루의 길에 들었다네…… 눈부신 햇살 아래 꽃가루가 날리는 길을 하염없이 걸어가고 있는 듯했어요. 그런데 나른한 노랫가락과 더불어 때때로 내 몸에 통증이 찾아왔어요. 약물중독자에게 차가 받힌 그 찰나, 내 어깨나 등 어딘가의 근육이 단단히 뭉쳐버린 모양이었어요. 온몸이 딱딱하게 굳어서 자면서도 고통을 느꼈으니까요. 그러다가 무슨 소리엔가 어렴풋이 의식이 들었어요. 그 소리가 고양이 울음소리라는 걸 깨닫고는 다시 잠 속으로 미끄러들다가 나는 정신이 번쩍 났습니다. 예사로 듣던 고양이 소리가 아니었거든요. 가슴을 후벼파듯 날카롭고 숨이 넘어갈

듯 가파른 울음소리였어요. 어서 눈을 뜨려고 했는데 눈두덩이 붓고 딱지가 내려앉아서 쉽게 떠지지가 않았어요. 손바닥으로 퉁퉁 부어 있는 눈두덩을 달래듯이 문지른 후 슬며시 눈을 떴을 때였어요. 연립주택의 베란다 쪽을 향하고서 거실 바닥에 모로 누운 채로 잠에서 깨어난 나는 잠깐 눈앞에 펼쳐진 상황을 어떻게 받아들여야 할지 몰라 멍하니 있었어요. 골목을 향해 있는 베란다 창문이란 창문이 죄다 활짝 열려 있어서가 아니라, 회색 새끼고양이 몸이 줄에 묶인 채 베란다 천장에 매달려 있어서가 아니라, A의 슬리퍼 한 짝이 베란다 난간 위에 매달려 있었거든요. 상황판단을 하기도 전에 벌떡 몸을 일으켰죠. 등 근육이 파열된 듯이 아프더군요. 내 몸의 관절들이 뚜두둑 내는 소리를 들으며 황급히 베란다 창에 매달려 아래를 내려다보았죠. 다행히 연립주택은 삼층에 불과했고 내려다보이는 골목은 새벽빛만 어른거릴 뿐 적요했습니다. 그때껏 쿵쾅거리고 있는 가슴을 쓸어내린 후 허공에 매달린 채 버둥거리고 있는 회색 새끼고양이의 몸을 풀어줬어요. 연약하게만 보이던 회색 새끼고양이는 내가 마치 저를 죽이기라도 하는 듯 몸을 죄고 있는 끈을 풀어내는 내 팔과 얼굴을 발톱으로 할퀴었습니다. 나는 금세 피투성이가 되고 말았어요. 허공에서 놓여나자마자 공포에 질린 회색 새끼고양이는 소파 밑으로 들어가 엎드렸어요. 뒤늦게야 집 안의 문이란 문이 다 열려 있다는 것을 알았어요. 현관문조차도요. 그 새벽에도 매미는 귀청을 뚫을 듯이 울더군요. 쉿, 저 소리 좀 들어봐요. 흰 고양이가 세면장 타일 바닥에 구슬을 굴리는 소리예요. 나무 그림자 낚아채는 것을 포기했나보군요. 곧 회색 새끼고양이도 저기

가서 놀 거예요. 회색 새끼고양이는 저 흰 고양이를 졸졸 따라다니
며 흰 고양이가 하는 짓을 그대로 따라해요. 아마 곧 흰 고양이가
구슬을 잃어버리고서 나에게 올 겁니다. 그때 회색 새끼고양이도
따라 나올 거예요. 그때 고양이들 눈 좀 보세요. 대낮에는 눈동자가
가느스름하고 빛깔도 회색인데 밤이 되면 달처럼 둥글어지고 푸른
빛으로 바뀐답니다. 어느 땐 붉은 눈이 되기도 해요. 그러나 조심해
요. 특히 회색 새끼고양이는 어리지만 아주 사납습니다. 날카로운
발톱을 털 속에 감추고 있다가 조금만 저에게 적대적이라 느끼면
할퀴어버리죠. 그러나 발바닥은 분홍색 살주머니가 매달려 있는 듯
이 부드러워요. 저들은 소리를 내지 않고 한밤을 걸어다닙니다. 피
를 닦고 문들을 닫고 A가 나타나기를 기다렸으나 두 시간이 지나도
록 A는 나타나지 않았어요. 여전히 무더웠지요. A를 기다리는 동안
이제는 나의 시간 어디로도 온전히 돌아갈 수 없겠다는 생각이 들
었어요. 날이 완전히 밝기 전에 나는 소파 밑에서 회색 새끼고양이
를 끌어내 이동장에 넣었지요. 고양이를 데리러 왔던 사람이니 고
양이는 내가 데리고 가요! A가 듣고 있는 양 큰 소리로 외치고는 당
신네 집을 나왔어요. 뒤돌아보지 않았어요. 긴 골목길을 걸어내려오
는 동안 도둑고양이를 세 마리나 만났지요. 이런, 내가 도둑고양이
라고 했군요. 그렇게 표현한 줄 알면 A가 속이 상할 겁니다. A는 길
에서 사는 고양이를 도둑고양이라고 하면 분노했지요. 도대체 그
가여운 짐승이 무엇을 도둑질했느냐면서요. 새벽 거리엔 집에서 살
지 않는 고양이가 수두룩하더군요. 나도 그중의 한 마리 같았습니
다. 잠깐 걸음을 멈추고 어느 집 앞에 떨어져 있는 조간에서 전날

밤 우리를 탈출한 늑대 사진을 물끄러미 봤던 기억이 나는군요. 귀가 빳빳하게 서 있었어요. 여기까지가 내가 A를 마지막으로 봤던 그날 밤에서 새벽까지의 일이에요. 차라리 듣고 싶지 않은 얘기인가요? 나 역시 다른 이도 아닌 당신에게 그날 밤에 관한 얘기를 이렇게 하게 될 줄은 몰랐습니다. 나 혼자 간직할 수밖에 없는 일로 여겼습니다. 먼 훗날 혹, 그럴 리도 없겠지만은요, 수풀에 뒤덮인 숲속의 창고를 A와 함께 발견하게 된다면 그 앞에 쭈그리고 앉아 땅바닥을 응시하면서나 나눌 얘기라고요. 그런데 A를 찾아 헤매는 당신의 진지하고 지친 얼굴을 마주 보고 있자니 그만 얘기가 흘러나오고 말았군요. A도 그럴까요. 그날 밤에 생긴 일을 누군가에게 말하고 있을까요? 그런데 나는 아직도 이 방을 지키고 있고, 설령 내가 실종된다 해도 당신이 A를 찾으러 다니듯이 나의 행방을 찾으러 다니는 사람은 없을 겁니다. 어쨌든 나는 그날 이후로 A를 만나지 못했어요. 통화조차 하지 못했습니다. 그런데 우리를 탈출했던 늑대는 어찌 되었죠? 사흘 만에 공기총에 맞아 포획당했다고요? 그랬군요. 나는 그날 이후, 저 아래 슈퍼에 가는 일을 빼고는 외출을 하지 않습니다. 신문도 읽지 않았어요. 여기는 마치 모든 빛이 끊긴 동굴 같아요. A는 지금 어디에 있는 걸까요?

모르는 여인들

내가 아는 아주머니 한 분은 지금 일본에 가 있다. 일본의 남쪽 가고시마의 마라톤대회에 참가하러 갔다. 나는 못 가본 곳이다. 기온이 따뜻하고 온천이 흐르는 곳이라고 한다. 지금쯤 아주머니는 마라톤을 마치고 따뜻한 온천물에 몸을 담그고 계실까? 나이가 예순이시다. 힘은 들었겠으나 나는 아주머니가 42.195킬로미터를 완주했으리라는 걸 믿는다. 아주머니는 이번엔 일본이지만 다음번엔 뉴욕에 있을지도 모른다. 일본이나 미국이나 특별한 의미는 없다. 이번엔 그냥 비행기를 타고 가서 달려보고 싶은데 일본이 가까운 곳이니까……라고 했으니 다음번엔 뉴욕이 먼 곳이니까…… 할 것이다. 아주머니가 처음부터 달리기를 좋아했던 건 아니었다. 아이도 없이 삼십칠 년간이나 함께 살았던 아저씨가 폐암으로 세상을 떠난 후 아주머니는 혼자 남게 되었다. 매일 신새벽에 일어나 아저씨의 무덤까지 걸어갔다 오곤 했다. 한 시간 삼십 분을 걸어가서 십 분 앉아 있다가 돌아오곤 했다. 어느 날 아주머니가 집을 나서는데 빗방울이 얼굴에 스치기 시작했다. 비를 조금이라도 덜 맞으려고 아주머니는 걷는 대신 달려보았다. 도중에 비가 그쳤는데도 달리는 게 괜찮아서 계속 달렸다. 그게 아주머니의 달리기의 시작이었다. 그로부터 매일 신새벽 아주머니는 아저씨의 무덤까지 달려갔다가 돌아오곤 했다. 달릴 때는 이 세상에 없는 아저씨에게 가까이 다가가고 있는 것만 같았다고 한다. 그렇게 계속 달려가면 천국에 있을지 지옥에 있을지는 모르나 폐 때문에 제대로 달리기를 해본 적이 없는 아저씨와 만날 수 있을지도 모른다는 생각이 들었다고 한다. 그래서 아주머니는 매일 조금씩 달리는 시간을 늘렸다. 누군가 매일 달리는 아주머니를 보고 마라톤대회에 출전해보라고 권했고 아주머니는 호기심에 하프마라톤대회에 참가해보았다. 혼자 달리는 것도 좋았으나 사람들과 함께 달리면서 다른 사람들의 숨소리를 듣는 것이 괜찮았다. 게다가 다른 사람들이 달리는 킬로 수까지 모두 합해져서 자기 것이 되는 것 같았다고 아주머니는 말했다. 다른 사람이 달리는 것까지 다 합해서라도 빨리 아저씨 가까이 가고 싶었던 아주머니는, 그래서 이제 일본에까지 가서 달리고 있는 것이다.

*

채의 편지를 지난주 화요일에 받았다.

무릎을 톱으로 잘라내고 인공관절을 박는 수술을 한 남편이 통증 때문에 어린애처럼 눈 속에 눈물이 그렁그렁한데도 간병인에게 맡겨놓고 돌아온 날이다. 금요일까지는 끝내줘야 할 출판사의 책 표지 디자인을 감도 못 잡고 있었다. 처음으로 표지 디자인을 의뢰받은 출판사였다. 게다가 내가 좋아하는 작가의 책이기까지 했다. 잘하고 싶었다. 그런데 덜컥 남편이 수술 날짜를 정해버렸다. 회사에 삼 개월 휴가까지 받아내고서. 남편이 맡아 하고 있던 프로젝트가 마침 끝이 나서 앞으로 반년 동안은 그가 없어도 괜찮은 타임인 모양이었다. 늘 관절 때문에 한밤중에도 일어나 앉아 있기 일쑤인 남편으로서도 큰 결심이긴 했다. 그런데 하필 왜 이때란 말인가. 우편물을 정리하는데 카드사와 통신사 들이 보내온 요금이나 세금용지가 든 봉투들 사이에 채가 보낸 편지가 섞여 있었다. 나는 채가 보낸 편지를 금세 알아보았다. 세월이 이십 년이나 흘렀는데도 그 글씨체는 여전했다. 나는 채가 보낸 편지를 손에 들고 채가 썼을 내 집 주소와 내 이름을 한참 들여다보았다. 이십 년 전 남자친구의 글씨체를 한눈에 알아보는 내가 약간 낯설기도 했고, 잊혀진 길 위에 쌓여 있던 썩은 나뭇잎 따위가 치워지고 그 길을 따라 난 오솔길이 보이는 듯도 했다. 나는 한때 채에게 매일 편지를 썼다. 그래야만 견딜 수 있었던 시절이 있었다. 채가 내 주소를 어떻게 알았을까. 채와 헤어진 후 나의 주소는 열 번도 넘게 바뀌었다. 헤어졌다는 내

표현을 채가 받아들일지는 의문이다. 엄밀히 말하면 나는 채가 나와 작별을 할 기회를 주지 않고 일방적으로 도망쳤으니까. 그런 채로 이십 년이 흘렀으니까. 채가 나의 메일 주소를 알아내 메일을 보내온 거라면 그럴 수도 있으려니 생각하겠는데 손글씨로 쓴 편지였다. 나는 편지를 식탁에 두고 개수대에 쌓여 있는 그릇들을 씻고 빨래통에서 남편의 속옷을 꺼내 비누칠해서 빨래판에 대고 초벌을 문지른 다음 세탁기에 넣었다. 세탁기 돌아가는 소리를 들으며 비눗물 묻은 손을 수건에 닦고 나와서도 채의 편지를 뜯어보지 못하고 바라만 보았다. 그러는 사이 채와 함께했던 한 시절이 물밀듯이 내 부엌에까지 밀려와 있었다. 나는 다음날 아침에 남편의 병원으로 가는 택시 안에서 채의 편지를 뜯어보았다.

나는 혼자 힘으로 해결하기 어려운 일에 부딪힐 때마다 너를 생각하곤 했어. 너라면 이럴 때 어떻게 했을까? 그러면 내가 그 상황에서 어떤 처신을 해야 하는지 답이 나오곤 했지. 지난 이십 년 동안 그랬다. 지금 한번 만나고 싶다. 그냥 한번 만나고 싶어. 만나주었으면 한다. 우리가 다니던 학교 연극관 앞에서 금요일 오후 두시에 기다릴게.

잘못 전달된 편지를 읽고 있는 것 같았다. 아득한 세월 저편의 채가 지난 이십 년 동안 나를 기준 삼아 생각하고 행동했단 말인가. 사실이라면 두렵고 어색한 일이다. 맞은 사람은 발을 뻗고 자도 때린 사람은 편히 잠을 못 자는 법이라는데 나는 채를 배반해놓고도 지난 이십 년 동안 거의 채에 대한 생각을 하지 않았다. 이따금 프로야구 중계방송을 보게 될 때면 어떤 여름이 스쳐 지나가기는 했다. 프로야구가 출범하던 원년에 나에게 첫 조카가 태어났다. 함께 살던 올케가 시골에 가서 조카를 낳았으므로 오빠는 자연 주말이면 아내와 딸을 보러 시골에 가게 되었다. 집에는 나 혼자만 남게 되었다. 채는 그런 나를 보러 왔다. 우리는 거실에 나란히 앉아 TV를 켜놓고 프로야구 중계를 보았다. 나는 그 당시 도루왕 김일권이나 오리궁둥이라는 별명을 지닌 타자 김성한이 있는 해태 팀을 응원했다. 그 팀에 이상윤이 있었기 때문이다. 채가 응원하는 팀은 없었다. 그 여름, 빈집을 지키는 일이 잦은 나를 만나러 와 TV를 함께 보고 있었을 뿐이다. 어느 날 김성한이 오리궁둥이를 뒤로 빼고 볼을 치려는 모습을 뚫어져라 보고 있는데 문득 채가 두 손으로 내 얼굴을 감싸더니 내 입술에 제 입술을 갖다대었다. 첫 키스였다. 나는 놀라서 엉뚱하게 채의 등 너머로 뻗어 있는 발가락만 쳐다봤다. 채의 발가락들이 거실 바닥에 자유롭게 뻗어 있었다. 참 잘생긴 발가락들이라고 생각했다. 그 발가락을 보고 있다가 누군가 첫 키스 땐 눈을 감아야 한다고 일러줬던 게 생각나 얼른 눈을 감았다. 순식간에 일어났던 그 첫 키스가 달콤했다든가 아니면 어느 시구절처럼 날카롭다든가 해서 그날이 가끔 생각났던 게 아니다. 야구중계는 계속되고 짧은 키스를 마친 우리는 곧 서먹해졌다. 나는 계속 채의 발가락을 쳐다보고 있다가 어찌나 서먹한지 하마터면 채의 뺨을 때릴 뻔했다. 그 긴장을 깨고 느닷없이 채는 내가 훌륭한 사람이 될게, 라고 말했다. 뭐어? 순간적으로 푸하! 하고 웃음이 터져나왔다.

채도 자신이 한 말이 우스꽝스러웠는지 헛웃음을 날렸다. 그 터져 나온 웃음 덕분에 첫 키스 뒤에 찾아온 서먹함에서 채와 나는 겨우 벗어날 수 있었다. 내가 가끔 생각했던 건 첫 키스 후의 그 서먹했던 순간이었다. 슬픈 것도 같고 서러운 것도 같고 아니 조금 무거운 것도 같았던 그 서먹했던 순간. 채가 군에 입대할 때까지 우리는 거의 매일 만났으므로 우리에게도 데이트하는 남녀 사이에 있을 법한 일들이 있었다. 그런데 왜 내게는 그 첫 키스 후의 우리 둘 사이에 찾아들었던 그 서먹했던 순간만이 각인되어 있는지 모를 일이다.

금요일은 곧 찾아왔다.

지금 가야 늦지 않아, 나는 남편이 입원해 있는 병원의 세면장에서 거울에 비친 내 모습을 빤히 들여다보았다. 책 표지 디자인은 전혀 진행되지 않고 있었다. 잠을 못 자서 벌겋게 충혈된 눈이 거울 속에 있었다. 통증 때문에 잠을 이루지 못하고 고통스러워하는 남편으로 인해 나도 잠을 잘 수가 없었다. 게다가 두 시간마다 한 번씩 얼음팩을 수술 부위에 얹어서 묶어줘야 했다. 혼자 날마다 밤을 새우는 일은 무리였다. 하루 건너 간병인이 와서 나와 교대를 했다. 남편이 밤새 끙끙 앓으며 짜증을 부려서 나는 간병인에게도 그래? 하고 물었다. 그러는 내가 야속한지 당신도 한번 아파봐— 남편이 쏘아붙였다. 이렇게 아플 줄 몰랐어? 그래서 수술하지 말고 견뎌보라고 했잖아. 물리치료 대신 수술을 선택한 건 당신이야. 내친 김에 목에 걸려 있던 말까지 내뱉고 말았다. 왜 당신 생각만 해? 남편은 여전히 이마를 찌푸리며 물휴지로 발가락 좀 닦아줘, 자꾸 냄새가 나는 거 같아, 라고 했다. 무슨 냄새가 난다고 그래…… 평소에 발도 잘 안 닦는 사람이. 다리를 마음대로 구부릴 수 없는 남편이, 닦아줘! 소리치듯 말했을 때 조용히 해, 여기 혼자 있는 거 아니잖아! 나도 지지 않고 언성을 높였다. 너하고 무슨 말을 하냐! 하는 표정으로 남편이 눈을 감아버렸다. 남편은 날이 밝아올 무렵에 가까스로 잠이 들었다. 그때라도 따라서 자뒀어야 하는데 그러질 못했다. 친정어머니에게 맡긴 딸애의 목소리가 벌떼처럼 머릿속에서 잉잉거리는 통에 눈만 감고 있었을 뿐이었다.

그러다가 퍼뜩 오늘이 금요일이란 생각이 들었다. 무심코 거울에 난 금에 오른쪽 검지손가락을 갖다대고 문질렀다. 곧 손가락에 피가 맺히고 핏방울이 툭툭 떨어졌다. 피는 붉은 게 아니다. 검붉다. 병원에서 피검사를 위해 남편의 피를 뽑을 때 주사기 안으로 뽑혀져나오는 피를 보고는 피가 왜 이렇죠? 라고 간호사에게 물었다. 간호사가 의아한 표정을 지었다. 빨간 게 아니라 검은색이네요. 왜 그렇죠? 간혹 받는 질문인지 간호사는 피가 원래 빨갛지 않아요. 검붉죠, 라고 말했다. 남편의 몸속을 돌아다니는 피가 저리 탁한 빛깔이라고 생각하니 기분이 묘해졌다.

나는 피가 흐르는 손가락을 얼른 혀끝에 대고 빨았다. 두시라고 했었다. 피맛이 이랬던가. 입안이 찝질했다. 세면장을 나와 간호사실로 갔더니 연고를 바르고 붕대를 감아주었다. 붕대까지야 싶었는데 감아둬야 감염되지 않는다고 했다. 창밖의 병원 담벼락엔 붉은 장미가 피어 있었다. 간병인이 병원으로 들어오는 게 보였다. 나조차도 내 마음을 모르겠다. 가봐야 한다, 는 마음과 가야만 하나? 하는 마음이 지난밤부터 싸우고 있는 중이었다. 남편을 병원에 두고 옛 남자친구를 만나러 간다? 뭔가 좀 구리지 않아? 웅얼거리며 가지 말자고 생각하면, 혼자 힘으로 해결하기 어려운 일에 부딪힐 때마다 너를 생각하곤 했어, 라는 채가 쓴 편지의 첫 구절이 떠올랐다.

교정에 들어서자마자 아카시아 냄새가 훅 끼쳐왔다. 아카시아꽃이 피었어? 나는 놀라서 사방을 두리번거렸다. 키가 큰 아카시아나무에 하얀 꽃들이 매달려 바람결에 흔들리고 있다. 경황이 없긴 없었나보았다. 이렇게 아카시아꽃 천지라면 집 앞에도 아카시아꽃이 피었을 텐데 오가면서 아카시아 향을 맡아본 적이 없다. 수두룩한 우편물 속에서 채가 보낸 편지를 금방 알아보았듯이 나는 아트센터로 이름이 바뀐 연극관 앞 계단에 서 있는 채를 금방 알아보았다. 채는 학교 안에 스타벅스가 들어와 있는 게 좀 이상한지 스타벅스 쪽을 뚫어져라 보고 있었다. 학생들 몇이 창가에 앉아 커피를 마시는 모습이 밖에서 훤히 보였다. 노트북을 켜놓고 자판을 치고 있는 여학생 모습도 보였다. 그리고 보니 예전에 도서관 자리였다. 시험 때면 채가 신새벽에 먼저 도서관에 가 나의 자리까지 확보해놓곤 했던.
채는 검은 슈트를 입고 있었다. 채가 고개를 돌리다가 석조 계단을 오르고 있는 나를 내려다보았다. 이십 년 전 조카가 태어났던 그 여름에 함께 프로야구를 보다가 첫 키스를 한 후 서먹해졌던 그때처럼 우리는 계단 몇 개를 사이에 두고 잠시 서로 어색하게 서 있었다.

—그래…… 훌륭한 사람이 되었니?

내가 채를 향해 외치자 채가 그때야 내 쪽으로 계단을 내려왔다. 채는 변하지 않았다. 아직은 곱슬머리도 약간 창백한 낯빛도 그대로이다. 어깨선이 딱 맞는 검은색 슈트. 흰 셔츠. 짧게 자른 머리. 결혼도 하고 아이도 있는 여자 친구들 몇몇이 만나 얘기를 하다가 연애를 할 기회가 생기면 어떻게 하겠느냐는 게 화제가 되었던 때가 있었다. 다들 좀 생각하는 눈치였는데 나는 곧바로 아니, 라고 대답했다. 모두들 나를 봤다. 아니 왜 그렇게 대답이 확실해? 생각을 많이 해본 모양인데? 대답이 선뜻 나오니 말야. 옷을 벗을 자신이 없어. 제왕절개 때 생긴 배의 흉터랑 이 굵어진 팔뚝이랑 어떻게 보여줘. 게다가 나 함몰유두잖아. 그건 또 어떻게 보여주니. 진심이었다. 뭐? 함몰유두? ……모두들 와르르 웃었다. 배의 흉터는 없앨 수도 있어. 요즘 기술이 얼마나 좋은데. 다이어트 성공하고 함몰유두 해결되면 할 수 있다는 뜻? 그래도 나는 아니라고 대답했다. 모두들 에에— 하고 놀렸지만 진심이었다. 나는 늘 어제보다는 오늘이 낫다고 생각하는 사람이다. 60년대보다는 70년대가 나았고 80년대보다는 90년대가 나았고, 그리고 지금이 낫다고. 개인적으로도 이십대보다는 삼십대가 좋았고 삼십대보다는 사십대가 된 지금이 나쁘지 않다. 이유는 단 하나다. 연애감정에서 멀어졌다는 것. 그토록 막연하고 불안하고 죽을 것 같은 고통스런 감정들이 모두 다 연애감정에서 비롯된 것만은 아니었으련만 마음이 연애감정에서 멀어지자 자유로워졌다. 쓸쓸한 자유. 그 자유가 나쁘지 않다. 연애감정에서 멀어지고 나는 전공과는 상관없이 북 디자이너가 되었다. 일상에 집중했고, 어머니 생일을 챙기기 시작했다. 주변 남자들의 진실과 위선을 과장 없이 바라볼 수 있었으며, 나보다 젊은 여자들이 부러움 없이 아름답게 보였으며, 사람들하고 제법 스스럼없이 지낼 수 있게 되었다. 어딘가로 도망치고 싶은 욕구에 시달리지 않게 되었고, 여행지에서 전화통을 붙잡고 있는 대신 책을 읽을 수 있었으며 옛날 일을 떠올려도 웃을 수 있었다. 내게는 영원히 찾아올 것 같지 않았던 평화가 거기 있었다. 다시 한 사람을 향한 격정 속에 빠져서 매 순간을 휘둘리고 싶지 않다. 한 사람을 욕심내는 일은 격정만 주는 게 아니라 절망을 함께 준다. 그래서 가차없이 그 사람에게 상처를 입혀버리기도 한다. 그 격정과 절망 속에 다시 나를 밀어 넣고 싶지 않았다.

채와 나는 연극관이 보이는 벤치에 나란히 앉았다. 아카시아꽃이 핀 줄 몰랐어. 그런데 저기에 아카시아나무가 있었니? 있었다. 우리가 아카시아 숲이라고도 불렀지. 학교 안에 버스가 다니네? 그러게 말이야. 짜장면 배달도 오는데? 우리에겐 짜장면이 특식이었는데 지금 학생들은 가장 손쉽게 한끼 때우는 게 짜장면인 모양이었다. 오토바이를 타고 짜장면 배달하는 종업원이 나타나면 삼삼오오 모여앉아 있는 잔디밭의 학생들이 손을 흔들었다. 이십 년 전에 채가 싸오는 도시락을 나눠 먹었던 기억이 났다. 채는 아침마다 도시락과 함께 돈 이천원을 어머니에게서 받아가지고 나온다고 했다. 채는 도시락에 젓가락을 두 개 넣어왔다. 점심시간에 채와 나는 저 잔디밭에 앉아 채의 어머니가 싸준 도시락을 함께 나누어 먹었다.

누가 채와 나를 이십 년 만에 만난 사람들이라고 생각할까. 오월의 햇살 아래 지루한 표정으로 벤치에 앉아 있는 채와 나를, 학생들은 책상을 앞뒤에 놓고 일하는 교직원쯤으로 여겼을 것이다. 어쩌다 늦은 점심을 먹고 잠시 쉬고 있는 동료처럼 우리는 그동안 어찌 지냈느냐? 는 질문만은 용케도 피해 시시콜콜한 얘기를 계속 주고받았다. 학교에 건물이 많이 생겨 옛날 맛이 안 난다는 둥, 동급생들 중 만나고 있는 친구들이 있느냐는 둥, 지난 선거 때 투표는 했냐는 둥, 지지자가 대통령이 되었냐는 둥. 거기에 공통점은 있었다. 채와 나는 둘 다 지난 선거 때 투표를 안 했다는 것. 왜 안 했니? 내가 물었으니 거기에 대한 또 시시콜콜한 대답을 채가 해야 할 차례였다.

—너, 그때 왜 내게 그랬어?

나는 응? 하다가 흠칫했다. 내 눈동자가 흔들리는 걸 채가 지켜보았다. 나는 네가 지난여름에 한 일을 알고 있다, 라는 영화 제목을 처음 보았을 때처럼 나는 뒤에서 누가 나를 지켜보고 있기나 한 듯 뒤돌아보았다. 농구를 할 모양인지 한 무리의 학생들이 운동복 차림으로 우르르 농구장으로 몰려가는 게 보였다.

—왜 롯데백화점 앞에 서 있는 나를 보고 그렇게 도망쳤어?

—……

아! 나는 속으로 탄식했다. 그때 내가 도망쳤다는 걸 너는 알고 있었구나. 처음에 나는 인파 속에 서 있는 채를 내 쪽에서만 보고 있는 줄 알았다. 롯데백화점 앞에서 나를 기다리고 있는 채를 숨어서 이십 분쯤 지켜보다가 나는 뒤돌아서서 뛰었다. 나는 채가 내가 자기를 발견하지 못하고 돌아가는 거라고 여기길 바랐다. 그것이 도망치는 나를 보는 것보다는 덜 상처받는 것이라고 여겼기에. 그런데 알았구나. 그게 우리들의 작별이었다. 나는 그 이후로 채가 보내는 편지에 답장하지 않았다. 오빠 집에서 분가를 해 전화번호를 바꿨고 채와 함께 만나던 친구들 사이에서도 빠져나와 혼자가 되었다. 지금까지도 그때의 친구들을 만나지 않는다. 그런데 채는 이 질문을 하려고 이십 년이나 지난 지금 나를 만나자고 한 것인가.

—이제 와 내가 그때 얘기를 왜 해야 하는데?

—듣고 싶어. 그러면 무슨 실마리를 찾을 수 있을 것도 같아.

—실마리라니?

—그냥 얘기해봐. 그때 왜 그랬는지.

나는 그제야 내가 이 자리에 왜 나왔는가를 후회하며 채의 얼굴을 똑바로 보았다. 채의 얼굴은 까칠했다. 눈이 붉게 충혈되어 있었다. 오랫동안 잠을 제대로 자지 못한 듯한 얼굴에 무거운 고독이 내려앉아 있었다. 뭐라고 한마디 쏴붙일 참으로 채를 쳐다봤으나 그 고독한 얼굴을 보자 가슴이 턱 막혔다. 이십 년 전에 롯데백화점 앞에서 나를 기다릴 때의 그 얼굴이었다.

—넌 아직도 겨울이 되면 코가 붉어지니?

왜 투표하지 않았느냐는 내 질문에 대답 대신 왜 그때 롯데백화점 앞에서 자신을 두고 도망쳤는지 물어온 채에게 나 또한 엉뚱하게 물었다. 눈은 붉어진 채 채가 목젖이 울리도록 웃었다. 채는 겨울이 되면 붉어지는 자신의 코를 내 앞에서 감추려고 자주 코를 가리곤 했다.

채가 가방을 열고 노트 한 권을 꺼내 내게 내밀었다. 아무 특징도 없는 검은색 스프링 노트였다. 스프링 속엔 역시 특징 없는 볼펜이 한 자루 끼워져 있었다. 내가 노트를 받아들자 채가 아내의 노트라고 말했다. 아내? 채의 아내? 아, 그렇지. 내게 남편이 있듯이 채에게도 아내가 있겠지. 그런데 나는 채에게 아내가 있으리란 생각을 못 했다. 그러고 보니 어느 겨울 눈이 오는 날 채에게서 전화를 받았던 기억이 났다. 저녁밥을 지으려고 쌀을 씻고 있을 때였다. 받지 않는데도 전화벨은 계속 울렸다. 창밖엔 눈이 내리고 있었다. 옆집에서 크리스마스캐럴이 들려왔다. 쌀을 씻던 걸 멈추고 전화기 앞으로 갔다. 여보세요? 했을 때, 그때도 채는 어제 만났다 헤어진 사람처럼 나야, 그랬다. 나는 또 몇 년 만인지도 모를 채의 목소리를 알아듣고는 너구나…… 그랬다. 우리 사이에 잠시 침묵이 흘렀다. 현관문이 열리더니 퇴근한 남편이 아파트 광장에서 눈을 뭉쳐 손에 들고 와서는 전화를 받고 있는 내 목덜미에 집어넣었다. 앗 차가워! 전화를 받다 말고 소리쳤다. 채가 뭐어? 물었다. 아니야! 남편이 눈장난을 쳐서 그래. 나는 수화기를 귀에 바짝 갖다댄 채 남편을 흘겨보았다. 잠시 침묵이 흘렀던가. 채가 나, 아이 낳았어, 라고 말했다. 아이? 응, 여자아이야. 이름이 은표야. 은표? 응, 은표. 이름 예쁘네…… 하다가 나는 멈칫했다. 은표라구? 아주 오래전에 채와 함께 봤던 영화의 여주인공 이름이 은표였다. 영화 내용은 다 잊었지만 은표 역할을 했던 배우가 참 예뻤던 기억이 났다. 영화관을 나와서 채와 나는 영화 이야기보다는 은표 역할을 한 그 배우 이야기를 더 많이 했다. 그리고 우리가 결혼을 해서 첫딸을 낳으면 은표라고 이름을 짓자고 했었다. 그때는 무슨 말이든 다 할 때였다. 채를 중심으로 이 세상이 돌아갈 때였으니까. 채는 내게 잘 지내라고 말했다. 나도 그래, 너도 잘 지내, 라고 대답하고 수화기를 내려놓고는 쌀을 씻느라 젖은 손을 마른 행주에 닦으며 창밖을 내다보았다. 남편이 뭉쳐온 눈보다 더 하얀 눈송이가 지금의 아카시아 흰 꽃처럼 바람에 펄펄 날리고 있었다.

나는 노트를 펼쳐보았다.

첫 페이지엔 음식물건조기 스위치를 빼놓을 것, 이라고만 씌어 있었다. 다음 장을 넘겼다.

아주머니.

제가 출근하고 난 뒤에 아주머니가 오시기 때문에 노트를 한 권 마련했어요. 제가 퇴근시간이 일정치 않으니 아주머니를 만날 기회가 드물 것 같아서요. 아주머니께 하고 싶은 말을 여기에 적어놓겠어요. 우리 집 일에 익숙해질 때까지만요. 아주머니도 뭐 필요한 것이 있거나 제게 남기고 싶은 말이 있으면 여기에 적어놓으세요. 물론 알고 계시는 핸드폰 번호로 전화를 하셔도 됩니다. 어쨌든 볼펜을 노트에 매달아놓았습니다. 우선은 제가 아침 여덟시에 집을 나가 저녁 아홉시에나 들어오기 때문에 집안 살림은 전적으로 아주머니께 의존할 수밖에 없답니다. 기본적으로 밑반찬과 국을 항상 준비해주셔야 해요. 약간 많이요. 그래야 아주머니가 오시는 동안 그걸로 우리 식구가 식사를 할 수 있습니다. 파와 마늘과 양파 같은

236

양념을 항상 바로바로 쓸 수 있게 챙겨주세요. 멸치와 다시마를 넣어 우린 국물을 항상 떨어지지 않게 유리병에 담아 냉장고에 넣어두는 것도 기본입니다. 아주머니가 안 오시는 날 제가 가장 짧은 시간에 식사를 마련할 수 있으려면 그게 항상 준비가 되어 있어야 한다는 걸 염두에 두셨으면 좋겠습니다. 우선 냉장고를 열면 검은 비닐봉지 안에 장조림용 고기가 있거든요. 새송이버섯이랑 풋고추랑 통마늘을 넣어서 장조림 좀 만들어주세요. 토란은 들깻가루를 풀어서 국을 끓여주시구요. 토란은 뜨거운 물에 한 번 데쳐내야 합니다. 그러고도 물에 좀 담가둬야 해요. 아린기가 빠지도록. 세탁조 청소를 좀 해야 할 것 같아요. 물만 받아서 세탁기 청소용 세제라고 씌어 있는 것 한 스푼 풀고 빨래할 때처럼 돌리면 됩니다. 오늘 밤엔 제가 늦게 들어옵니다. 남편 저녁밥 먹을 수 있게 식탁에 차려놓고 가시면 되겠습니다. 세콤카드를 우편함 속에 넣어놓았으니 그걸 아주머니 걸로 하세요. 가실 때 꼭 문단속 잘 부탁합니다. 그리고 아주머니 핸드폰 번호 좀 알려주세요.

사야 될 것.
· 쓰레기봉투 10리터짜리
· 욕조 발판(부서졌어요)
· 치약
· 물조리개
· 비닐장갑(김치 꺼낼 때 쓰려구요)

· 물엿

· 수세미

1. 5. 화요일. 아줌마.

*

아주머니.

수건은 오실 때마다 삶아주세요. 속옷도 마찬가지예요. 세탁할 때 색깔별로 나누어서 하세요. 양말과 수건을 같이 세탁하지 마시구요. 오늘은 꼭 냉장고 청소를 해주세요. 냄새가 나네요. 세면장의 비누 올려놓는 데 있잖아요. 오실 때마다 거기 좀 닦아주세요. 비누가 눌어붙어서 안 떨어지네요. 남편 책상은 손대지 마세요. 펼쳐져 있는 거 그대로 두고 먼지만 닦아주세요. 책장 사이에 먼지가 많아요. 신경써서 좀 닦아주세요. 남편이 먼지 알르레기가 있어서 기침을 많이 하네요. 오늘은 한살림에서 주문한 것들이 올 거예요. 두부조림 좀 해주시구요. 고구마도 좀 삶아놓으세요. 마늘 좀 까서 빻아주시구요. 브로콜리는 데쳐놓고 양배추는 삼분의 일만 쪄놓으세요. 양념간장도 부탁해요. 간장 만들 때 지난번처럼 설탕 넣지 마세요. 사과가 배달될 거니까요, 몇 개만 식초를 한 방울 떨어뜨려 씻어서 통에 담아 냉장고에 넣어주세요. 문단속 좀 잘해놓고 가세요. 지난번에 현관문 아래가 안 잠겼더라구요. 아, 핸드폰 번호 좀 적어놓으세요.

· 브로콜리를 데쳐놓으라고 했는데 배달이 되지 않았음.

· 연근이 있길래 졸여놓았음.

· 커피잔을 씻다가 한 개 깨뜨렸음(죄송).

· 수도검침원이 왔다 갔음. 계량기가 깨졌다고 교체하고 갔음.

· 계량기 값은 다음달 수도세에 포함되어 나온다고 함.

· 신문대금을 받으러 와서 내가 대신 12,000원 냈음.

사야 될 것.

· 스팀청소기 걸레

· 랩

· 매직

· 고무장갑

핸드폰은 안 가지고 다녀요. 전화할 일 있으면 아침 일찍이나 저녁에 집으로 하세요. 집 전화번호는 3970 - 4545.

1. 20. 수요일. 아줌마.

*

아주머니.

차례를 지내야 해요. 제가 장을 볼 시간이 없네요. 장 좀 봐주세요. 장 보실 것을 아래에 적어놓습니다.

· 나물류 : 도라지, 고사리, 시금치

· 탕거리 : 두부, 홍합, 마른새우

· 떡 : 떡국용 떡, 만두, 절편

· 과일 : 배(5개), 사과(5개), 밤, 대추, 곶감

· 전거리 : 꼬치용으로 파, 당근, 송이버섯

· 생선전 : 동태와 대구 섞어서 상에 놓을 것만요.

· 생선 : 병어, 조기, 준치

· 고기 : 국거리용(1근), 산적용(5장 얇게 떠서 기계로 눌러달라
고 하세요)

장은 이 정도로 보시면 될 것 같아요. 제가 빠뜨린 거 있으면 챙
겨주세요. 시장 볼 돈은 식탁 위 물병 옆 봉투 속에 있어요. 아, 휴
지도 좀, 두루마리랑 키친타월이랑 크리넥스도 좀 사다주세요. 모레
가 설인데 내일 오셔서 음식 좀 만들어주실 수 있으세요? 달력을
보니까 내일이 토요일이기까지 해서 죄송합니다만.

장을 봐왔어요. 대충 씻을 건 씻어놓고 잴 건 재놨습니다. 상에
닭을 올려야 될 것 같아 닭도 한 마리 샀습니다. 명태포도 필요할
것 같아 샀어요. 떡국 떡은 가래떡을 사다가 잘라놨습니다. 냉동실
에 엿기름 있길래 식혜 만들어서 통에 담아 냉장실에 넣어뒀습니
다. 전 부칠 것도 다듬어놨어요. 내일은 나도 큰댁엘 가야 하니까
오전에 일찍 올게요.

2. 19. 금요일. 아줌마.

*

아주머니.

스팀청소기를 새로 샀어요. 배달이 와서 신발장 앞에 뒀어요. 설명서 읽어보고 사용하세요.

은표 아빠 저녁상 좀 봐놓고 가세요.

필요한 것.
· 주방 청소용 세제
· 국물용 다시마
· 가루비누
· 울샴푸

2. 24. 수요일. 아줌마.

노트에 메모된 채의 아내와 오후에 와서 채의 집 일을 보살펴주곤 했다는 아줌마 사이에 오가는 메모들을 읽으며 채가 그동안 아내로부터 어떤 대접을 받아왔는지가 느껴져 몇 번이나 깊은 숨을 내쉬었다. 채의 아내의 얼굴빛이 밝은지 검은지 긴 목을 가졌는지 짧은 목을 가졌는지는 알 수 없었으나 아줌마에게 남기는 메모들에서 느껴지는 채의 아내는 가정생활에 충실한 사람 같았다. 아이를 그리고 채를 보살피고 배려하고 사랑하는 마음이 느껴졌다. 이상하게 안심이 되었다. 내가 노트를 읽어나가는 동안 채는 나를 지켜보다가 고개를 들어 하늘을 쳐다보는 동작을 반복하고 있었다. 채의 침묵은 내게 노트를 더 읽으라는 의미로 여겨졌다. 나는 노트를 주르륵 넘기고는 다시 눈길을 주었다.

아주머니.
한 달 동안 일해주신 수고비 챙겨놓고 갑니다. 감사했어요.

이번 달에 여덟 번 왔는데 아홉 번 온 걸로 계산한 것 같아서 하루분은 놓고 갑니다.
3. 31. 수요일. 아줌마.

*

아주머니.
제가 다음주에 일본에 출장을 가서 며칠 비워야 해요. 아주머니가 우리 집에 계시면서 은표 좀 챙겨주실 수 있을까요? 은표 아빠는 자기가 하겠다고 하는데 술자리가 많은 직장인데다 퇴근시간이 일정치 않으니 걱정이 되네요. 은표 아침에 챙겨서 스쿨버스 태워 학교 보내고 학원 챙겨 보내고 하는 일이 간단한 것 같지만 사실은 시간을 잘 챙겨야 하는 일이라서요. 아주머니 상황이 어떤지 알려주세요.

242

그렇게 할게요.

4. 1. 목요일. 아줌마.

*

아주머니.

저녁에 일본인 세 분이 저희 집에서 저녁을 먹을 거예요. 지난번에 제가 일러줬던 연희동 사러가쇼핑센터 안의 한일생선가게 아시죠? 거기에 전화해놓았으니 오후 다섯시쯤 병어회 떠놓은 것 좀 찾아다주세요. 식탁에 놓여 있는 화이트와인 오후부터 냉장고에 좀 넣어놓으시구요. 와인 몇 잔 하구 간단히 저녁 먹을 거니까 야채박스에 있는 호박으로 전 부쳐주시고, 시금치 숙주 당근으로는 삼색 나물 좀 만들어주세요. 일본 분 중에 우리 나물을 좋아하는 분이 있다고 하네요. 무로 장국을 끓이면 어떨까 싶어요. 그리고 아주머니, 혹시 생선가게에 갔을 때 도미 싱싱한 거 있으면 한 마리 달라고 하세요. 외상으로요. 제가 다음에 가서 준다고 하면 줄 거예요. 은표 아빠가 도미조림 좋아해요. 사오게 되면 나중에 먹게 냉동실에 넣어주세요. 아욱으로 시원하게 된장국 끓여서 은표 먼저 저녁 먹여주세요. 꽁치 굽고 김치랑 오뎅이랑 김도 좀 구워서 잘라놓아주면 잘 먹을 거예요. 그리고 문 앞에 쌓여 있는 쓰레기는 손님들이 오면 보기 그러니까 봉투가 차지 않았어도 분리수거해서 좀 버려주세요. 화분 치운 자리도 정리 좀 해주시구요. 은표가 밥 안 먹으려고 하면 냉동실에 치즈가스 있으니까 그거 좀 프라이팬에 데워서 줘보세요.

은표 밥 잘 먹었어요. 삼색나물은 냉장고에 들어갔다가 나오면 맛 없어질까봐 그냥 랩을 씌워 바깥에 뒀습니다. 화이트와인 두 병 냉장고에 넣어놨습니다. 시금치와 당근이 있어서 잡채를 좀 만들어 뒀어요. 일본 분들이 잡채를 좋아한다더군요. 두부가 있길래 고기 볶아서 가운데에 넣고 지져뒀습니다. 병어회도 찾다 냉장고에 넣어뒀어요.

필요한 것.
· 옥시크린
· 꽃소금
· 올리브유
4. 2. 금요일. 아줌마.

*

아주머니.

오늘은 은표 아빠가 저녁모임이 있어서 저녁 먹고 올 거예요. 오늘은 집에 일찍 갈 수 있으니까 은표 저녁은 제가 챙길게요. 밥은 먹이지 마세요. 아이랑 저녁밥 먹은 지가 오래돼서 미안해서 그래요. 오늘은 제가 오후에 시간이 좀 있으니까요. 아주머니도 오늘은 일찍 가셔도 돼요.

그럼 오늘은 일찍 갑니다.

필요한 것.

· 콩기름

· 밀가루

· 유리창 청소 걸레(지난번 것과 똑같은 것)

· 피죤

· 빨래 삶는 그릇(오래돼서 구멍이 나려고 해요)

4. 16. 금요일. 아줌마.

*

아주머니.

어제 화분에 상추 모종 해놓으셨더군요. 청양고추 심어놓은 것도 봤어요. 우리 집 화분에 상추가 심어진 건 처음이에요. 노란 꽃이 달리고 파랗게 긴 건 뭐예요? 은표는 토마토라고 하고 은표 아빠는 가지 아니냐고 하던데.

고맙습니다. 은표가 좋아하네요. 은표는 아주머니하고 자고 싶대요. 이러다가 은표를 아주머니한테 뺏기겠어요. 덕분에 제가 편안하게 지냅니다.

방울토마토랍니다. 우리 집 딸애가 옥상에 있던 커다란 물통을 비우고 거기다 흙을 채우고 상추씨를 뿌렸는데 무지하게 올라왔답니다. 공부는 안 하고 뭐하는 짓인지. 뽑아다가 거기 화분에 옮겨

심어둔 거예요. 일요일에 청양고추와 토마토 모종 사러 구파발에 나가는 길에 몇 개 더 사왔어요. 은표가 좋아한다니 나도 좋네요.

　4. 19. 월요일. 아줌마.

　두 여자 사이에는 우정이 싹튼 것 같았다. 일상에 필요한 것들을 해달라, 해놓았다, 가 우선이었던 처음과는 달리 채의 아내와 아주머니가 번갈아 쓰는 노트엔 점점 다른 얘기들이 늘어갔다. 채의 아내는 출장지에서 아주머니에게 목크림을 사다주며 목크림 바르는 법을 자세히 일러주고 있었고, 아주머니는 채의 아내에게 뜨개질한 카디건을 가져다주었다. 채의 아내는 카디건을 방송국 사무실에 가지고 가 의자에 걸어두었다고 써놓았다. 사무실에 출근해 재킷을 벗으면 항상 그 카디건을 입는다고. 아주머니가 채의 아내에게 책을 빌려가기도 했다. 은표를 데리고 아주머니 집으로 가서 재우는 날도 있었다. 노트엔 이제 살림에 대한 이야기보다 서로의 개인적인 이야기들이 담기는 때가 많아졌다. 아주머니가 살림에 대해서 채의 아내가 따로 말하지 않아도 될 만큼 알아서 해내게 될 때까지는 삼 개월쯤 걸렸던 모양이다. 삼 개월 후의 노트는 처음의 목적과는 달리 두 여자의 소통의 장이 되어 있었다. 아주머니에겐 재수하는 딸이 있는 모양이었다. 채의 아내에게 딸 이야기를 써놓을 때도 있었다. 딸이 대학을 가기 싫어한다는 것이었다. 엄마가 남의 집에 가서 일해주고 받은 돈으로 학원을 다니기 싫다고 하는데 어떻게 달래면 좋겠느냐고도 씌어 있었다. 채의 아내는 남의 집이 아니라 동생 집이라고 말하라고 썼다. 그리고 인생에는 어느 시기에 꼭 해야 할 일이 있는데, 딸에게 지금은 공부하는 때라고 말해주라고 씌어 있었다. 한번 지나간 때는 다시 돌아오지 않는 법이라고.

아주머니.

병원에 갈 일이 있었어요. 일을 보고 돌아오는 길에 택시를 탔어요. 내가 좀 아파 보였는지 모자를 눌러쓴 택시기사가 무척 친절했어요. 인생에 가장 중요한 게 건강이라고 했어요. 날이 갈수록 실감하고 있는 말이에요. 입만 다물고 있기가 뭐해서 아저씬 건강해 보이네요, 했다가 그만 어마어마한 얘기를 듣게 되었어요. 택시기사는 몇 년 전에 교통사고가 나서 이 년 동안 병원에 누워 지냈다고 해요. 장거리를 운전하고 돌아오는 새벽 고속도로에서 졸음운전하던 화물트럭이 중앙선을 넘어오는 통에 정면으로 충돌했대요. 눈앞이 하얘진 것밖에 기억이 나지 않는다고 하더군요. 이 년 동안 병원생활을 한 기억 때문인지 병원 앞에서 손님을 태우게 되면 자신도 모르게 더 친절하게 대해진다고 했어요. 그 말을 듣고서야 아저씨 얼굴을 자세히 살펴보았어요. 모자를 눌러써서 나이를 짐작하기가 어려웠으나 언뜻 보기에 육십은 안 되어 보였어요. 건강을 잃고 나서 모든 걸 다 잃었다고 하더군요. 얼굴을 너무 많이 다쳐서 얼굴 수술만 네 번을 했다고 해요. 병상의 그를 두고 아내가 이혼을 요구해서 환자복을 입고 법원에 가서 도장을 찍었다는군요. 할말이 없었어요. 평소에 어땠으면 병상의 남편을 두고 이혼을 해달라고 했을까? 하는 생각이 들기도 했고요. 내 마음을 짐작했는지 택시기사는 나는 술도 안 먹고 노름도 할 줄 모르고 집밖에 모르는 사람이었습니다, 하더군요. 지금도 병원 처방약을 계속 먹고 있고, 최근에 신앙생활을 시작하면서 겨우 극복해가고 있는 중이라고요. 헤어진 아내는 다른 사람을 만나 살다가 다시 헤어졌다는 얘기만 들었다고 해요. 자식이 둘 있는데 딸은 결혼을 했고 아들은 이제 취직을 해서 신경 쓸 일은 없다고 했어요. 작지만 아들 명의로 된 아파트도 있으니 짝 만나 결혼하고 그러지 않겠느냐고. 다만 일 끝내고 집에 들어가서 잘 때나 일 나오려고 밥숟갈을 뜰 때 이렇게 살아서 뭐하나 하는 생각이 드는데, 그런 때가 가장 힘들다고 했어요. 내가 할 수 있는 일이란 아, 네, 하고 듣고 있다가 택시에서 내릴 때 거스름돈을 챙겨 받지 않는 것, 그것뿐이었답니다. 가끔 이렇게 다른 사람의 기막힌 인생을 듣게 될 때가 있어요. 그럴 때면 편하게 기대고 있던 등이 나도 모르게 곧추세워져요. 내가 하루하루 이어지는 일상을 두고 뭐가 이렇게 시시하담, 싶어 권태를 느꼈던 것을 상대가 알까 싶어 미안해지는 때가 그런 때예요. 어제 같은 오늘이란 말의 뜻이 권태나 무료가 아니라 별일 없이 무사하다는 뜻이란 것을 실감하는 때이기도 하구요. 예기치 못한 사고로 이 년이나 병원신세를 지는 사람이 이 세상에 있는가 하면, 작별인사를 할 틈도 없이 가족과 헤어지는 사람들도 있고, 뱃속에 삼 개월 된 아이를 가지고 있는 상태로 갑자기 남편이 죽었다는 소식을 들어야 하는 사람도 있고…… 그럴 때 보면 마치 이 세상은 예기치 못한 불의의 사고로 가득 차 있는 듯해요. 생각해보면 내가 살고 있는 지금 이 시간은 나만의 시간이 아닌 것 같아요. 누군가는 살고 싶었으나 살지 못한 시간이기도 하겠지요. 그래서 내게 주어진 시간을 가능한 한 낭비하지 말아야 한다는 생각이 들어요.

우리 동네 근처에 시에서 운영하는 노숙자 시설이 있어요. 여기일 끝나고 버스 타고 가서 집 앞 정류장에 내리면 바로 그 앞에 있어요. 어느 날 거기 팻말에 노숙자를 위한 사 주 무료 문학수업이라는 안내문이 붙어 있었어요. 문학이라는 글자를 보니 어찌나 마음이 짠하던지요. 나도 젊었을 때 나름 문학소녀였거든요. 어느새 내발길이 그곳으로 향하고 있었어요. 나는 노숙자가 아닌데 들으러와도 되냐고 물었더니 괜찮다고 하더군요. 그래서 여기 일 끝나고집에 가는 길에 거길 들렀다가 가요. 진짜 행복하더군요. 선생님이시도 읽어주고 어느 때는 소설가라고 하는 분이 와서 강연도 하고책을 돌아가면서 읽는 낭독도 하고 그래요. 엊그제는 거기 선생님이 사람은 누구나 다 귀하다고…… 모두 똑같이 슬픔과 사랑과 기쁨을 누릴 수 있는 권리가 있는 거라구 하니까 누군가 울었어요. 아휴, 사람들이 어찌나 진지하게 듣는지 그게 좀 문제 같아요. 웃기는얘기를 할 적도 있는데 너무 진지하게 듣는다니까요. 실은 나도 그렇구요. 거기 있으면 이상하게 양식 걱정 몸 걱정이 스르르 풀려요.책 속의 사람들은 근사한 사람들인 줄만 알았는데 어째 그리 걱정이 많은지…… 하여간 하지 않아도 될 것까지두 다 걱정하는 걱정쟁이들이더군요. 그이들에 비하면 내 심간이 편해 보였어요. 지금이 주제인데 그동안 선생님이 무슨 말을 물어도 대답을 안 하고 가만히 듣고만 있던 사람들이 인제는 서로 말을 하려고 난리랍니다. 나도 막 말이 하고 싶은데 차례가 안 와요. 나보다 나이가 훨씬 많은 칠십 노인도 시를 줄줄 외우는데, 나는 외우는 게 잘 안 돼서 좀…… 시를 써서 선생님께 드리려고 가지고 가봤는데 부끄러워서 못 드렸어요. 아무래도 나 같은 사람이 시를 쓴다는 건 좀 그렇지요? 사 주 지나고 자작시 낭송회를 하기로 했어요. 그때는 한번 발표해보려고 해요.

9. 10. 금요일. 아줌마.

나는 이제 두 여자가 쓴 메모를 읽는 게 아니라 책을 읽고 있는 듯한 기분이었다. 채를 옆에 두고 계속 노트를 읽고 있을 수 없어 노트를 죽 넘겨 마지막 장을 펼쳐보았다.

아주머니.

우리 은표 어떡해요? 은표 아빠는요. 제가 왜 그런 병에 걸렸다는 건지 모르겠어요. 믿을 수가 없어요.

나는 노트를 덮지도 못하고 멍하니 채를 바라보았다. 누군가에게 뒤통수를 얻어맞는다는 것이 이런 느낌일까? 빼곡히 씌어 있는 노트 속의 글자를 더이상 읽을 수가 없었다. 또다시 한 무리의 학생들이 우르르 장미꽃이 만발해 있는 도서관 쪽으로 몰려갔다.

—아내를 이해할 수가 없어. 왜 나를 이렇게 비참하게 만들까?

—……?

—롯데백화점에서 처음엔 니가 나를 발견하지 못하고 돌아가는 줄 알고 너를 따라갔었어. 네 이름을 부르면서. 사람들 속에 섞여 있는 네 모습이 보일 듯하다가 다시 사라지곤 했지. 계속 그렇게 네 뒤를 따라가다가 어느 순간 니가 사라져버렸어. 어디로 갔지? 두리번거리며 서 있었어. 그러곤 깨달았지. 니가 내게서 일부러 도망쳤고 일부러 숨었다는 것을. 백화점 앞에서 가장 잘 보이는 곳에 서 있었고, 민망함을 무릅쓰고 너를 그렇게 큰 소리로 부르는데 내 목소릴 못 들었을 리 없을 거라는 걸 그제야 깨달은 거야.

그랬다. 나는 롯데백화점을 건너와 명동을 향해 빠른 걸음으로 걸었다. 뒤에서 채가 부르는 소리를 들으며 명동성당 쪽을 향해 뛰다시피 걸었다. 비좁은 골목으로 쓰윽 들어가 거기 이층에 있는 카페로 들어갔다. 카페 창에서 나를 잃어버리고 거리에 멍하니 서 있는 채를 내려다보았다. 사람들이 군복을 입고 서 있는 채의 어깨를 툭툭 치며 지나갔다. 채는 그 자리에 붙박인 것처럼 서 있었다. 나도 이층 카페에 붙박인 것처럼 앉아 있었다. 날이 저물어서야 채가 움직였다. 다시 롯데백화점 쪽으로 발걸음을 옮기는 채는 고개를 숙인 채 들지 않았다.

—너도 그때 아팠었던 거야?

나는 채의 피곤한 얼굴을 빤히 바라보았다.

내가 그때 채를 롯데백화점 앞에 두고 도망친 건 아파서가 아니었다. 군화 때문이었다. 군에 입대했던 채가 두번째 휴가를 나와 전화를 걸어왔다. 학교를 졸업하고 이력서를 이십여 통이나 내며 면접을 보러 다녔지만 어느 곳에도 취직이 되지 않았던 때였다. 그런데도 아침이 꼬박꼬박 찾아온다는 게 두려웠다. 오늘 하루는 또 뭘하면서 보내나? 겨우 스물몇 살에 세상에서 가장 쓸모없는 인간이돼버린 느낌이었다. 롯데백화점에서 만나기로 한 채는 인파 속에서 있었다. 여름이라 햇볕이 쨍쨍했다. 백화점으로 통하는 지하 계단을 빠져나오자마자 채를 발견했다. 군복을 입지 않고 사복을 입고 있었으면 나는 채에게서 도망치지 않았을까? 민소매를 입은 짧은 머리의 여자들이 출입구로 향하는 길 가운데에 우뚝 서 있는 채를 피해 백화점으로 들어갔다. 가만있어도 겨드랑이에 땀이 송송배는 계절이었다. 나는 국방색 군복을 입고 우뚝 서서 나를 기다리고 있는 채를 향해 인파에 떠밀리며 다가가고 있었다. 군복을 입고있다고 해서 채가 아닌 것은 아닐 텐데 그때의 내겐 채가 다른 사람처럼 느껴졌다. 언뜻 내 눈이 채가 신고 있는 군화에 머물렀다. 여름날, 끈을 꽉꽉 조여맨 군화가 번쩍거렸다. 아마도 채는 나를 만나러 나오면서 군화를 윤이 나게 닦았을 것이다. 군화를 보자 내 발걸음이 멈춰졌다. 고함이 터져나오려 했다. 군화 속의 땀에 젖어 있을채의 발가락을 연상하자 더는 견딜 수가 없었다. 나는 채를 거기 세워두고 휙 돌아섰다. 뒤돌아서기가 힘들었을 뿐 돌아서자 나는 이미 뛰고 있었다. 눈물인지 땀인지가 뺨을 적시고 목을 적시고 등을적셨다. 앞에서 걸어오는 사람들의 어깨와 부딪혀가며 나는 채에게서 도망쳤다.

—아내가 아파…… 그런데 내게서 도망쳐. 찾아내면 또 도망쳐. 어디에 있는 줄도 아는데 갈 수가 없어. 내가 아내를 찾아내는 일은 아내를 또 도망치게 하는 일일 뿐이야. 힘들게 할 뿐이야.

—……

—어떻게 그럴 수 있지? 어떻게 그럴 수 있어! 그래도 우린 가족인데…… 아이까지 낳고 살았는데…… 어디가 아프면 내게 가장 먼저 말하고 나를 의지해야 맞는 거 아닌가? 그런데 왜 내게서 도망치지? 왜 내게는 아무런 기회를 주지 않지?

—……어디가 아픈데?

나는 채의 아내를 알지 못한다. 어떤 눈을 가졌는지, 키가 얼마나 큰지, 전혀. 그런데도 진심으로 걱정이 되었다.

—항암치료를 받고 있어.

나는 침묵했다.

—아주머니 외에는 모두와 연락을 끊고 있었어. 가족이라곤 우리뿐인 사람인데. 은표에게도 이미 방송국 일로 일본에 나가 이 년쯤 있어야 돌아오는 걸로 해놨더라구. 자기를 내버려두라는군. 혼자 있고 싶다는 거야. 자기를 위해 아무 일도 하지 말아달래. 혹여 낫게 되면 그때 돌아오겠대. 아이한테도 비밀로 해달래. 어떻게 이럴 수가 있어? 가출한 줄로만 알았어. 이게 말이 되니? 이 노트를 보지 않았다면 아내가 병과 싸우고 있다는 것도 나는 몰랐을 거야. 이게 말이 되니? 왜 자기 생각만 할까? 가족으로서도 할 일이 있는 법인데. 아내가 왜 그러는 걸까? 너는 알겠니?

—……

— 내가 쓸모없는 인간이 돼버린 것 같아.

채의 구두 끝을 내려다보고만 있는데 아카시아꽃 향기인지 장미꽃 향기인지가 바람에 묻어왔다.

*

서른이 되기 전에 나는 서른이 지난 사람들은 무슨 재미로 살까? 생각했다. 그렇다고 채와 함께 지냈던 이십대가 즐겁기만 했다는 얘긴 아니다. 나는 채가 내 곁에 있었던 이십대를 사랑하지 않는다. 행복하다고 여겼던 적이 별로 없다. 매일매일이 막연했고 불안했고 때로는 절망스러웠다. 그래서 채를 거기에 두고 도망쳤던 것일까. 아침에 눈을 뜨기 싫어 밤에 아예 잠을 자지 않은 날도 많았다. 어렸을 때 인간의 나이는 서른까지라고 써놓았던 책을 읽은 기억이 난다. 조물주가 사람과 짐승들에게 생명을 줄 때 인간에겐 삼십 년을, 다른 동물들에게는 십 년 혹은 이십 년씩을 정해주는데 짐승들은 한결같이 생명이 너무 길다고 슬퍼했다고 한다. 가장 오래 살 수 있는 기간을 준 인간만이 삼십 년이면 너무 짧다고 슬퍼했다. 조물주는 할 수 없이 짐승들의 생명을 덜어와 인간에게 보태주는 것으로 인간과 짐승들의 슬픔을 덜어주었다는 것이다. 그러니까 서른 이후의 인간의 나이에는 소가 내놓은 십 년, 돼지가 내놓은 오 년, 개가 내놓은 오 년, 원숭이가 내놓은 삼 년, 그 외의 쥐, 닭을 비롯한 숱한 짐승들이 내놓은 생명이 뒤따라다니는 셈이다. 까마득히 잊고 있었던 그 얘기가 마흔이 되면서 불현듯 생각이 났다. 내가 이제 소의 나이를 살고 있나? 아니면 돼지의 나이일까? 내가 스물넷이거나 다섯이었을 때 누군가가 서른둘이라고 하면 저 사람은 그동안 뭐하다가 서른둘이나 됐을까? 생각했던 것처럼 이제는 서른둘쯤된 사람도 나를 보고 저이는 뭐하다가 마흔이나 됐을까 생각하겠지, 싶으니 너무 오래 살고 있는 건 아닌가 싶기도 했다. 어려서부터 사람보다는 가금류 같은 짐승들하고 친한 편이었던 게 다행으로 여겨진다. 누군가를 만나 새로운 관계에 몰입할 일은 없겠으나 짐승들이 보태준 나이를 어색하지 않게 받아들이며 오래 살 것 같은 느낌이 들곤 한다. 그러나 스무 살 적의 남자친구를 마흔에 갑자기 만나서 그의 아내와 아주머니가 주고받은 노트 속에 남긴 글을 읽게 될 줄은 몰랐다. 군복이 아니라 슈트 차림의 그로부터 암에 걸린 아내가 한사코 도망치려 하는데 대체 어떻게 해야 하느냐는 말을 그와 함께 다녔던 학교에서 듣게 될 줄은 몰랐다. 이것이 인생일까? 그것이 사랑일지도 모른다고 말해주고 싶었다. 그러나 나는 아무 말도 못 하고 옛 학교의 캠퍼스에 채를 남겨둔 채 남편이 입원해 있는 병원으로 돌아왔다. 남편은 여전히 통증 때문에 이마를 찌푸린 채 눈을 감고 있었다. 남편을 보자 그제야 채의 고통이 실감났다. 오늘은 내가 있을 테니 내일 오라며 간병인을 보냈다. 출판사로 전화를 걸어 이번 표지 디자인은 어렵겠다고 다음에 기회를 달라고 했다. 아프다고 이 사람이 내게서 도망쳤다면 나는 어떻게 했을까? 채처럼 이제 쓸모없는 인간이 되어버린 듯한 좌절감에 빠져들까? 아니면? 아니면? 나를 짐작할 수가 없었다. 기분이 이상해져서 병상에 걸려 있는 수건을 집어 물을 적셔왔다. 어디로도 숨지 않고 내

앞에서 통증을 호소하고 있는 남편을 물끄러미 바라보다가 남편의
메마른 발가락들을 펴서 하나하나 닦아주었다.

사랑이며 또한 인생인

권희철(문학평론가)

1. 신발과 맨발

한 인간이 거쳐온 경험의 내력을 가리켜 이력(履歷)이라 한다. 이 것은 세계 앞에서 한 인간이 자신을 증명하는 중요한 수단으로 받 아들여져왔고, 그래서 어떤 집단이 새로운 구성원을 맞이하려 할 때 늘 요구하는 것이 이력서(履歷書)다. 신발(履)을 끌고 다닌 역사 (歷)의 기록(書).[1] 그런데 왜 하필 신발일까?

신발에 앞서 옷에 대해 말해두기로 하자. 레비나스처럼 말하자면 인간은 무엇보다 옷을 입는 존재들이다. 인간은 밤의 흔적을 지우 기 위해 매일 아침 씻고 그 위에 옷을 걸쳐 낮의 세계로 통하는 입 장권을 얻는다. 옷 아래 감춰지는 벌거벗음이란 상징적 의미로 고

---

1) 이윤기, 『그리스 로마 신화』, 웅진지식하우스, 2000, 40쪽.

정되기 이전의 날것이고 파악할 수 없는 모호함이며 당황스러운 낯섦이다. 그것은 밤이 범람한 흔적으로 얼룩진 불투명성이자 혼돈이며 누추함이다. 옷을 통해 벌거벗음은 상징적 의미와 형식을 부여받은 뒤 비로소 깨끗하고 견고하고 유한한 형상을 얻게 된다. 의미와 형식과 형상의 매개를 통해 인간들은 자기 자신에게서 낯섦과 모호함을 벗겨내며 자신을 하나의 자아 이미지 안에 고정시키고 스스로를 일으켜세운다. 그러므로 낮의 세계에 참여하려는 인간들은 옷을 입어야 하고, 벌거벗은 채로 남겨진 존재들은 세계의 바깥으로 쫓겨난다. 우리가 종종 신체의 단순한 벌거벗음을 목격할 때도 있지만 옷의 보편성 속에서 벌거벗음은 그 의미를 잃는다. 인간 존재는 이미 하나의 형식을 입고 있기 때문이다. 벌거벗은 고대의 조각상들조차 근원적인 의미에서는 옷을 입은 존재들이다. 그것들은 벌거벗은 육체를 재현하는 것이 아니고, 예술적 형식미를 걸친 육체를 표현하기 때문이다.[2] 현대인들은 피륙으로 짜인 옷을 얻기 위해 백화점에 가고, 세속적 형식미로 짜인 옷을 얻기 위해 성형외과와 피부과, 헬스클럽을 찾는다. 그들은 종종 자신들의 아름다운 맨몸을 과시하려는 것처럼 보이지만, 그들에게는 결코 벌거벗음이 허용되지 않는다. 그들의 맨몸 위에는 이미 세속적 형식미가 걸쳐져 있기 때문이다.

어떤 의미에서 옷과 벌거벗음의 관계를 가장 수고롭고 또 안쓰러우면서도 일상적으로 보여주는 것이 신발과 맨발이다. 우리의 존재

---

2) 에마뉘엘 레비나스, 『존재에서 존재자로』, 서동욱 옮김, 민음사, 2003, 63~64쪽.

를 일으켜세워 거칠고 지저분한 땅을 딛고 걷고 달리기 위해 가장 단단한 형식으로 만들어져야 하는 옷이 신발이고, 피륙에 감싸여 숨겨지는 신체 가운데 다른 모든 신체기관들의 무게까지 지탱하느라 가장 수고하면서도 가장 냄새나고 더럽고 누추한 부분으로 생각되기도 하는 것이 맨발이기 때문이다. 집 안에서만 허용되는 조그마한 스캔들, 친밀한 관계 속에서 일상적으로 드러나는 사소한 벌거벗음이 맨발이고, 집 밖으로 나갈 때 그러니까 사적인 공간에서 벗어나 세계에 참여할 때 우리의 신체를 실어나르는 것이 신발이기 때문이다. 그런데 옷의 보편성 속에서 우리의 다른 신체가 이미 형식을 입고 있어 벌거벗음에 이르지 못함에 비할 때 이 홀대받는 신체에는 오히려 예외적으로 벌거벗음이 허용되는 것 같다. 다른 노출되는 신체 부위가 곧장 에로틱한 기호들로 장식되는 데 비해 친밀한 관계 속에서 노출된 맨발은 종종 진정한 의미에서의 벌거벗은 맨발이 되기도 한다. 그 맨발이 도달해야 할 이상적 형상이나 이를 위한 외과수술, 운동법 같은 것도 알려져 있지 않다. 맨발은 옷의 보편성에서 벗어난, 형식을 입지 않는 신체 부위이며, 소박한 벌거벗음이다. 그러나 세계는 친밀한 관계 속에서 드러나는 맨발에 관심이 없다. 테세우스가 자신의 혈통을 증명하기 위해 제시해야 했던 것이 가죽신이었고 신데렐라가 스스로를 입증하기 위해 신어야 했던 것이 유리구두였다. 신발 없이는 아버지도 아들을 알아보지 못하고 왕자도 연인을 알아보지 못한다. 신발 없이는 테세우스도 신데렐라도 이름 없는 누추한 벌거벗은 존재들이다. 그러므로 인간은 옷보다도 신발을 신는 존재이며, '당신은 누구인가?' 하는 세계의 물음에 신발을 끌고 다닌 역사로 답할 수밖에 없다. 맨발의 역사에 세계는 관심이 없다.

세계의 무관심 속에서 홀대받으며 자신의 모든 무게를 짊어진 채로 신발 안에서 축축한 땀에 젖어 있는 맨발에, 신발이 애써 감추고 있는 그 누추한 벌거벗음에 관심을 기울이는 것이 문학이 감당해야 할 과제 가운데 하나일 수도 있겠다. 문학을 읽고 쓰는 것은 어쩌면, 벌거벗음을 감추는 신발이 아니라 벌거벗음을 드러내는 신발, 날것·모호함·누추함·낯섦을 드러내고 또 우리가 그것들에 관계하게 만드는 신비한 신발, 세상에는 없는 신발을 만드는 과정인지도 모르겠다. 그리고 이 점에서라면 신경숙의 오른편에 나설 이가 없다. 그녀의 문장들은 이미 이 점을 의식하고 있는 것처럼 보인다. 그녀의 최근작 「세상 끝의 신발」은 이렇게 시작하고 있다. "신발 이야기를 해야겠다."(9쪽)

과연 「세상 끝의 신발」은 신발에 관한 에피소드들의 중첩으로 되어 있다. 첫번째로 제시된 것이 낙천이 아저씨의 신발. 낙천이 아저씨는 소년병 시절 화자 아버지의 뒤축이 닳아버린 신발과 자신의 온전한 신발을 바꿔준 적이 있다. 그것은 살기 위해 도망쳐야 하는 순간에 이뤄진 놀라운 증여였고 그렇게 해서 두 사람의 우정은 오래 지속되었다. 두번째는 발레리나의 신발. 잡지사 기자인 화자는 강철나비라 불리는 발레리나와의 인터뷰중, 토슈즈에 아름답고 단정하게 감싸여 있는, 발톱이 뭉개지고 뼈가 비틀린 맨발을 생각한다. 그녀는 그 맨발을 보고 싶어했지만 거절당한다. 발레리나의 맨발은 남편에게만 보여준다고. 신발 안에 숨겨진 맨발의 상처투성이인 벌거벗음은 그녀의 남편에게만 노출될 수 있거나 혹은 토슈즈 대신 남편의 사랑스런 시선을 걸친 뒤에야 간신히 자신의 볼품없음과 수줍음을 드러낼 것이다. 맨발은 토슈즈를 신고서 세계와 무대로 통하는 입장권을 얻는다. "공연을 시작하기 전 그녀는 토슈즈를 신은 발로 닫힌 세계를 노크하듯이 무대를 세 번 쿵쿵쿵, 두드렸다."(14쪽)

그저 신발에 관련된 감동적인 에피소드가 나열되는 것처럼 보일 수도 있겠지만, 이 두 에피소드 사이에는 결정적인 차이가 있다. 토슈즈는 그 안에서 맨발을 짓누르며 발레리나를 발레리나이게끔 만들고 또 세계 안에서 성공적으로 자리잡게 했다. 그것은 한편으로 세계가 주는 왕관이자 다른 한편으로는 맨발에 부과되는 고문장치일지도 모른다. 발레리나는 토슈즈 위에 세워진 발레리나의 자아 이미지 안으로 언제나 되돌아오고, 그 안으로 자신의 본래적 신체를 우겨넣었다. 어떤 의미에서 발레리나는 자기 자신에게 붙들려 있고, 이 붙들림에서 빠져나올 줄 모른다. "이십 년 후엔 어떤 모습이겠느냐 물으니 그녀는 오늘과 같을 것, 이라고 대답했다."(40쪽) 이것은 마치 자기 자신 안에 결박된 것처럼 보이지 않는가. 그러나 낙천이 아저씨의 신발은 타인의 누추한 맨발을 위해 증여되는 선물이며 그 증여행위의 따뜻함 자체이고 그렇게 맺어지는 관계 자체이다. 낙천이 아저씨의 신발은 세계 안에서 홀로 우뚝 선 자기 자리를 만들기보다 자신의 밖으로 빠져나가 작고 따뜻한 관계들을 만든다. 낙천이 아저씨의 또다른 신발, 어린 시절 눈 내리는 날이면 미끄러지지 말라고 순옥 언니와 화자의 털신 위에 감아주던 새끼줄은 그녀들의 어린 겨울을 얼마나 따뜻하게 만들었던가. 이렇게 놓고 보면 낙천이 아저씨의 신발과 발레리나의 그것 사이에는 확실한 경계선이 있는 것처럼 보인다.

　서로 대립하고 있는 이 두 신발에 관한 에피소드 위에, 「세상 끝의 신발」 전체를 떠받치고 있는 감동적인 이야기 — 신발에 관한 세번째 그리고 네번째 에피소드가 이어진다. 낙천이 아저씨의 딸 순옥 언니는 다정하고 섬세한 손길의 아름다움을 가르쳐준 사람. 어린 화자가 사랑하고 따랐으며 또 순옥 언니 같은 사람이 되고 싶어 했음은 물론이다. 그런 순옥 언니가 결혼하게 됐다고 인사차 들렀다가 화자의 집에서 묵고 가기로 했는데 그녀는 다음날 순옥 언니를 보내기 아쉬워 순옥 언니의 신발을 눈 속에 감춘다. 어린 그녀는 신발이 없으면 순옥 언니가 하루라도 더 묵고 가리라 생각했지만 직장 때문에 순옥 언니는 다음날 어머니의 낡은 털신을 신고 돌아간다. 나중에 눈 녹은 자리에서 발견된 순옥 언니의 부츠에 그녀는 발을 넣어보곤 했다. 마음이 슬프거나 고독해질 때. 그러면 순옥 언니의 다정한 손길이 그녀의 등을 다독여주는 듯했다. 그 영향 탓인지 그녀는 누군가와 친해지고 싶어지면 그 사람 신발에 발을 몰래 넣어보고 싶어했다. 순옥 언니의 신발을 감추고 친밀함의 공간 속에서 자신과 함께 맨발로 남길 바라는 것, 맨발끼리의 은밀한 다정함을 간직하려는 것, 자신의 것 대신에 순옥 언니의 신발 속에서 순옥 언니의 맨발이 겪었을 무엇인가를 함께 느껴보는 것, 그것을 다른 사람들에게까지 확장시켜보는 것, 그것은 세계 안에 홀로 자리잡고 자기 자신에게로 계속해서 되돌아와 스스로의 주인이 되어 남성적 힘을 얻는 것과는 얼마나 다른 방식의 존재함인가. 이 여성적 존재 방식은 남성적 힘과 동전의 앞뒷면의 관계이기도 한 고독과는 또 얼마나 멀리 떨어져 있는가. 이것은 상대방의 벌거벗음에 이끌려 자신의 신발을 벗고 상대방의 신발과 맞바꾸는 것이다. 그녀들의 신발신기는 서로의 신발을 바꿔신기이며 맨발의 친밀함을 나누는 행위이다. 그녀들이 신는 신발은 관계맺음으로 이루어진 비물질적 신발이고 비현실적인 신발이며 세상에는 없는, 세상 끝의 신발이다.

아직 이야기는 끝나지 않았다. 순옥 언니는 교통사고와 이혼, 자살미수 등을 연달아 겪으면서 어린아이로 퇴행하고 말았다. 그런 순옥 언니를 낙천이 아저씨가 돌봐왔지만 그가 먼저 세상을 떠나고 화자는 지금 낙천이 아저씨 장례식에 참석하느라 고향집에 내려와 있다. 일 때문에 다음날 일찍 떠나야 하는 그녀를 이번에는 순옥 언니가 붙잡고 싶었나보다. 그녀의 부츠를 소녀가 되어버린 순옥 언니가 눈 속에 파묻는다. 순옥 언니가 행한 이 반복은 "타인의 신발 속에 발을 넣어본 지가 언제인지 까마득"(27쪽)해진 그녀에게 세상 끝의 신발을 되찾을 것을 은밀히 지시하고 있는 것이 아닌가. 그렇게 해서 이십 년 후에도 오늘 같을 것이라는 발레리나와는 달리 "순옥 언니와 내게는 이십 년 후가 오늘과 같아서는 안 되었다".(40쪽) 단지 이십 년 후에는 순옥 언니의 병이 나아야 한다는 것만이 아니다(그런 의미이기만 하다면 앞의 문장이 '순옥 언니에게는'으로 시작되었을 것이다). 홀로 서 있는 자기 자신으로부터 빠져나와 타인들과의 관계 속으로 들어가야 한다는 것이다. 그녀가 "이 눈 속 어디에서 내 신발을 찾아 신어야 하는지"(40쪽) 막막해할 때 그녀는 일에 파묻혀 자신만을 돌보게 했던 그 가죽부츠를 찾으려는 것이 아니다. 그녀는 서로의 맨발을 드러내는 세상 끝의 신발에 대한 탐색을 시작하려는 것이다.

2. 이것이 인생일까? 사랑일지도 ……

「세상 끝의 신발」만큼 선명하지는 않지만 「모르는 여인들」과 「어두워진 후에」에서도 신발은 각각의 작품을 지탱하는 중요한 기호로 작동한다. 신발 3부작이라고 불러도 좋을 이들 작품과 함께 우리는 사랑에 대한 사유를 시작할 수도 있겠다. 「모르는 여인들」을 먼저 읽기로 하자. 이 작품을 읽다보면 독자들은 몇 차례 어리둥절해지는 순간들을 겪게 된다.

「모르는 여인들」은 옛사랑이 다시 시작되려는 순간의 미묘한 떨림에 관한 이야기일까? 이십 년 전의 남자친구 채에게서 편지가 날아오고, 화자인 그녀는 다른 우편물들 사이에서 채의 글씨체를 한눈에 알아보았으니까, 그렇게 읽기가 쉽겠다. 다음날이 되도록 편지를 뜯어보지도 못하고 바라만 보았던 것이 이 편지를 앞에 두고 그녀가 심상할 수만은 없었던 증거이기도 하다. 그녀의 첫 키스의 주인공인 채는 헤어진 지 몇 년 만에 전활 걸어 딸을 낳았다고, 이름이 은표라고 알려온 적도 있다. 은표는 채와 그녀가 함께 봤던 영화의 여주인공 이름이었고, 또 나중에 두 사람이 결혼해서 딸에게 붙여주기로 했던 그 이름이기도 하다. 이번에 보내온 편지에서 채는 지난 이십 년 동안 "혼자 힘으로 해결하기 어려운 일에 부딪힐 때마다 너를 생각하곤 했"(226쪽)다고 "만나주었으면 한다"(226쪽)고 썼다. 채가 정한 날이 곧 찾아왔고 "남편을 병원에 두고 옛 남자친구를 만나러"(230쪽) 가는 일은 "뭔가 좀 구리지 않"(230쪽)은가 싶은 생각도 들었다지만, 이 두 사람이 만나고야 말 것임은 누구나 예상한 일. 그렇다면 무슨 일이 벌어지겠는가.

그러나 예상 밖의 일이 벌어진다. 이십 년 만에 만난 채는 아내의 것이라며 노트 한 권을 내민다. 노트에는 채의 아내와 채의 집안일을 돌봐주는 도우미 아주머니가 주고받은 메모들로 빼곡하다. 이런저런 것들을 해달라, 해놓았다 하는 주문과 보고와 요청 들. 우리들은 어리둥절해질 수밖에 없다. 대체 이 이야기는 어떻게 되어가는 것인가. 다시 시작되는 사랑의 미묘한 떨림 운운하는 예상이 여지없이 빗나갔음은 틀림없어 보인다. 노트를 계속 읽어보니 채의 아내와 아주머니 사이에는 우정이 싹텄고, 그래서 실용적인 주문, 보고, 요청들이 어느새 사적이고도 친밀한 대화들로 바뀌었음을 알겠다. 그런데 노트의 마지막 장이 우리를 또다시 어리둥절하게 만든다. "아주머니. 우리 은표 어떡해요? 은표 아빠는요. 제가 왜 그런 병에 걸렸다는 건지 모르겠어요. 믿을 수가 없어요."(250쪽) 노트가 끝난 자리를 뒤이어 채가 말한다. 아내가 암에 걸렸다는 것, 가족들에게 부담을 주기 싫었던 탓인지 가족들로부터 도망쳤다는 것, 채는 그런 아내를 이해할 수 없었고 이십 년 전에 채에게서 도망친 적이 있는 그녀에게, 아내를 이해하기 위해서라는 듯, 그때 왜 도망쳤던 것인지를 묻기 위해 만나자 했음이 연달아 밝혀진다. 어떤 절박함, 어떤 먹먹함, 어떤 서글픔이 「모르는 여인들」의 후반부에서 우리를 습격한다.

이제 우리들은 채가 끝내 이해할 수 없었으며 그녀조차도 잘 설명할 수 없었던 질문에 매달리게 된다. 왜 작별의 기회조차 주지 않고 그녀는 채로부터 도망쳤던 것인가. 소리내어 답하진 않았지만 그녀는 생각했다. "군화 때문이었다."(252쪽) "군화 속의 땀에 젖어 있을 채의 발가락을 연상하자 더는 견딜 수가 없었다."(252쪽) 다시 신발이 문제다.

아마도 그녀가 그 순간 견딜 수 없었던 것은, 군화 속에 짓눌려 있던 맨발의 나약함과 초라함이었을 것이다. "학교를 졸업하고 이력서를 이십여 통이나 내며 면접을 보러 다녔지만 어느 곳에도 취직이 되지 않았던 때였다. 그런데도 아침이 꼬박꼬박 찾아온다는 게 두려웠다. 오늘 하루는 또 뭘 하면서 보내나? 겨우 스물몇 살에 세상에서 가장 쓸모없는 인간이 돼버린 느낌이었다."(252쪽) 세계 안에서 제자리를 찾지 못한, 자신에게 맞춤한 신발을 찾지 못한, 누추한 맨발의 모습을, 그 맨발이 감당해야 하는 일상의 고난을, 그러니까 자기 자신의 우울한 초상을, 그녀는 채의 군화 속에서 보고 있었던 것이 아닐까. 첫 키스의 순간 그녀가 바라본 것은 엉뚱하게도 거실 바닥에 자유롭게 뻗어 있는 채의 발가락들이었다. 그 잘생기고 연약하고 무방비상태인 발가락들이 군화 속에서 숨막혀하고 있지 않은가. 그것이 모든 벌거벗은 청춘들이 세계 속에 내던져질 때 겪게 될 운명이 아닌가. 그러고 보니 채와 함께 했던 이십대를 사랑하지 않았다는 그녀의 고백이 의미심장하게 들린다. 가슴 떨리는 사랑의 시간들과 불안하고 절망스런 청춘의 시간들이 그녀에게는 같은 것이었나보다. 그녀는 나이가 들어 연애감정으로부터 멀어진 것을 다행으로 생각하고 그렇게 해서 얻은 쓸쓸한 자유와 평화를 사랑했다. 그녀는 나른하게 안전한 신발의 편안함을 사랑했을 것이다. 그녀는 어서 청춘의 벌거벗음으로부터 벗어나려 했고, 그 위태로움과 불안함, 쓸모없음으로부터 도망치려 했다. 그 때문에 그녀는 채에게서 도망친 것이 아니었을까. 청춘을 내팽개쳐서라도 어서 빨리 안전하고 평화로운 신발을 발견할 수 있기를, 세계 안에서 제자리를 찾기를 바라면서.

맨발의 벌거벗음으로부터 도망치고자 했던 그녀의 "쓸모없는 인간이 돼버린"(252쪽) 것 같다는 고백을 채 또한 같은 문장으로 반복한다. 그러나 이번에는 맨발의 문맥에서. "어디가 아프면 내게 가장 먼저 말하고 나를 의지해야 맞는 거 아닌가? 그런데 왜 내게서 도망치지? 왜 내게는 아무런 기회를 주지 않지?"(253쪽) 고통스런 맨발의 표정을 들키지 않으려는 것도 또 상대방의 그 표정으로부터 도망치려는 것도 인간적인 순간이겠다. 하지만 그 맨발의 표정에서 놓여나지 못하고 그 연약함을 보듬고 그 누추함에 헌신하려는 것 또한 인간적인 순간이다. 그 가운데 후자를 사랑 이외에 무엇이라 부르겠는가. 그러므로 결국 「모르는 여인들」은, 우리가 애초에 예상한 것과는 다른 방식이긴 하지만, 다시 한번 어리둥절하게도, 결국 사랑의 떨림에 대한 이야기로 읽어야 옳겠다. 그녀는 "그것이 사랑일지도 모른다고 말해주고 싶었다".(255쪽) 채에게 아무런 어려움도

겪게 하지 않으려고 그로부터 도망친 아내의 행동이 사랑이기도 하다는 것이 아니다. 난데없이 난치병이 찾아오고 평화로운 시간들이 순식간에 무너져버리기도 하는 것이 인생이지만, 상대방의 벌거벗음에 묶여 그로부터 놓여나지 못하는 바로 그것이 사랑이라는 것이다. 이 소설의 마지막 장면에서 그녀가 관절수술을 받아 병상에 누워 있는 남편에게로 돌아와 그의 맨발을 닦아주는 것으로 끝이 나는 것은 우연이 아니다. 서로의 맨발에 매달리게 되는 것이 사랑이니까.

이것은 고통받는 주위 사람들에게 온정의 손길을 베풀어야 한다는 순진한 도덕적 명령을 반복하는 것이 아니다. 타자의 벌거벗음이, 거기서 드러나는 연약함과 누추함과 낯섦이, 우리를 우리 자신에게 묶여 있는 속박으로부터 해방시킬 수 있다는 것이다. 타자의 맨발은 자기 이외의 것들에 무관심해진 존재에 균열을 만들고 존재의 완강함을 방해하며 주체를 약하게 만들어 자기 자신으로부터 빠져나오도록 해서 다른 존재자들과 연관되게 만든다는 것이다. 타자의 벌거벗음은 "나에게 떠맡겨지고, 나를 방해하며, 내 머리에서 떠나지 않고 나를 짓누른다. 한마디로 나에게 자기를 사랑할 것을 명령하면서 나의 본성에 폭력을 가해 오는 것이다".[3] 이 폭력에 스스로를 내맡길 수 있는 용기가 사랑의 능력과 일치한다. 사랑은 상대방에게 우월함과 아름다움을 부여하고 장식하는 것도 아니고 서로의 결핍을 충족시켜 일체감에 머무르는 것도 아니다. 사랑한다는

---

3) 알렝 핑켈크로트, 『사랑의 지혜』, 권유현 옮김, 동문선, 1998, 137쪽.

것은 자신과 상대방의 신발을 벗기고 그 벌거벗음의 누추함과 연약함과 낯섦에 어쩔 수 없이 사로잡히는 것이며, 그 사로잡힘 속에서 자기 자신으로 존재함으로부터 빠져나오도록 강제되는 것이다. 「모르는 여인들」의 화자가 발을 닦아달라는 남편의 요구를 거절하는 것으로부터 자발적으로 남편의 발을 닦는 것으로 이행하면서 보여준 것이 그러한 사로잡힘이고 빠져나옴이다.

'외계인손증후군'이라는 기이한 증상이 빚어낸 슬픈 이야기, 「그가 지금 풀숲에서」를 다시 한번 사랑에 관한 이야기로 읽어도 좋겠다. 회사일에 파묻혀 사는 사내가 아내에게 무심해진 사이, 아내는 왼손이 마치 남의 것처럼 자신도 모르게 이상한 일들을 벌이는 증상을 겪는다. 그녀의 왼손은 오른손이 가꾸는 화초들을 망쳐놓고 남의 물건을 허락 없이 집어오는가 하면 마트에 가면 예쁘기만 하고 쓸모없는 것들을 카트에 담아놓는다. 그녀의 왼손은 급기야 남편의 뺨을 후려치고 목을 조르기까지 한다. 그런데 그녀가 겪는 것은 그저 희귀한 정신질환일 뿐일까. 오히려 그녀의 왼손이 어떤 진실과 진심을 드러내고 있는 것이라고, 그녀의 왼손이 순종적인 아내의 옷을 벗은 맨손이라고 해야 하지 않을까. 그가 결국 외면하고 도망쳐버린, 그녀 왼손의 낯설고 당황스러우며 막무가내이고 파괴적이기까지 한 행위들은 그녀의 벌거벗음의 한 부분이 아니었을까. 그는 평소에도 아내에게 무심했지만 그녀의 왼손이 폭력을 행사하기 시작하자 각방을 썼고 그녀가 목을 조른 날에는 아예 집을 나와버렸다. 그는 아내의 벌거벗음으로부터 떨어져나오고 싶어했지만, 교통사고를 당해 도로 근처 밤의 풀숲으로 내동댕이쳐졌을 때, 인터넷 쇼핑몰 MD로서의 스케줄은 정지되고 그가 매몰되어 있는 그의 역할에서 빠져나오며 그제야 그녀의 벌거벗음으로부터의 도망을 멈추게 된다. "그는 처음으로 아내에 대한 깊은 생각에 잠겼다."(116쪽) 그리고 이내 아내의 옷과 신발 속에 감춰진 모습들이 "맹렬히 궁금해졌다".(116쪽) 그리고 "아내의 왼손이 하고 싶어하는 일이 (…) 그게 무엇인지 알아낼 수 있는 기회가 나에게 오기는 올까?"(116~117쪽) 하는 조급함이 더해진다. '그가 지금 풀숲에서' 뒤늦게야 사랑을 시작하고 있는 것이라고 읽어도 좋지 않을까. 사랑은 아름다운 것을 찬미하고 그것에 매료되는 데서 시작하는 것이 아니니까. 사랑은 벌거벗음에 대한 이끌림에서 시작되는 것이니까. 마치 그의 아내가 처음 만난 남자의 코트 단추가 떨어질 듯 위태로워 보이는 데 이끌려 그의 청혼을 수락할 수밖에 없었던 것처럼.

3. 이것이 사랑일까? 인생일지도……

그러나 자기 자신으로 존재함을 잃는 것만을 너무 강조하지 않도록 주의해야겠다. 맨발과 신발의 관계 속에서 배당되는 신경숙의 사랑은 결국 타인의 낯섦과 연약함과 누추함을 보듬고 그것과의 관계맺음을 향해 나아가며 서로 함께 존재함으로 세계의 구성방식을 조금씩 바꿔놓기 때문이다(『모르는 여인들』에서 다소 이질적으로 보이는 「숨어 있는 눈」에는 버려진 고양이들을 외면하지 못하는 A의 실종 사건과 이를 둘러싼 수수께끼 같은 불안과 공포가 치밀하게 배치되어 있다. 그것을 우리 인생 도처에 깔려 있는 불안과 공포의 장면화라고 읽을 수도 있겠지만 존재함을 잃는 사랑의 어두운 면이 은밀하게 드러난 것이라고 읽어볼 수도 있겠다).

이제 신발 3부작의 마지막 작품 「어두워진 후에」를 읽을 차례다. 자신이 어디서 무엇을 하고 있는지도 의식하지 못한 채 아무 곳이나 함부로 떠돌아다니는 남자가 있다. 마침 가진 돈이 모두 떨어졌을 때 남자는 우연히 한 여자를 만난다. 여자는 남자가 요구하는 모든 것에 사정을 따져 묻지도 않고 그렇게 하세요, 그러지요, 답한다. 여자는 남자가 입장권 없이 절 안에 들어가는 것을 허락했고 그에게 저녁식사와 잠자리, 돌아갈 차비까지를 내주었다. 여자가 대접한 따뜻한 상차림이, 또 여자의 집에서 듣고 보게 된, 서로 돌봄의 온기로 가득한 여자의 가족들과 이웃들간의 대화가 자신의 인생을 방기한 남자를 일으켜세웠을 것이다. 이제 그는 방랑을 끝내고 집으로 돌아간다.

그런데 잠깐. 낯선 남자의 누추함에 이끌린, 무조건적 환대를 베푸는 여자의 행위가 다소 비현실적으로 보이지는 않는가? 오늘날 사람들의 마음씀의 실상은 저 질문도 없는 그렇게 하세요, 그러지요, 와는 너무 동떨어져 있지 않은가? 하지만 이 '비현실적'이라는 판단을 너무 성급하게 내리지는 말기로 하자. 남자가 자신의 인생을 방기한 채로 이곳저곳을 떠돌게 만든 끔찍한 사건, "살인이 자신의 직업"(123쪽)이며 "살인을 하고 나면 나른하고 피곤하여 숙면을 취할 수 있었다"(142쪽)고 말하는 자가 저지른, 범죄소설에나 등장할 법한 연쇄 살인사건이 실제로 일어난 일이라면 어찌할 것인가.

법정에서 연쇄살인범은 오히려 수사기관의 무능함을 성토하고 인터넷에서는 그를 위한 팬카페까지 만들어지는 이 비현실적인 이야기들이야말로 우리의 현실을 구성하고 있다면 어찌할 것인가. 「어두워진 후에」는 연쇄살인범 유영철의 실제 행각을 배경으로 하고 있다. 우리 삶의 어떤 부분이 이미 비현실적인 범죄에 노출되어 있다면, 그 반대편의 비현실적 차원이 우리의 현실을 구성할 수 있도록 상상하는 것 또한 단지 비현실적이기만 한 것은 아닐 것이다. 서로의 누추함과 벌거벗음에 이끌리고야 마는 환대와 사랑의 인간적 형식을 비현실적이라고 말하고 싶어하는 냉소적 현실주의야말로 우리가 현실이라고 부르는 그 차갑고 쓸쓸한 장면들을 구성하고 있는 것은 아닐까. 그것이야말로 세계의 구성방식을 조금씩 바꿔놓을 수 있는 가능성과 그 가능성을 향한 용기를 위축시키고 있는 것은 아닐까. 「어두워진 후에」는 이런 물음들 위로 한 남자의 영혼이 황폐해지는 순간들을, 그리고 다시 서서히 일으켜세워지는 순간들을 묘사하고 있다.

이틀에 걸친 환대가 끝난 뒤 남자는 "자신의 신발이 이제는 걷기가 불편할 만큼 해져 있는 걸 발견했다. 남자는 그 집이 있는 도시로 돌아가면 맨 먼저 새 신을 마련해야겠다는 생각을 했다. (⋯) 새 신발을 신고⋯⋯ 그 집에 가보리라".(149쪽) 다시 신발이다. 남자의 누추함에 이끌린 여자의 환대가 결국 그에게 새 신발을 찾아준 셈이다. 삶은 그러한 방식으로 살아지기도 하는 것이다. 서로의 누추함에 이끌려 서로의 맨발이 새 신발에 감싸여질 수 있도록 돕는 것. 서로를 일으켜세워주는 것. 그런 방식으로 세계 안에서 (자기 자리를 찾는 것이 아니라) 서로의 자리를 찾아가게 하는 것.

여기서 여자의 환대가 무엇보다 따뜻한 상차림과 가족, 이웃간의 살가운 대화로 이루어져 있음을 강조해보면 어떨까. 이 점에서라면 「화분이 있는 마당」을 함께 읽을 수도 있겠다. 「화분이 있는 마당」은 한 여자가 언어장애와 식이장애로부터 치유되는 과정에 대한 이야기인 동시에, 언어장애와 식이장애를 일으킬 정도로 받아들이기 어려웠던 남자친구의 갑작스런 결별통보를 이해하는 데 성공하는 이야기이기도 하다. 그녀가 이 이중의 장애로부터 회복되고 또 결별통보를 이해하는 데 상차림과 대화가 결정적인 역할을 하게 된다.

아무도 없는 줄 알고 들렀던 후배 K의 집에서 그녀는 낯선 여자를 만난다. K가 세들어 사는 집에 또다른 세입자가 있었던 모양이다. 그녀는 낯선 여자에게 앵두화채와 저녁식사를 대접받는데, 놀랍게도 이 환대 속에서 식욕을 회복하고 말도 자연스럽게 하게 된다. 다시 한번 환대와 치유다. 그런데 여기에 반전이 준비되어 있다. 알고 보니 낯선 여자는 K가 사는 집의 죽은 안주인, 그러니까 귀신이었다. 바깥주인은 아내의 죽음에 상심한 탓에 세상과 단절한 채 자신 안에 칩거했을 것이다. 죽은 아내를 잊지 못해 고통받다가 그 고통이 너무 심해 아내를 생각나게 하는 집으로부터 도망치듯 떠나가고 이사를 결심한 때부터 아내가 가꾸던 마당을 다른 사람이 손대는 게 싫어 마당을 망가뜨리기 위해 애썼던 것이 그 증거. 황폐해진 마당이 곧 그의 황폐해진 영혼이 아니겠는가. 그런 남편을 두고 떠날 수가 없어서 아내의 영혼은 귀신으로 남은 것일까. 귀신이 된 여자가 남편에게 바란 것이 자신에 대한 그리움에 빠져 홀로 괴로워

하는 것은 아닐 것이다. 귀신이 된 여자는 남편이 다시 세상과 관계 맺기를 간절히 바랐을 것이다. 그러므로 귀신이 된 여자가 준비한 음식들은 남편이 다시 세상과 대화하기를 바라는 마음의 물질화이 기도 하겠다. 죽은 여자의 남편을 대신해 그 음식들을 대접받았으므로, 남자친구의 결별통보에 먹지도 말하지도 못하게 된 그녀의 장애가 한꺼번에 치유된 것은 어떤 의미에서는 자연스러운 일이기도 하겠다. 음식을 먹는 것은 세상과 나누는 생물학적인 대화이며 사람들과 나누는 대화는 사람들 사이의 관계맺음을 향한 정신적 먹기이므로. 죽은 여자가 살아 있는 남자에게 간절히 바란 것이 바로 그것, 먹기와 말하기가 일치하는 지점, 관계맺음이었으므로.

자신 안으로 칩거함에 대한 신경숙의 처방전이 먹기와 말하기를 자극하는 수다떨기와 상차리기임을 지적하면서 다음과 같은 장면들을 강조하는 것은 조금 흥미로운 일이 될지도 모르겠다. 이 대목에서 그녀는 먹기와 말하기의 인간적 형식을 보다 정교하게 다듬고 있는 것으로 보이기 때문이다.

언어장애와 식이장애에 시달리던 그녀가 어린 시절 처음으로 한 말이 "엄마, 배고파"(80쪽)였다는 것. 이제 막 말을 시작하는 아이들이 하는 말은 특정 의미를 전달하는 수단이 아닐 때가 많다. 그럴 경우 아이들의 말은 자신이 말을 하고 있다는 사실 자체를, 자신이 어떤 관계의 망 속에 들어가기를 원한다는 사실 자체를 표시한다. 아이들이 "엄마"라고 말할 때, 그것은 엄마에게 가까이 와달라거나 자신을 봐달라는 것만도 아니고 먹을 것이나 장난감을 달라는 것만도 아니다. 아이들은 엄마와 연결되어 있다는 혹은 연결되려 한다는 사실 자체를 말한다(어른들은 이런 경우를 통화상태가 나빠 서로의 목소리가 전달되지 않을 때 "여보세요! 들리세요?" 하고 물으면서 경험하게 된다. 이때 우리는 서로가 들리지 않는다는 사실을 알고 있으면서도 어떤 연결상태를 유지하고 싶어하고 바로 그것을 "여보세요! 들리세요?"로 표시한다. 혹은 아무도 없다는 사실을 예감하면서도 "거기 아무도 없어요?"라고 물을 때도 비슷한 경험을 하게 된다. 이런 발화들에서는 어떤 메시지 내용이나 그 메시지를 수신할 상대방의 존재는 오히려 부차적이다. 여기서의 핵심은 '연결되어 있음' 자체 혹은 '연결되고자 함'이다). 그것이 말하기의 근본적 차원, 말하기를 말하기이다. 바로 그 차원에서 어린 그녀가 처음으로 한 말이 "엄마, 배고파"였다. 말하기의 근본적 차원에서 말하기는 먹기이기도 하다는 점이 "엄마, 배고파"에 표시되어 있지 않은가. 언어장애에 시달리던 화자가 자신의 첫 말을 궁금해하다 엄마에게 물어 확인한 것이 그것이었다. 말하기의 근본적 차원, 먹기와 말하기의 일치, 관계맺음을 출발시키는 인간적 조건.

그녀의 언어장애와 식이장애는 결별통보 편지를 읽으면서 시작됐고 죽은 여자로부터 음식을 대접받으면서 장애를 벗어났으며 그 뒤로 그녀는 남자친구의 느닷없는 결정을 이해할 수 있을 것 같았다고 했다. 이 '이해'라는 말에는 썩 애매한 구석이 있다. 그녀는 남자가 이별을 결심할 수밖에 없었던 원인을 알게 된 것일까? 별로 그런 것 같지는 않다. 누구도 연인이 결정한 결별에서 납득할 만한 이유를 찾을 수는 없을 것이다. 사랑 앞에서는 어떤 이유도 핑계로 들리기 때문이다. 오히려 이별의 결정을 이해하기 위해 납득할 만한 이유를 요구하는 데에는 이별에 대한 거부가 포함되어 있다. 특별한 이유가 없는 한 이별을 용납할 수 없다는 제한적 수락, 그러니까 일반적 거부. 그렇기 때문에 '알기 때문에 이해한다'의 차원은 실상 '알고 싶지도 않고 용서할 수도 없다'이다.

그런데 '모르지만 이해한다'의 차원이 있다고 한다면 어떨까. 어떤 '이유'를 제시하지 않아도 상대방의 마음의 변화를 수용할 수 있는 차원이 있다고 한다면. 관계를 맺는다는 것은 상대방에게 나의 기준과 가치를 강요하고 그것에 맞는 무언가를 내놓으라고 요구하는 것은 아니다. 상대방의 이해불가능성을 내가 납득할 만한 이유로 환원시키고 그것을 자신의 소유물로 만드는 것도 아니다. 이해할 수 없는 상대방을 이해할 수 없는 채로 받아들이는 것, 낯선 대상의 낯섦을 받아들이는 데서 관계맺음은 시작된다. 그런 점에서 보면 그녀가 먹기와 말하기를 회복할 때 동시에 '모르지만 이해한다'의 차원에도 도달하는 것은 자연스러워 보인다. 「화분이 있는 마당」의 마지막 절에서 그녀가 지금까지 남자친구와 주고받은 편지들을 한 문장 한 문장 노트에 옮겨적으며 둘 사이에 일어난 감정의 교환을 찬찬히 되돌아보고 그 되돌아봄이 회복된 먹기와 말하기에 힘입을 때, 그녀는 관계맺음을 제자리로 되돌려놓을 수 있었을 것이다. 그렇게 해서 그녀는 남자친구를 무사히 떠나보낼 수 있었을 것이다. 남자친구의 갑작스런 결심의 이유를 '모르지만 이해한다'는 것, 먹기와 말하기를 회복하는 것, 먹기와 말하기의 일치를 확인하는 것은 모두 관계맺음이라는 한 뿌리에서 나온 것들이다. 잘 이별하는 것, 그것 또한 얼마나 훌륭한 관계맺음인가.

「성문 앞 보리수」가 여기서 멀지 않다. 이 소설에서 맨 처음 눈에 들어오는 것은 경이 십 년 전 도망치듯 독일행을 택할 수밖에 없었던 사연의 쓸쓸함, 서글픔 같은 것들이겠지만 경과 S 사이에서 교환된 애잔하고 감동적인 대화와 편지를 찬찬히 들여다보면 말하기에 대한 가르침이 함축되어 있음을 또한 발견할 수 있다. 경은 결혼을 하고 아이까지 낳은 뒤에야 남편에게 헤어지지 못한 첫사랑이 있었음을 알게 되었다. 시어머니는 손녀의 육아를 포함해서 집안의 모든 일을 손수 해내지 않으면 안 되는 성미의 사람이었다. 아내로서도 엄마로서도 경의 자리는 없었고 그것이 경을 공허하게 만들었다. 십 년이 지난 뒤에야 독일행의 곡절을 고백한 경은 이렇게 덧붙였다. "말이란 이렇게 간단하구나. 내가 떠돈 십 년이 이렇게 간단히 정리되네."(184쪽) 이렇게 말할 때 경은, 그 공허함과 공허함에 뒤따른 또다른 공허함들이 그 간단한 말로는 다 정리될 수 없었음을 말하고 싶었을 것이다. 말과 교환되지 않는, 불투명하고 질척거리는 찌꺼기들이야말로 우리 마음의 가장 깊은 곳에 자리잡아 우리를 아프게 찌르는 것들이 아니던가. 그것은 말과 교환될 수 없는 것이기에 지난 십 년간 누구에게도 말할 수 없었던 것이 아닌가. 하지만 경은 편지에서 고쳐 쓴다. "이런 말들을 하면서 살아야 했었는데…… 그동안 아무 말도 하지 않아서 미안. 수미도 나도 너를 외롭게 했겠다는 생각."(186쪽) 말로는 전달되지 않는 것이 있겠지만, 그것은 부정할 수 없는 사실이지만, 그럼에도 말해야 했다는 것. '말하기를 말하기'의 차원까지 닫아버리고 나면 대책 없는 고립과 외로움만 남는다는 것. 그러므로 경은 저 문장 뒤에 이렇게 덧붙였어야 했을지도 모르겠다. '(말하기를 놓아버린 탓에) 수미도 나도 너를 외롭게 했겠다는 생각. 그것이 나 또한 외롭게 했다는 생각.' 아무것도 전달되지 않더라도 '말하기를 말하기', 관계맺음의 근본적인 차원을 닫아서는 안 된다는 생각. 그런 생각들 위로, 이 소설의 제목이자 경이 죽은 수미에게 가르쳐줬던 노래, 빌헬름 뮐러의 시에 슈베르트가 곡을 붙인 〈보리수〉가 울려퍼진다. "기쁠 때나 슬플 때나 찾아온 나무 밑. 찾아온 나무 밑."(185쪽) 기쁠 때나 슬플 때나 추운 겨울을 여행하는 우리들을 부르는 것은 보리수, 관계맺음의 줄기로 뻗어나가는 나무가 아닌가. 경이 서울의 S에게 건넨 백합 구근 또한 지하에서 자라나는 보리수가 아닌가.

절에서 만난 여자가 해진 신발을 신고 떠도는 남자에게 베푼 환대는, 죽은 여자가 잘 먹지도 못하고 말도 더듬는 그녀에게 베푼 환대는, 친구 경의 말 못하는 사연을 듣기 위해 십 년을 바친 S의 기다림은, 그것들은 또한 사랑이었을까? 아마도 그럴 것이다. 그러나 그 사랑을 통해서 먹기와 말하기를 회복하고 그렇게 해서 관계맺기로 나아가는 것, 그것이 인생이라는 것까지도 함께 말하는 것을 잊지 말아야 한다. 『모르는 여인들』이 함축하는 것은 우리의 삶이 극단적인 고립 속에서 경화(硬化)되는 것을 막고, 사람들 사이의 관계의 그물로 짜여지도록 하기 위해 필요한 인간적 조건들이다. 그러니까, 그것은 사랑이며 또한 인생이다.

작가의 말

『종소리』 이후 팔 년 만에 여섯번째 단편집을 낸다.

지난 팔 년 동안 나는 장편 『리진』『엄마를 부탁해』『어디선가 나를 찾는 전화벨이 울리고』를 쓰는 데 집중했다. 그 사이사이에 이 책에 실린 단편들을 쓴 셈이다.

교정을 보기 위해 작품들을 다시 읽는 동안 잠깐씩 아득해지곤 했다. 팔 년이란 시간 때문이었을까. 깨끗한 신발을 신고 집을 나가 부랑아로 떠돌다가 굽이 다 닳은 해진 신발을 끌고 돌아온 기분이랄까.

개인적으로 이 책에 실린 단편소설들이 씌어진 시간들은 특별하다. 청탁을 받아서 썼다기보다 내가 쓰고 싶을 때마다 자발적으로 쓴 작품들이기 때문이다. 이 말은 여기에 수록된 일곱 편의 작품들은 지난 팔 년 중에 내가 가장 침울했을 때나 내적으로 혼란스러울 때 씌어졌다는 뜻이다. 동시대로부터 혹은 내가 맺고 있는 관계로부터 마음이 훼손되거나 쓰라림으로 얼룩지려고 할 때마다 묵묵히 내 책상 앞으로 가서 이 작품들을 썼던 기억들. 하늘에서 내려온 사다리를 두 손으로 붙잡는 심정이었다고 하면 과장이겠지만 그런 마음도 없지 않아 있었다. 누구에게 읽히기 위해서가 아니라 그때마다 이 작품들을 쓰지 않으면 다른 시간으로 나아갈 수 없을 것 같기에. 이 불완전한 세계가 발화시키는 슬픔과 분노 너머에 무엇이 있는지 나는 아직 알지 못하지만 어쩌든지 완성을 하고 나면 피가 맑아지는 느낌이었다.

이 책에 실린 일곱 편의 단편들 속엔 익명의 '모르는 사람'들이 그려내는 성화(聖畵)가 있을 것이다. 주요인물로 등장하든 바람처럼 스쳐가든 이 작품들 속에 등장하는 모르는 사람들을 나는 나의 동시대인들이라고 느낀다. 이 세계의 중심부에 있지 않고 주변부를 떠도는 잘나지도 독특하지도 않은 사람들. 군중 속에 섞여 있으면 잘 보이지도 않을 사람들. 하지만 우리가 현대인이 되는 동안 상실해버린 인간적인 체온과 연민을 지니고 있는 사람들이다. 내가 나의 내적 요구에 의해 이러한 사람들을 비밀스럽게 하나씩 낳아서 세상에 섞어놓은 것은, 이 별스럽지도 않은 사람들의 인생이 한쪽으로 치우친 이 세계의 한 끝을 끌어올려 균형을 이루어주길 원했기 때문이었을 것이다.

지난 팔 년 동안 써놓은 작품들을 모아 읽으며 내가 새삼스럽게 알게 된 것은 우리는 서로 연결되어 있다는 것, 서로 연결되어 있는지도 모르는 채 우리는 서로의 인생에 영향을 끼치고 있다는 것이었다. 이따금 나를 행복하게 했던 나의 문장들도 사실은 나 혼자 쓴 게 아니라 나와 연결되어 있는 나의 동시대인들로부터 선물받은 것이기도 하다는 것을 깨닫는다. 그래서 이 우울하고 고독한 시대에도 문학이 있다는 것에 나는 아직도 설렌다.

　인간이 저지르는 숱한 오류와 뜻밖의 강인함과 숨어 있는 아름다움을 향한 말 걸기이기도 한 나의 작품들이 가능하면 슬픔에 빠진 사람들 곁에 오랫동안 놓여 있기를 바란다.

2011년 11월에
신경숙 씀

| 수록작품 발표지면 |

세상 끝의 신발 ······ 문학과사회, 2009년 여름

화분이 있는 마당 ······ 문학수첩, 2003년 가을('그 여자에 관하여'라는 제목으로 발표)

그가 지금 풀숲에서 ······ 창작과비평, 2004년 여름

어두워진 후에 ······ 문학동네, 2004년 겨울

성문 앞 보리수 ······ 세계의문학, 2005년 여름

숨어 있는 눈 ······ 문학과사회, 2004년 가을

모르는 여인들 ······ 문학동네, 2008년 여름

문학동네 소설집

모르는 여인들

ⓒ 신경숙 2011

1판 1쇄 │ 2011년 11월 23일
1판 5쇄 │ 2020년 4월 10일

지은이 신경숙
펴낸이 염현숙
책임편집 조연주 │ 편집 염현숙 │ 디자인 송윤형 유현아 │ 독자 모니터 이원주
마케팅 정민호 박보람 우상욱 안남영
홍보 김희숙 김상만 지문희 우상희 김현지
제작 강신은 김동욱 임현식 │ 제작처 영신사

펴낸곳 (주)문학동네
출판등록 1993년 10월 22일 제406-2003-000045호
주소 10881 경기도 파주시 회동길 210
전자우편 editor@munhak.com │ 대표전화 031)955-8888 │ 팩스 031)955-8855
문의전화 031) 955-3576(마케팅) 031) 955-8864(편집)
문학동네카페 http://cafe.naver.com/mhdn

ISBN 978-89-546-1663-8 03810

잘못된 책은 구입하신 서점에서 교환해드립니다.
기타 교환 문의: 031) 955-2661, 3580

www.munhak.com